井伏鱒二という姿勢

東郷克美

ゆまに書房

井伏鱒二という姿勢　目次

井伏鱒二という姿勢

装本・榛地　和
写真・久米たかし

《井伏鱒二》の出発——山椒魚の悲しみ

一

井伏鱒二のいわゆる「文学青年窶れ」の時代は、大正十二年九月一日の関東大震災とともにはじまる。大学中退後、早稲田の学友たちと創刊した同人雑誌「世紀」七月号に、処女作「幽閉」を発表。「山椒魚は悲んだ」（ママ）という書き出しの一行こそ、井伏文学の主題と方法を象徴するものとなった。以来この作家は、いわば現実という「岩屋」に幽閉された山椒魚的存在を、生涯にわたって書き続けたといってもよい。この書き出しは、はるかに後の「黒い雨」の冒頭「この数年来、小畠村の閑間重松は姪の矢須子のことで心に負担を感じて来た」にも呼応していないだろうか。その意味でも「幽閉」の書き出しは井伏文学全体の書き出しにほかならなかったのである。「世紀」創刊号は、その「編集雑記」に当時の「プロ、ブル論争」のいずれにも組せず「出来るだけ正しい公平な見方をして行くつもりだ。だから見えすいたる現文壇の真贋は恐らく間違はないだらうと思ふ」とその立場を表明している。井伏自身「世紀」のころがいちばん楽しかったと語っているが、八月号に「借衣」を掲載して、さらに九月号印刷中に、地震による火事のために印刷所が焼け、同人も解散した。「つくづく地震の怖さを知った」(「半生記」)という。以後、井伏は、一見飄々淡々とも見える作風とはうらはらに、戦争・原爆のような人為的な異常事とともに、しばしば、地震をはじめ、洪水・漂流・噴火など自然の「怖さ」を書く作家になるのである。予定されていた「世紀」九月号に、井伏の原稿はあったのであろうか。いずれにしても井伏にとって、暗くながい「夜更け」のような「轗軻不遇」の時代がはじまるのである。

翌年大正十三年こそ苦しい一年だった。伝記的にも空白の多い年だが、その空白を埋める資料が、近年いくつか発見された。いきなり、書簡のことからはじめることになるが、手がかりとなる直接的資料が乏しいので、さしあたりそれによることにしよう。先に新聞報道もあったように、大正十三年を中心とする田熊文助宛井伏書簡が発見された。すでに公表されている大正六年の森鷗外宛書簡についで古いものである。しかも、この年は大学中退後の井伏にとっても、もっとも苦しい青春彷徨の時代に相当する。その後書簡は所蔵者源河真理氏のご意志で、日本近代文学館に寄贈されることになったが、その全容は「大正十三年前後の井伏鱒二資料」として「日本近代文学館年誌〈資料探索〉6」(平成22・10)に発表した。すでに九十年近くも前のことで、不明な点も少なくないが、故人や関係者にはお許しを願って、知りえたかぎりの書簡の概要をここに紹介しておこう。書簡は合計十四通(大正十三年と推定されるもの十一通、十四年のもの一通、昭和二十一年のもの二通。そのうち、はがき三通を含む)である。発信地は、福山市外加茂村の生家と東京牛込鶴巻町の下宿南越館で、宛先は田熊の下宿のある山口県柳井町波止場の凌波館(建物現存)、またはその自宅山口県熊毛郡塩田村である。

田熊文助は、明治二十九年山口県に生まれ、旧姓浅原、早く田熊家の養嗣子となった。早稲田大学では国文科に進んだが、井伏とは予科以来同期で、「雞肋集」（昭11・5〜12）その他井伏作品にもその名が出て来る。田熊は大正十年十二月、在学中に家付の娘龍子（明治三十五年生まれの数え年十八歳）と結婚したが、彼女は四か月後に早逝する。田熊は大正十二年四月大学卒業後、岩国中学の国語教師になり、同年十二月には柳井高等女学校に転じた。翌年春、そこへ井伏が訪ねて来るのである。

ところで、井伏に「女人来訪」（昭8・2）という作品がある。作者自身とおぼしき主人公の新婚家庭に、かつて彼の求婚を断った女性が八年ぶりに訪ねて来て、小波紋をもたらす話である。「雞肋集」などによれば、年月その他をのぞけばほぼ実際の出来事にもとづいているようだ。今回発見の書簡では、昭和二十一年のものをのぞいて、ほとんどすべてにそのモデルらしき女生徒への熱い思いが吐露されている。モデルについては、早くから谷サトという女性とされて来たが、この書簡では一か所をのぞいてすべて「お露」の名で登場する。柳井高女卒業生名簿に「露子」という名も見えるが、ここではあえてモデルを特定しないでおく。

井伏は大正十一年、片上伸教授との軋轢もあって大学を中退し、翌年参加した同人誌「世紀」も大震災で解散、大正十三年四月前後からの一時期、田熊のいる柳井の下宿凌波館に滞在して、放課後には柳井高女の生徒に演劇活動の指導などもしたという。その間、田熊から「女人来訪」のモデルとなる女生徒（三年生）を紹介されたようだ。井伏の彼女への思いは、一気に燃えあがるが、結果的には失恋に終わる。一方、井伏は二年前に幼な妻を失った文助に、福山中学時代の同級生高田類三の妹シヅヱ（明治三十六年生まれ）との見合いをすすめるが、こちらは順調にいって、十三年八月三十日にめでたく結婚に至る。すなわち今回の井伏書簡の継承者源河さんは、その孫にあたられるわけである。

四月からの柳井滞在は、それほど長い期間ではなかったようだが、同年五月二十五日付加茂村からの長文の書簡には「柳井滞在中ほどの歓ばしさ、小生の生涯には未だ嘗て又最早小生にはなきものと知り申候」とある。右の書簡では、田熊に一日も早く福山に来て見合いをするように促し、「この度の結婚に対する小生の努力は、小生希望するが如き理想的生活を他人のうちに設立させやうというふ一種の芸術創造の衝動に候」とのべている。それにともなって自分の方の「理想的生活」への「衝動」も大いに高揚しつつあった。今度福山に来るときは「せめて彼女の写真と手紙何卒御持参被下度候。ひとへにこの事失念なきやう申入れ申候」とのべるとともに、次のように書き送っている。

如何なれば小生斯くは思ひ恋するにや、今宵卯の花くだし五月雨降りしきり申候故お露今頃はお針の稽古しながら小生の頓狂笑ひを想ひ出してその軽薄気質を優しく責むる目つきいたし居らんかと、はるかに想像いたし居り申候（中略）先夜三更、彼女のことを夢に見て、醒めて夜着の中にて涕泣つかまつり候。

井伏は田熊に彼女の意向を打診してくれるようたのんだらしい。彼女を知ったのが四月以降のことだとすれば、その恋心の進み具合はいささか急激にすぎる。六月末と推定される東京からの書簡によれば、田熊には「時節をまて」といわれたらしく、それに「よく合点行つた」としながらも、「若し万一、その時になつてこのことが破滅に終つたとすれば、その時は又悲しむ術もあるなれば、今は落ついて仕事に没頭するつもりである。（中略）今度の僕の彼女が逃げてしまふやうなことがあつたとすれば、僕はいさぎよく純粋なボヘミアンに一生を終らうと思ふ」などと悲壮な決意まで告白している。井伏の恋愛体験としては、前記「借衣」(『世紀』)の素材ともなった大正七年予科二年のときの、女子美術学校の生徒への「缶詰の恋」が知られているが、これはその「ほろにがい」初恋とは異なる切実さを秘めている。

七月十八日付の東京からの葉書には、八月八日は「点呼」(軍隊の簡閲点呼)のため帰郷するが、「ともかく先方もぐらついてゐるらしいので気持が鈍つて来てゐる」とある。七月二十九日付書簡(東京)には「彼女に逢ふべくいゝ場所」を指定してくれとまでいっているが、その後どのような経緯があってか、八月十三日付の加茂村から塩田村の田熊宛書簡では、柳井行きについて「僕のお露も全然僕から去つたものらしいので、僕は行かないことにした」として、傷心の思いを次のようにものべている。

又、僕が行つたにしても、この前二度めに行つた時のやうに逃げてしまはれては、行つた甲斐のないのは勿論、僕は心の自分の誇りと憧憬に対して辱しくもなり、自暴自棄にもなつてしまふであらうと思ふ。それよりも、このまゝ行かないで、出来るだけ彼女の幻を消すやうに努力することにすればいゝのだ。(中略)彼女に対してだけは出来るだけ素直に面をむけてゐたいと思ふ。あの如くいみじき恋であつたからである。破れたにしても誇りのまゝ想ひ出されるであらう。

これがすでに処女作「幽閉」(大12・7)を発表している作者の失恋の表白である。右のようにいいながらも、とにかく何らかの方法で「彼女の意嚮」をきいてもらいたいとたのみ、先日送った手紙や書物などの贈物を届けてくれたかとたずねている。

もとより彼は文学を忘れていたわけではない。八月下旬（東京）の書簡には、高田類三から田熊の縁談についていて「吉答の手順」がととのいつつあるとの知らせがあったことを「大賀の至り」とした上で、自分の方は「ズーデルマン半分訳しもう組んでゐる」から、上梓したら送るといっている。ズーデルマンの翻訳は「四箇月間もかかつて書きあげた」（「完結しない月なみな生活」昭9・1）というから、柳井滞在中にもその仕事をしていたと思われるが、この翻訳は「父の罪」の標題で九月十日に聚芳閣から刊行される。同じ書簡には次のようにも書かれている。

先日寒山先生をモデルにしたもの、原稿はまだ発表になるか何うか判然しない。いけなければそれまで。早稲田文学はあまりチヤチだからいやなんだ。それにあの連中はいやなんだ。これは敗けおしみだと思つたらまちがひなんだ。小生は鱒二好みにスタートを切るのである。だが斯ういふこの男は二十七才である。鳴かず飛ばず已に久し矣！

井伏の作家的出発の舞台となったのが、「早稲田文学」ではなく、むしろ「三田文学」であったことはよく知られている。大正十三年の段階でこの「鳴かず飛ばず」の無名作家が、「早稲田文学」は「チヤチ」だとする気概ももっていたことが注目される。またのちに「寒山拾得」（「陣痛時代」大15・1）として発表される作品も、すでにこの年には書かれていたことがわかる。「半生記」（昭45・11〜12）によれば、この作品を十行あまり書いたところで大震災にあったという。放浪する贋旅絵師の友人との出会いに、自己の流離の境涯を託した作品である。

「お露」のことについては、やがて決定的な破局がやって来る。十三年十一月ごろと推定される書簡（東京）によると、井伏が田熊を通じてわたしした手紙や書物などの贈物の「返品」が彼女の方からあり、それと前後して、彼女の級友から届けられた「中傷」（内容は不明）の手紙が彼をうちのめす。田熊とその同僚は、彼女に「肯」「否」を確かめようと提案したらしいが、「然し、最早総ておそいのである。僕は断念してゐるのだ。（中略）此度彼女の級友の手紙は僕を十分参らして見るかげもない不幸者にさした」といっている。さらに井伏は「彼女がこの七ケ月僕を鞭達してくれたのだ」といいつつも、今の「勤めもよすことに定めた」と一切が崩壊した絶望的な胸中を語っている。この二十七歳の純情ぶりを見よ。

かくして「七ケ月」にわたる「お露」への恋に終止符が打たれる。各書簡からは井伏の一方的な思い込みのみが強く感じられるが、それはまったくの片思いにすぎなかったのだろうか。同じ書簡によると、田熊が彼女の行動について「彼女が純真を装つて」いたのだと慰めたのに対し、井伏は「彼女は恋することを知つてゐたのだ。凌波館の君の住んだ上り口の室で彼女は僕の拵へた右腕の環の中でお湯に入る様に瞳をつぶつたのである」ともいっているが、もちろんそれ以上にすすむことはなかった。

一方、大正十三年の早稲田では、天弦片上伸教授の排斥運動が起こっていた。排斥派からは事件の被害者である井伏にも運動に加わるようにすすめられたが、井伏は彼らを「暴徒の群」と呼んでそれを拒絶し、「芸術と恋の外なにもなし」と揚言している。雑誌「人類」に載った小説「夜更と梅の花」（大13・5）が好評だったので「キエン」（気炎）をあげているのである（大13・6・13、はがき）。先に引いた六月末のものと推定される手紙には「天弦いよいよ学校を止すことになつ」たとある。片上は六月に大学を辞し、ソ連に赴く。片上退職後も、この紛争は、文学部の内部抗争とからんで尾を引き、十月十二日には片上のセクハラ的スキャンダルを暴露する「片上伸氏事件顛末公開状」なるものまでばらまかれる。しかし、井伏の「満身瘡痍」の無名時代は以後もながく続く。

それは「岩屋」に閉じこめられた山椒魚の日々に似ていたことであろう。

田熊文助は、昭和二年に教職を辞して地方の政界に転じ、村長、県会議員（のち議長）などをつとめる。戦後の第一回総選挙に出馬したときには、井伏も加茂村から応援にかけつけるが、田熊は落選した。昭和二十一年四月二十三日付、太宰治宛の井伏書簡には「（長兄）文治氏当選万慶です。僕は英之助の義兄の応援演説をしたがお話にならなかつた。聴衆が「止せ止せ」と云ふ。ひどい恥をかいた。むろん英之助の義兄は落選であつた」とある。英之助は高田類三の末弟。今回発見の昭和二十一年四月二十七日付田熊宛書簡には「僕なんかわい〳〵連として出かけたので君の得票がすくなくなつたのではないかと思ふ。今日の大衆には石田石松（？）といふやうな人が向くのだ」と書いている。「石田石松」は「石田一松」の誤り。石田は広島県出身の演歌師で「ノンキ節」で知られる。昭和二十一年の総選挙で当選した。

一時、絶交状態になったとも伝えられるが、井伏と田熊の友情は終生続く。田熊は昭和四十一年に没するが、神籠石（こうごいし）で知られる石城山（いわき）を望む田熊邸には、井伏の筆で「石城山をこよなく愛しこの山に一生を賭けた男ここにその生涯を終る」と刻まれた石碑が建っている。生前の文助が井伏に碑文の執筆を依頼したものだという。

二

大正十二年七月の井伏の処女作を青森県の一中学生が読んでいた。太宰治が無名時代の井伏鱒二の存在を発見したときの興奮を、次のように語ったことはあまりにも有名である。

私は十四のとしから、井伏さんの作品を愛読してゐたのである。二十五年前、あれは大震災のとしてではなかつたかしら、井伏さんは或るささやかな同人雑誌に、はじめてその作品を発表なさつて、当時、北の端の青森の中学一年生だつた私は、それを読んで、坐つてをられなかつたくらゐに興奮した。それは、「山椒魚」といふ作品であつた。童話だと思つて読んだのではない。当時すでに私は、かなりの小説通を以てひそかに自任してゐたのである。さうして「山椒魚」に接して、私は埋もれたる無名不遇の天才を発見したと思つて興奮したのである。(『井伏鱒二選集』第一巻「後記」昭23・3)

この回想はおそらく「嘘」でも「法螺」でもあるまい。「山椒魚」は「幽閉」の誤りだが、まず中学一年、大震災の年の夏というのがぴったり合っている。太宰治がこの文章を書いた昭和二十三年の時点では、「山椒魚」の原型が「幽閉」として大正十二年七月に発表されたことを正確に知る人はほとんどいなかったはずだ。「幽閉」の存在が一般に知られるようになるのは昭和四十年代以降のことである。太宰は、その同人誌を東京美術学校に在学中で同人誌「十字街」の同人でもあった三兄圭治がもち帰った三十種類ほどの同人誌の中から発見したと語っているが、「十字街」という同人誌があったことも今では明らかになっている。とすれば、この運命的な出会いが、太宰治の中学時代にあったことは疑う余地がないと思われる。

後述するように、その後も井伏の「同人雑誌寠れ」の時代は続くのだが、次に太宰と井伏の結びつきが生ずるのは、昭和三年夏のことで、太宰は井伏に同人誌「細胞文藝」への寄稿を依頼し、「薬局室挿話」が九月号に掲載されることになる。山内祥史編の年譜には昭和三年「夏休みに入った直後、上京。井伏鱒二に、「細胞文藝」への原稿依頼を手紙で断られたので、再度依頼のため、第三号を持って訪問したが、逢えずに終った。しかし、帰郷の直後、井伏鱒二から「薬局室挿話」の原稿がとどけられ、折返し原稿料三円を送付したという」とある。おそらく『文藝年鑑』などで、当時の住所（都下井荻村字下井草一八一〇）を知って訪ねたのだろうが、太宰は大正十二年以来、自らの発見したこの無名作家の動静を注目し続けていたものと推定される。井伏の名が『文藝年鑑』（日本年鑑協会編、二松堂書店）に出るのは、一九二五（大正十四）年三月発行の一九二五年版からで、同年鑑のアンケート「大正十三年の文壇に対する所感」に、井伏は「私はまだ文壇とは深い交渉がないので、また職業の方に忙しがつてゐましたので、所感といふほどの気持を現し得ません」と答えている。同じ年鑑の「文士録」の井伏の項には「聚芳閣社員」とある。さらに一九二六（大正十五）年版の「文士録」には「福山中学校より早稲田大学仏蘭西文学部に入り、傍ら暫く日本美術学校に学んだ、その後植林、牧牛、雑誌編輯、編纂、翻訳をした。目下それに類する仕事をしてゐる」とある（これはおそらく井伏自身の筆に基づくものと思われる）。以後、昭和二年から翌年にかけて、「不同調」「文藝都市」「三田文学」などに作品が載るようになるものの、太宰が原稿依頼した段階での井伏は、まだ依然として「無名不遇」の存在であったといってよい。

「薬局室挿話」は原稿用紙四十枚ほどの短篇である。「私」は中学時代の友人岡田がやっている無免許の医院に入院したが、岡田はまもなく廃業し、医院を貸間にした上で、「おでん」屋を開業したので、「私」はおでん屋の女給たちと元医院に同宿することになって、彼女たちを含めてそこに出入りするいかがわしい人物たちとも交渉をもつに至るという話である。他愛がないといえばいえるが、これはこの時期の井伏作品の中でも、特に手抜きしたようなものとも思えない。井伏には「炭鉱地帯病院――その訪問記」（昭4・8）「いかさま病院」（昭8・12）などから「本日休診」（昭24・8〜25・5）に至る病院ものともいうべき系譜があるが、「薬局室挿話」はその第一作でもある。

さて、井伏鱒二が一応文壇に認められるのは、昭和四年である。昭和五年一月発行の「文学時代」は「文壇新人録」という特集を組んでいて、その特集標題の脇には「昭和四年度に於て文壇に進出した十三家の、自伝風の感想とその略歴とを得て、此処に「文壇新人録」を編みました」とある。井伏はそこに「感想風な略歴」という文章を寄せている。

福山市外加茂村（実に辺鄙な田舎）に生れた。兄、姉、私、といふ順序で、私達は三人兄弟である。兄弟の仲は悪くはないが、兄も姉も、私が拙い小説を書くので面目ないといつて、よつてたかつて私を責める。イデオロギイがないといふのである。私は珍しい旅行もはげしい読書もしたことがない。早稲田の文科を廃して以来、今日まで世間なみの文学青年の暮しをして来たのである。（今後もこの暮しはつゞくであらうが、それは止むを得ない。）したがつて誇るべき学識もなく、革命思想もなく、読みきりの短い小説を少しばかり書いたにすぎない。

今後とても同じことであらう。私はその短い小説でもつて、意地わるの現実に反省をうながすためのラツパを吹いたつもりであつたが、彼女は私のラツパの音に耳を傾けなかつたのである。

右の文章はこの時期に井伏が好んで使った「ラッパ」の比喩とともに、「イデオロギイ」「革命思想」などの語がみえるように、昭和四年に「谷間」その他で文壇に認められるまでの井伏鱒二の作品には、さまざまなかたちで、プロレタリア文学の影が落ちている。そのことを考えるまえに、昭和三年までの井伏文学の推移のうちから、私小説をめぐる問題をとりあげてみよう。

まずこの期間の井伏は「幽閉」（大12・7）から「鱒二への手紙」（昭3・10）に至るまで、二十余篇の随筆、一篇の戯曲（「不機嫌な夕方」）、二つの少女小説（「幻のささやき」「永遠の乙女」）をのぞいて、二十篇近い小説を発表していることが知られる。これらは、最初の「幽閉」をのぞいてすべて「私」という一人称の物語である。しかも、そのほとんどは井伏のいわゆる「文学青年窶れ」した「私」が都市の陋巷を（それもしばしば「夜更け」に）彷徨する話で、それがこの時期の井伏文学の際立った特色である（この時期の作品については、次章でのべる）。昭和四年以降もその傾向は続くが、その「私」がしだいに作品の前面から退いて後景化していく。要するに昭和三年までの「私」の物語は、すべてモノローグの世界といってよいのである。

それらの作品に共通する主題は「悲しみ」「屈託」などといった主人公の暗澹たる心情である。考えようによれば、それは明治大正以来の私小説を中心とする既成リアリズム文学の主題であったはずだ。いささか比喩的な言辞を弄すれば、そのありふれた主題を「山椒魚は悲しんだ」と意表をつく表現で書きはじめたところに、井伏鱒二の独創があった。井伏の文学的努力は主人公（文学青年）の「悲しみ」という物語内容ではなく、それを「山椒魚は悲しんだ」と書く独自の物語言説（文体）にこそ向けられていたといえる。のち希代の物語作家になる太宰が「興奮」したのもその点にあったのだろう。

たとえば私小説の極北とされる嘉村礒多などと比較すれば、それは明白だろう。嘉村は、井伏より二ヶ月早く同じ中国地方の山口県の地主の家に生まれ、同じく大正十二年に処女作を発表しながらも、長い苦節をへて「業苦」（「不同調」昭3・1）「崖の下」（「不同調」昭3・7）で認められ、第一創作集『崖の下』（昭5・4）を、井伏の『夜ふけと梅の花』などとともに新興芸術派叢書の一冊として出し、新興芸術派の一員となったという表面的な経歴は井伏とよく似ているが、これほど対照的な作家も珍しい。二人とも地方出身で長い不遇の習作時代を過ごしたが、その苦渋の生活を

「業苦」と受けとめるか、「屈託」とずらして表現するかに、両者の差異は明瞭である。

この時期の地方出身の「文学青年」たちは、何らかのかたちで故郷との間に心的葛藤をかかえていた。たとえば、現在知られている井伏の小説第四作として「祖父」(「人類」大13・9)という作品がある。これはまことに残念ながら、事情があって新全集第一巻の該当個所には収録しえなかった作品である。現在のところ、「祖父」は、後述する小説第三作「夜更と梅の花」(「人類」大13・5)をのぞけば、ズーデルマンの翻訳『父の罪』と詩「レギーネを愛す」(「文学界」大13・11)以外に作品もなく、伝記的にもほとんど空白といっていいこの年の井伏を知る上でも重要な作品だと考えられるので、その完成度はともかくとして少し詳しく内容を紹介しておこう。大学を中退して帰郷した「私」は、保護者である祖父と中退の原因にはふれないで「毎日、植林と牧牛のことについて語り合つた」のである。ある日二人はT町の海水浴場に出かけ、幼い頃の思い出のある旅館に入る。「私」が昼食後モーターボートにのったりなどして帰ってみると、旅館の大広間からは帰省中の学生たちの懇親会の喧騒が聞こえる。不快な夕食を終えた「私」は海岸を散歩しながら、植林や牧牛の計画、副業の椎茸栽培のことなどを考える。宿に帰った「私」は、祖父と二人で短歌会を催すことにするが、大学での不快な短歌会のことを思い出して「くつたく」した心持になり、祖父が土地の宮司に書いてもらった色紙を墨汁で汚してしまう。それをきっかけに「私」の「なすことすることは遊びごとの様ぢや」という祖父の叱言がはじまり、「私」が外へ散歩に出て帰って来てもまだ祖父の叱言は続いていているのだった。

これは明治・大正期の文学によく見られる上京する青年の挫折と帰郷の物語(嘉村儀多もその一人だ)ではあるが、大学中退という不始末にもかかわらず父親がわりである祖父との間に、正面きった対立はない。

　若い時から一生懸命に働いたけれどその一生に家の財産を増しも減らしもしなかつた祖父に、若し、何故そんなに働きつゞけるだけで、不幸な事に対してだけは不平を言はうとしないのか、と諮くなら祖父はきつと、自分はもう年を老つてゐるのだから、と答へるであらう。しかし私達は今度の私の帰郷の原因、態度については多くを語り合はないで、毎日、植林と牧牛のことについて語り合つた。祖父は死ぬまでにはそれ等の仕事の地盤をつくつておきたい考へらしかつたし、私も死ぬまでにはそれ等をもう一歩完成に近寄らせておきたい考へだつたので、二人は少しの難渋もなく仕事の計画について話し合ふことが出来た。二人の興味も殆んど同じであつた。


　前半で語られるのは、このような帰農に対する夢と、それに表裏する先の帰省学生たちの喧騒に代表される都会的な猥雑さへの屈折した反感であるが、後半三分の一を占めるのは、いつ果てるともしれない祖父の叱言の連続であって、そこには肉親である祖父への親和と苦い自己嫌悪とが、決してストレートな告白ではなく、意図的な遅延によるいいまわしで表現されていて、すでに井伏的個性は紛れもない。

「祖父」に比べれば、故郷の家に妻子をおいたまま他の女と駆け落ちして東京で暮す嘉村の「業苦」の主人公にとって、故郷は帰ることを許されぬ場所であり、苛烈な自責と罪意識の源泉である。つまり嘉村のばあい自らの宿世の拙さを、告白的にひたすら嘆くことが彼の文学にほかならなかった。ていどの差こそあれ、両者とも、暗澹たる生をかこつ身であることは同じだが、井伏は落魄した文学青年の悲しみといったいわば私小説的な素材そのものを相対化し、もどくことで新しい独自の表現―文体を創出していったのである。

はじめて原稿料のある雑誌「不同調」の新人号にのった「歪なる図案」（昭2・2）は、幼少期に「私」たち兄妹三人の子守として乳母車を押した三兄妹の不幸な死を書いた作品である。末尾ではこの二組の兄妹の幸・不幸の「定量」が代数の方程式を使って示される。その奇抜な試みが成功しているとはいえないが、人間の幸・不幸を嘉村礒多風の告白的な散文ではなく、数式で表現しようとしたところなど、物語構成を「図案」に見たてていることも含めて奇想の小説であり、初期井伏は見かけ以上に過激な前衛派だったのである（この作品の初出形は大正十四年八月の聚芳閣版「文学界」所載の「乳母車」であることが、「近代文学雑志」第13号の前田貞昭「井伏鱒二「乳母車」をめぐって」で指摘されている）。もとより「幸福の定量と不幸の定量を代数の方程式で計算した短篇」（「雞肋集」）という意表をつくような実験が、ただちに理解され、受け入れられたわけではなかった。批評家村松正俊は、「読売新聞」の月評「未来を創造する新人は誰」（昭2・2・3）で、この作品をとりあげて「井伏氏は過去の追憶を詩にしてゐる。詩は美しいものである」としながらも、「井伏氏は恐らく未来に突入することを知らないであらう」と評した。井伏はいわば「未来を創造する新人」としては失格だとされたことになる。そのとき受けた衝撃について「雞肋集」には次のように書かれている。

私は文藝都市の同人になる前に、不同調の新人号へ「乳母車」（引用者註・「歪なる図案」の誤記）といふ短篇を出した。これは評論家村松正俊氏の月評で古くさいと批評された。私がその批評文を見て心の打撃を受け、はじめて月評されたせいもあるがしよげこんでゐると、たまたま不同調編集部の嘉村礒多氏から手紙が来た。「乳母車」を読みいろいろ感ずるところがあつた。

また云ひたいことも浮かんで来た。今後ともわれわれは大いに書かうではないかといふ意味の手紙であつた。

その後、嘉村に直接会いにいったときも「大いに書きませう」と励まされたという。そのこともあって井伏は嘉村に対して好意を抱いていたようである。井伏の『川』とともに江川書房から嘉村の第二創作集『途上』が出たときには「「途上」の作者」（「帝国大学新聞」昭7・10）という書評を書き、死去に際しては追悼文（「作品」昭9・1）も執筆している。

「「途上」の作者」では、連作の「秋立つまで」の主人公について「こんなにまで強力に、過去を現実の自己に蚕食させ、その蚕食された空隙（あきすき）に念願や後悔の観念を充塡させようと必死になつてゐる人を私は滅多に知らないのである」とした上で、次のようにのべている。

かういふ人物が書かれてゐるといふことは、嘉村氏がこれを書く必要にせまられたといふことにほかならない。私は嘉村氏がその必要にせまられるにいたつた精神を羨望する。この作品のなかには、少年時代の主人公が中学校の寄宿舎で下級生に対して秘そかに威張るところがある。また女中に反つて叱りとばされるところがある。私はそれに似て、まだ一層その動起（ママ）のよくない罪障を犯した経験がある。けれど私は、嘉村氏のやうに、これを告白する必要にせまられない。その気魄を失つてゐるのだらうかとも思はれるが、私のこの自己批判の程度で告白したとすれば、珍しくもない暴露的な散文になつてしまふであらう。（傍点・引用者）

さらに「秋立つ日」冒頭部を引用して「私はこの一心不乱な文章を愛する。ほんとうにがつちりした文章といふべきは、かういふ文章であらう」と書いている。嘉村の「一心不乱」の告白的な文章を賞讃しながらも、自身の「告白」に対する態度と文章のちがいが自覚的に語られている。井伏は嘉村に同世代としての共感と同情を示しつつも、やはり文学的資質や方法の決定的な相異を確認せずにはいられなかったわけである。

三

習作期の井伏鱒二を考えるとき、既成リアリズムとしての私小説超克とともに、プロレタリア文学運動との関りを無視できない。先にとりあげた「祖父」が掲載された「人類」という稀覯の同人雑誌について、高澤健三「井伏鱒二「祖父」と文芸同人雑誌「人類」」〈上〉〈下〉（「文学と教育」平9・8、11）は、それが長崎で発行されていながらも、人脈的にも中央との太いパイプをもっており、同人以外の寄稿者に労働文学・プロレタリア文学系の作家や評論家が多いことを指摘するとともに、同誌と井伏とのかかわりは早稲田大学出身の武藤直治が媒介者であろうと推定している。なお、高澤論文が紹介している目次によれば、「祖父」が載った大正十三年九月号（第三巻第五号）と大正十四年三月号（第四巻第三号）には「世紀」同人であった深瀬禎の名が見える。（その後確認しえた「夜更と梅の花」掲載号を含む「人類」については「補記」でのべる）。井伏鱒二とプロレタリア文学の関係については、作者自身の証言もいくつかあり、早くから問題にされて来ているが、詳細は明らかではない。以下に紹介するのも、あくまでも井伏側の資料であり、例によって彼流の屈折・韜晦がほどこされているので、隔靴掻痒の感をまぬかれないが、井伏の対プロレタリア文学の姿勢をその発言に即してあらためて整理しておこう。まず「雞肋集」から。

そのころ私は同人雑誌「陣痛時代」の同人であつた。早稲田の級友十数名が同人として集まつて、八箇月ばかり刊行した後に私をのぞくほか全同人が左傾して、雑誌の名前も「戦闘文学」

と改題した。同人諸君は私にも左傾するように極力うながして、たびたび最後の談判だといつて私の下宿に直接談判に来た。しかし私は言を左右にして左傾することを拒み、「戦闘文学」が発刊される前に脱退した。この雑誌の同人諸君は後になつて一同「戦旗」に合流した。

「陣痛時代」の創刊は大正十五年一月だから、月刊だとしてその「八箇月ばかり」後とは大正十五年八月ないし九月ということになる。現在「陣痛時代」は創刊号のみが確認されているが、井伏は創刊号に「寒山拾得」を発表している。二月号に「岬の風景」（初稿）を発表したと推定されるが、それ以後の作品発表は確認されていない。雑誌は少なくとも昭和二年五月号ないし六月号までは発行されたことが以下にのべる井伏自身の別の文章によって傍証される。井伏は田中貢太郎主宰の雑誌「桂月」に大正十五年四月から昭和二年十月まで十一篇のエッセイを発表しているが、そのうち昭和二年発表分の全篇、すなわち「競馬その他」（昭2・3）、「文章其他」（昭2・5）、「能勢と早川」（昭2・6）、「田園、電車等」（昭2・7）、「桃の実」（昭2・9）、「岡穂の実を送る」（昭2・10）において「陣痛時代」やその同人のことにふれている。そのこと自体すでに尋常ではない。しかも「能勢と早川」をのぞけば、多くは主題や文脈に関係なくいささか唐突に「陣痛時代」同人に言及しているのである。「能勢と早川」のうち早川にふれた部分を長文をいとわず引用してみよう。きわめて屈折した表現（「速力」「速度」という語など意味不明）ながら、この時期の井伏のプロレタリア文学に対する微妙な距離のとり方が、よくあらわれていると思うからである。

私は早川郁緒をあまりよく知らない。ただ彼の一見愚蒙なるが如き風采と容貌を好ましく思つてゐただけである。そして陣痛時代（傍点・原文）五月号の「善良社会のW・C」といふ彼の小説を読んで、今は最早、彼の新鮮なる才能と勇敢なる美学とを尊敬する念で一ぱいになつてしまつた。

「善良社会のW・C」は、これは某事務局の便所の壁に書かれた落書がモチフである。（中略）

早川郁緒は全くすばらしい題材を見つけたものだ。そして彼は幸ひにも、貧しくて食べるもの、ない者の不幸を描いて行きながら、傍目には羨しいこれ等の人々の速力を発見してしまつてゐるのである。――私はこの様な言葉をあまり使ひ慣れてゐないので、他の事にことよせて話してみるが――私は子供の時、たいへん巧みにラッパを吹くことが出来た。けれど常に自分で鳴らすラッパの音には不快を感じてゐたので、私はラッパを棄てた。伊作と朽一郎とは争つてこれを拾ひ、彼等は仕事の暇に実に拙くラッパを吹いた。ところが私は彼等が口を尖らせ両手でラッパを確つかり握つて、背中を前後に動かすことによつて拍子をとりながら吹く姿や其の音を、どんなに羨しく思つたことであらう。現在になつて、私がこの挿話を描くとすれば、朽一郎や伊作達、被使役者の不幸だけを私は描きはしないであらう。私は、彼等がラッパを鳴らして私を羨しくさせたところの彼等の持つてゐる何か知れない力や速度を表現しやうと努力するであらう。――斯のやうに言つてはゐるが、すでに早川郁緒が新鮮なる才能と勇敢なる美学とを根底として表出し得てゐるところのものと同じきものを、私は表現することが出来ないのである。実にもどかしいのであるが、早川郁緒のは、そこがうまく行つてゐる。彼は割合誇張なしに彼等の不幸をリヤルに述べて行つてゐながらも、私の如く時代おくれのラッパなぞを出さないで、彼等の速力と呼んでいいところのものを巧みに発散させてゐるのである。これは彼が真実に新しい物を持つてゐるからに他ならないからであらう。

その他「田園、電車等」でも「「陣痛時代」六月（ママ）号に早川郁緒氏の「善良社会のW・C」といふのが印象に残つてゐるためか、私は便所のらくがきに注意が向いていけない」と書いている。早川郁緒は途中から「陣痛時代」に参加し、同人を左傾に導いた人物と考えられる（「昭和十年代を聞く」「文学的立場」昭45・9）。「善良社会のW・C」がどんな作品かは不明だが、おそらくプロレタリア文学的傾向をもったもので、便所の落書きを通してプロレタリアートのたくましい生命力のようなものを描いた作品だろうと推定される。この作品を読んだ井伏が前記「歪なる図案」で書いた幼時のエピソードにことよせながら「現在になつて、私がこの挿話を描くとすれば、朽一郎や伊作達、被使役者の不幸だけを私は描きはしないであらう。私は、彼等がラッパを鳴らして私を羨しくさせたところの彼等の持つてゐる何か知れない力や速度を表現しやうと努力するであらう」といっていることに注目しよう（ここでの「速度」はエネルギーというほどの意味か）。早川の作品に啓発されたことを認めながら、同時に井伏は、早川のようにプロレタリアートの力をとらえる文学表現上の「真実に新しい物」を、自分がもっていないことも自認しているかのようである。「陣痛時代」を脱退したのがいつかは確定できないが、おそらくここらあたりに「世紀」以来の仲間との別離も予感されていたものと考えられる。「他の事にことよせ」たわかりにくいいい方ではあるが、「私はこの様な言葉をあまり使ひ慣れてゐないので」といったり、「貧しくて食べるもの、ない者」たちである「彼等の持つてゐる何か知れない力や速度」に共感を示しながらも、それを「私の如く時代おくれのラッパ」では「表現することが出来ない」とのべていることに注意したい。自分のことばを「時代おくれのラッパ」にたとえているが、彼がプロレタリア文学に赴かなかったのは、思想の問題というよりはその表現や感性にかかわっていたのだともいえよう。そのスタンスのとりかたは、先に嘉村に関連してふれた私小説に対する姿勢と通底するところがある。

「桃の実」では接木の譬え話にことよせたある友人の文学談義のかたちを借りて「陣痛時代」同人の能勢行蔵・佐々木隆彦・古賀栄一らの文学上の接木的転換を間接的に批判している。特に最後にその友人が「しかし接木の芽は決してそれは新しいイズムのことではないのだ。イズムなんて、よその木の散つてゐる花だよ。万事ここだここだ」と胸をたたいたとしているところが暗示的である。「岡穂の実を送る」は郷里の兄への手紙のかたちをとったもので、その中で「陣痛時代」の「四月号か三月号か」にのった能勢行蔵の「街」という短編が「立派だ」として「一人の労働者風の勤人が毎朝ひもじい思ひで何処かへ行たり帰つたりする」という「梗概」を記すとともに、自分にはない彼の「耐忍強」い書き方にふれ、さらに、同じ同人誌で「笹木（佐々木）隆彦」が「支那人のことを題材としてドラマを発表しました。可成り評判がよかつたやうです」とも書いている。他にも「一月号の文芸同人雑誌のうち陣痛時代が最もすぐれてゐた」（「競馬その他」）とか「文芸同人雑誌陣痛時代は私の愛読書の一つである」（「文章其他」）などと「陣痛時代」とその同人の作品をわざとらしいほど好意的に紹介している（いずれも傍点は原文）。このような過剰な気遣いを含む韜晦した書き方自体、同じ同人誌仲間についてのものとしてはいささか不自然で、昭和二年に入ってからの井伏はすでに「陣痛時代」から実質的に離れていたのではないかとも疑われる。同時にただごとと思えぬこの気の遣い方は、いまだ彼らと決定的に断絶するほどには自己の方向を見出しえていないこの年における井伏の微妙な立場を反映しているのかもしれない。それにしても、「陣痛時代」が「戦闘文学」と改題され、さらに同人そろって「戦旗」に合流したというのはいつの時点だろうか。「戦闘文学」という雑誌は未確認であり、「戦旗」の創刊は昭和三年五月のことである（井伏は大正十五年八月、同人誌「鷲の巣」の同人となり、「岬の風景」を再発表しているが、少なくとも心情的にはこの段階で「陣痛時代」から離脱していたのではないか）。

四

プロレタリア文学に対する井伏の姿勢は、昭和三年に入ると明らかなちがいを見せるようになる。「或る統計」（昭3・2）は「多くの文学青年は何となるか？」というテーマのもとに、統計によれば東京に「六万五千人」いるという「文学青年」の生態についてのべたものである。最近までの文学青年たちは「憂鬱」で生活も「暗く淋しかつた」が、現在では「明るく未来に突入する」意志の必要が発見され、彼等は各二つの道を見出したとしている。すなわち「その一つは「貧乏も不遇も、こゝまで来れば返つて明るいぞ！」と叫ぶ立場と、他の一つはプロレタリア文学、闘争の文学である」という。そして「前者は後者に刺戟されるところが多く、後者は前者の叫びを強張（ママ）し理論化したところのものである」とのべて、いわば既成リアリズムの文学もしだいにプロレタリア文学に領略されつつあるとしている。彼らは「古い！」と評価されることを恐れてひたすら「マルクス主義」を研究しつつあるという。「未来に突入する」ということばが示しているように、ここには一年前に村松正俊の「月評」でうけた批判が屈折したかたちで尾を引いているといえよう。

斯かる研究が、私はよくないといふのではない。私は世の人心の動き行く有様を仔細に述べてゐるのであつて、私の主観を混じへて言つてみれば、さもあるべき世情時態でこそあれ、人々は斯くあらねばならないではないかと思ふものである。幸ひにして私に相手よりもはげしい情熱と智識とがあれば、私は彼にマルクスについて話してきかせるかもしれないが私の周囲の人々は私よりも更に先進の情熱家のみである。

プロレタリア文学が否みがたい世の趨勢であることを認めつつ、少数者としての自己の立場を留保するかのように、「(但しこの雑然たる足音の中にあつてよき芸術品をつくり得る者こそ真にほむべきかなであらう)」とものべている。ここにも「陣痛時代」同人の左傾と井伏の孤立の反映をみることができるかもしれない。最後に「最も愚劣とされてゐる、或る大衆作家」の大正十四年度と昭和二年度の二つの作品の「定量分析表」なるものによって、大正期の「憂鬱」の主題が二年後には消失し、それまでなかった「マルクス主義思想」が一五%にもなっていることを示した上で「この場合、この最後の一五%もいづれは愚劣なる作家の媚びに他ならないであらうが、蓋し民衆の求めて止まない情熱とみるべきではないであらうか?／事実、若き人達の間では、プロレタリア作家の執政が行はれてゐるやうだ」として、流行思想に迎合しようとする文学に一矢を報いて、この韜晦的文章を結んでいる。

「七月一日拝見」(昭3・8)は、「私」の運勢鑑定の「速記」という形式をとっているが、「プロレタリア文学は盛んになるでせうか?」という「私」の質問に対して、鑑定家は「これまた折角ながら愚問として黙殺申上ぐべく、若しこの方に転換の希望あらば「お止しなさい」と注意まで申すなり。行くも千里、帰るもまた千里、おのが行路をつゞけるが第一なり。」と答えている。行くも千里、帰るも千里――これこそ作家井伏鱒二の偽らざる心境だったのかもしれない。

「鱒二への手紙」(昭3・10)はこう書き出されている。

以前からの私の友人は、それぞれ家の業についてゐるものを除くほか、全部がプロレタリア文学運動に加盟した。画家にならうとしてゐた友人さへも、その運動に加盟してしまつた。私だけが加盟するのを失念してゐたのである(傍点・引用者)。

すでに諧謔的姿勢は明らかであるが、「私」に対して「あなたなぞ、どうしてプロレタリア作家に転換なさらないのです。プロレタリア作家でなくては、小説家らしく見えません」という手紙をおくって来た、流行かぶれの「モダンガール」である姪の女子大生は、もはや完全に戯画と揶揄の対象になっている。

かくして、私小説的伝統と新興プロレタリア文学から挟撃されるがごとき困難な道程をくぐりぬけ、さらに次のようにいうとき、井伏は、私小説的告白はもとより、同時代のプロレタリア文学やモダニズムからもはっきり一線を画する境涯に進み出ていたのである。

若し私のこの考へかた（引用者註・「近代性」とは社会的「矛盾にうちのめされ驚き周章てる性質」だという考え）に間違ひがないとすれば、ビルデイングやダンスホールや牢獄や争議を題材とし背景として作品を書くことによつて、近代性を帯びたと信じてゐる人々は、近代性に欠げてゐるのみでなく幼稚なる概念作家にすぎないと断言してさしつかえないであらう。（中略）

素材や題材の従軍記者であつたり、自然主義作家の「人生」へのカメラの種板であつたりすることは、その結果は最も倦怠を催させる散文芸術を創造することになるであらう。観念論から脱しきることのできない内容主義者が、今日に及んでも尚ほ、素材や題材に対して従軍記者の役割を演じてゐるのは笑止な訳である。（「散文芸術と誤れる近代性」昭4・4）

彼がここで批判しているのは、既成リアリズム・モダニズム・プロレタリア文学も含めた文学上の素材主義・内容主義であって、井伏の関心はもっぱら自己に固有の表現・文体をもつことであった。これがすなわち太宰治に「薬局室挿話」を送稿して来た前後の井伏鱒二の文学的位相である。「世紀」以来、井伏が関った同人誌あるいはそれに準ずる規模の小雑誌をあげると「世紀」「人類」

「文学界」「鉄鎚」「陣痛時代」「桂月」「鷲の巣」「郷土」「不同調」「三田文学」「文藝都市」など十指余に及ぶ。結局、彼を文壇におし出す契機となったのは「三田文学」と「文藝都市」だった。同人誌を転々とする井伏は、仲間うちでも評判がよくなかったともいわれるが（浅見淵）、井伏の長い「鯱鉾不遇」は、その特異な才能がその独自性のゆえに時流に受け入れられなかったところにある。時流に右往左往したのは、文壇の「小魚達」（「山椒魚」）の方であった。そして、山椒魚が長い歳月をかけて「岩屋」的現実を受け入れ、その「悲しみ」から解放されつつあったように井伏の「同人雑誌嚢れ」の時代もようやく終ろうとしていた。以後、逆に太宰の方が左翼運動の中に入っていき「地主一代」（昭5・1〜5）や「学生群」（昭5・7〜11）などを書くようになるのは、よく知られているとおりである。

昭和五年春に上京した太宰治は、『夜ふけと梅の花』の新進作家井伏鱒二に初めて会うのである。

私と太宰君とは古いつきあひである。はじめ彼は私を一種の慈善運動に引き入れる目的で私のうちに訪ねて来た。私はとにかくそれだけは勘弁してもらふことにしたが、彼は再三再四、私のところに勧誘に来た。さうして約二年間そのやうなつきあひをしてゐるうちに、反対に私は彼を転向させてしまつた。

「太宰君」（昭11・4）の一節だが、「慈善運動」が何をさすかはいうまでもあるまい。

補記――「人類」掲載作品について

新全集完結後に、大正十三年の井伏作品三篇を掲載した雑誌「人類」の一部を見ることができた。作品は「夜更と梅の花」（大13・5）「祖父」（大13・9）「借衣」（大13・10）の三篇である。「夜更と梅の花」は、従来知られていた「文藝都市」（昭3・3）発表のものに先立つ初出稿。「祖父」は、筑摩書房版新全集の「著作目録」（前田貞昭氏作成）にその作品名だけは掲出されたものの、雑誌所蔵者の許可がえられず、本文を収録できなかった新資料。「借衣」は大正十二年八月の「世紀」に発表されたものの改稿。その他大正十三年六月号（第参巻第弐号）、七月号（第参巻第参号）、八月号（第参巻第四号）の内容を確認することができたが、そこには井伏作品は掲載されていない。なお「人類」については、前記高澤健三論文によれば、大正十四年一月号と四月号も確認されている。今回は大正十三年五月号から十月号までの六冊を見たばかりで、「人類」という雑誌の全貌を知りえたわけではない。以下、井伏作品掲載号を中心にその概要を記しておこう。

「夜更と梅の花」が載った五月号の表紙右肩には、「大正十二年十二月十五日第三種郵便物認可／大正十三年四月廿八日印刷／大正十三年五月一日発行（毎月一回一日発行）」と二行割で書かれ、その下に、「第参巻第壱号」とある。「第参巻」というのはもちろん三年目という意味ではない。

まず、五月号の表紙・目次を示す。

人類第参巻第壱号目次

夜の交響楽　前田　鳥鵲　四八
妄想をくらふ男　竹中　宗一　七六
目白の話　大町　伯夫　九五
春浅し　汐見　澪二　一〇三
ころんば　本多　烏村　一〇五
蓑虫の声　木寺　黎二　一二〇
幻影への頌歌　杉原邦太郎　一二四
殿と家老　大町　克雄　一二六
親なし子を思ひて　定松　喜六　一三三
春の誕生　高比羅　清　一三四
生活断片　納富　善六　一三六
清き舞踏　下田　巖　一三八
わが影のゆらめき　川崎俊二郎　一四〇
アカシヤ詠草　一四一
編輯後記
表紙、扉　井沢　龍海

五月号の奥付には「発行編輯兼印刷人」として「長崎県南高来郡島原町百八拾番地／大町克雄」とあり、発行所も島原町の「アカシア支社」となっている。また「本社　東京市小石川区丸山町一一ノ五号／支社

長崎市堀町二七　たちばな方　仝　長崎県南高来郡島原町一八〇」とある。

ところで奥付に続く最終頁には次のような「社告」があって、「人類」は「アカシア」をこの五月号から「改題」したものであることがわかる。

社告

雑誌『アカシア』も愈々満一ケ年を期として『人類』と改題しました。そして内容を哲学、思想、文学、音楽、美術等一般芸術の研究と批判及び創作、詩、戯曲其他を包括する壱百頁乃至百参拾頁の月刊雑誌と致します。そして従来の本社を東京の左記に移転し、一切の編輯及び営業事務を取扱ひ兼ねて地方文化開発のため、長崎市及び同県島原町に支社を置きます。尚将来は同志の居住する各県下に支社を置き全国的に致すつもりであります。本社は主義として、飽くまで、当来の新文化創造の使命の自覚に立ち一方旧芸術文学思想、哲学——一切の文化の根底的の批判と変革とを意図してゐます。そして時代の先覚たる一般新智識階級諸氏の創作及び研究の発表機関としての役目も果すつもりであります。何卒以上の御賛同をお願致し度う御座います。

東京市小石川区丸山町十一ノ五号
『人類』発行所　アカシア社
代表者　大町伯夫

アカシア社の代表者となっている「大町伯夫」は、長崎県島原町百八拾番地の編輯兼印刷の「大町克雄」の関係者であるものと推定される。二人ともこの号に作品を発表している。井伏鱒二がこの雑誌に作品を発表するようになったのは、同人の武藤直治との関係からである。武藤の名は井伏の「貧困其他」（「桂月」大15・11）などにも見える。明治二十九年一月二十七日、横浜生まれで、どういう事情からか、長崎県立島原中学を経て、大正八年に早大英文科を卒業している。その年十一月に早稲田時代の学友浅原六朗、牧野信一らと同人誌「十三人」を創刊、ついで第二次「種蒔く人」、「文藝戦線」に参加して、しだいにプロレタリア文学に傾いていく。井伏は「習作時代」（「新潮」昭10・2）の中で、四谷の出版社（聚芳閣）につとめている間に「夜ふけと梅の花」を「武藤直治氏の編輯してゐた同人雑誌に載せた」と書いている。先に引いた「社告」の「人類」発行所の所在地が、当時武藤直治の現住所（大正十三年三月発行の『文藝年鑑』所載）と同じであること、五月号の巻頭言「『人類』のことば」の筆者のイニシアル「（ＭＮ）」が武藤直治であるらしいことなどから考えると、「人類」の実質的編集者は武藤直治であった可能性が高い。

五月号の執筆者には、武藤、井伏の他に、辻潤、山内房吉、木寺黎二（本名松尾隆。明治四十年長崎県生まれ。のち早稲田大学露文科教授）などの名が見える。巻頭の辻潤「ですぺら」は十三年七月刊の評論集『ですぺら』（新作社）に収められた。また山内房吉「文学運動の近代的意義」は、「社会の進化と共に、われわれの文学も従つて文学運動も進化する。最近一二年の新興文学運動は、これが芸術論の範囲を出でない限りに於ては、正しく順潮に結実した。それは現代に於ける観念的闘争の一分野としてのプロレタリア文学論の確立である」と書き出され、「階級の対立が明かであるとき『全人類』といふ言葉は無意味だ。階級が存続する限り、文学運動も階級的団結の形を採るであらう。その必然の進行の中にわれわれの文学と文学運動をして意義あらしめよ！」と結ばれる階級文学論である。山内は、明治三十一年三月八日、岐阜県生まれ。同志社大学卒業。大正十三年「解放」の編集責任者となり、同年十二月の日本プロレタリア文芸連盟創立に参加、昭和二年「文藝戦線」同人をへて三年十二月にはナップに加盟し、プロレタリア文学理論の確立を唱えた批評家の一人である。「人類」八月号には巻頭に「転換期の文学」を書いている。その他、今野賢三（七月号）、藤井真澄（九月号）、井東憲（九月号）、八木東作（十月号）らの名がみえる。今野・井東は「種蒔く人」「文藝戦線」同人。今野は七月号の巻頭に「無産文芸の方向」を書いている。また「種蒔く人」同人であった柳瀬正夢が七月号から表紙・扉の絵を担当していることが注目される。こうしてみるとこの雑誌は早稲田系、島原中学系、「種蒔く人」系などの集まりであることがわかる。つまりこの雑誌がダダイズムやプロレタリア文学などが混交する不思議な雰囲気をもつものであったことに留意しておきたい。

ところで「夜更と梅の花」は昭和三年三月「文藝都市」に再発表されるが、その末尾には「附記。この『夜更と梅の花』はよほど以前に、長崎市から発行されてゐた同人雑誌へ載せたもので、その際、補筆訂正して今日まで蔵つてあつたものです。」とある。先にあげた大正十三年六月十三日付田熊文助宛書簡にあるように、「人類」発表当時、仲間うちでも好評であつた自信作を「文藝都市」を発行する新人倶楽部に入会するにあたってまず最初に掲載したわけである。「文藝都市」発表の本文は、「人類」発表のものに二百三十数個所にも及ぶおびただしい加筆訂正が加えられている。それが「人類」発表直後の「補筆訂正」であるかどうかはにわかに判定しがたい。「文藝都市」掲載の本文を昭和五年四月発行の第一創作集『夜ふけと梅の花』（新潮社）に「夜ふけと梅の花」と改題して収録するにあたっては、わずかに二三箇所の小さな訂正があるのみである。第一創作集の標題に選ばれていることも、作者にとってこれが自信作であったことをうかがわせる。

「父祖（ママ）」（「人類」第参巻第五号　大13・9）は、「祖父」の誤植。目次は「祖父」となっている。同じ号の「編輯後記」に「井伏君の『祖父』が『父祖』になつてゐた。不悪御諒察を願ひたい」とある。先述したように、この作品は大正十一年早稲田大学中退後、帰郷中の生活に取材したものである。

「借衣」(「人類」第参巻第六号、大13・10)は、前年の十二年八月発行の同人誌「世紀」第二号に発表されたものの改稿である。初期井伏のばあい改作再発表は珍しくないが、わずか一年余の間の再発表は、半年後に再発表された「岬の風景」(「陣痛時代」大15・2→「鶩の巣」大15・8)とともに異例といえる。前半は字句の訂正ていどで大きな改変はないが、後半末尾近くに、全集版にして二頁にわたる大幅な削除がある。主人公は妾である下宿の「奥さん」から旦那の着物を借着して、いっしょに女子美術の生徒を待ち伏せして交際を求めようとするが、失敗して二人は論争になる。新全集の第一巻二十四頁四行目以降に該当する個所——いい合いになった二人が、墓地の中で殴り合いをする場面が、そっくり削除されている。「世紀」版ではこの「殴打事件」は「もう十年近く前のこと」として回想されているが、その初出「借衣」を改稿しつつあった大正十三年の井伏は、先の田熊文助宛書簡にみられるように、新たな恋愛の渦中にあったわけである。

「借衣」は、第一創作集『夜ふけと梅の花』には収録されなかったが、この題材には執着があったのか、のち「背の高い椅子の誘惑」(「文学時代」昭6・2)の原型となることは、井伏の読者にはよく知られているだろう。そこではなぜか、「人類」版で削除された二人の殴打場面がほぼそっくり生かされるのである。

(雑誌「人類」の調査にあたっては、曾根博義氏の教示をえた)。

「くつたく」した「夜更け」の物語——「文学青年窶れ」の時代

一

井伏鱒二の作家的自己形成を考えるとき、彼が「幽閉」（「世紀」大12・7）という名の作品で出発したということほど象徴的なことはない。前年には親友青木南八の死という痛恨の出来事に引続いて、早稲田大学を不本意なかたちで中退し、前途に何のあてもないまま作家修業の生活に入っていた大正十二年ごろの井伏をとりまく状況は、個人的な失意の事情のみならず、時代そのものの暗さにおいても、まさに幽閉と呼ぶにふさわしいものであった。だからこそ、彼は学生時代の習作のなかから、特にこの作品を選び、改稿の上発表したのだろう。自己をとりまく現実を幽閉と感じるのは、程度の差こそあれ、青春期に通有の傾向ではあるが、その後の井伏の文学的関心は、もっぱらそのような閉塞的状況そのものをいかに文学的に形象化するかに向けられていたといってもよい。換言すれば、それは現実という「ほの暗」い岩屋といかに折合いをつけ、いかに破滅することなく自己を実現して行くかの工夫だったともいえよう。その文学的苦心のあとは、「幽閉」から「山椒魚」

（「文藝都市」昭4・5）への変貌の過程によってたどることができる。「幽閉」は書き出しの一行「山椒魚は悲んだ」を除いてほとんど完膚なきまでの改稿によって「山椒魚」となるのだが、両者の比較・検討は別のところで試みたので、今は重要と思われる相違点のひとつを指摘するにとどめよう。それは「山椒魚」終末部に、「幽閉」にはなかった山椒魚と蛙の口論・対立から和解にいたる部分がつけ加えられていることである。蛙はこのモノローグ的作品世界に導入された他者であり、これによって、山椒魚の悲しみはいっそう相対化されるのだ。また、この蛙との対立の部分の付加は、作品の内部に時間の流れが導き入れられたことを意味している。「幽閉」においては、山椒魚が岩屋に閉じこめられたことに気づく発端から結末までほとんど時間が流れていない。ながく見積ってもせいぜい一日の出来事としかとれないのである。それに対して、「山椒魚」における山椒魚と蛙は、「激しい口論」を繰り返しつつ二年余の歳月を過ごす。この時間の意味するものは大きい。これこそ、「幽閉」発表の大正十二年から「山椒魚」発表の昭和四年に至る間に、井伏鱒二の上に流れた苦渋にみちた時間の表象にほかならない。つまり、「山椒魚」における憂愁と絶望から諦念と和解への過程は、そのまま作家井伏鱒二における「幽閉」から「山椒魚」への道程に重なっている。「山椒魚」という作品そのものがながい不遇な無名時代の辛苦を経て、ようやく自らの方法を獲得しえた井伏の作家的自己確立の宣言であり、幽閉的状況の超克を告げる青春への訣別の書でもあった。

「幽閉」から「山椒魚」までの間に発表されている作品は多くないが、それらのすべてが主人公「私」の幽閉的心情を形象化したものであるのは、今までのべた事情からいっても当然であった。しかも、それらのほとんどが「夜更け」の物語であることが注意される。これらの作品の大半は、生前の筑摩書房版全集刊行に際しても作者自身によって見捨てられることになるのだが、しかし井伏の文学的出発を考えるとき、見逃すことのできない重要性をもっている。したがって、ここでは、その「夜更け」の物語を中心に初期井伏の作品をみて行こう。

二

「夜ふけと梅の花」(「文藝都市」昭3・3、＊初出時の題名は「夜更と梅の花」)は、もっとも早く書かれたと思われる「夜更け」の物語のひとつである。「文藝都市」の本文には「附記」として「この『夜更と梅の花』はよほど以前に、長崎市から発行されてゐた同人雑誌へ載せたもので、その際、補筆訂正して今日まで蔵つてあつたものです」とある。これは大正十三年五月に「人類」という雑誌に発表されたことをさしている。だとすれば、この作品はのちにふれる「寒山拾得」(「陣痛時代」大15・1)や「岬の風景」(「陣痛時代」大15・2)に先立つ時期の成立ということになる。「人類」初出本文に対する大小二百三十数個所に及ぶおびただしい「補筆訂正」のなされた時期は確定できないが、作品のモチーフそのものが「幽閉」以後の作者の鬱屈した心情と生活をうかがうにたるものといえよう。

この時期の他の作品と同じように、ここでも主人公の「私」は、都会の陋巷の「夜更け」の中で「くつたく」している。この「くつたく」というやや古風な言葉は、それ自体すでにある韜晦の姿勢を含んでいるが、この時代の井伏作品に共通のテーマでもあった、生の方向を見失った青年の倦怠と憂鬱をあらわしているとみてよいだろう。別の言葉でいえば「幽閉」された意識の表現である。「夜更け」の思想と呼んでもいいだろう。初期井伏の「夜更け」の物語はいずれもこの幽閉された孤独な心情の表出である。倦怠感や閉塞感という一種の負の感情を、自己の内部でいかに処理し、いかに文学的表現にまで昇華するかが、この時期の彼の課題であったことはすでにのべた。倦怠感・幽閉感それ自体は陳腐な主題に過ぎないが、これを「くつたく」と表現したとき、すでに井伏の独創は発動しはじめていたのだ。少し観点をかえていえば、それは「私」をいかに対象化し、文学化するかの問題でもあった。「夜ふけと梅の花」の主人公の「私」は、他の初期作品（たとえば「寒山拾得」「埋憂記」）の主人公と同じく「日雇ひの校正係」である。昭和四年ごろまでの井伏は、作者自身の分身とみられる裏ぶれた失意の文学青年の「私」を主人公とする物語をもっぱら書き続けた。「幽閉」が例外だが、あの山椒魚も鬱屈した内面のドラマをかかえこんだ孤独な存在であるという意味で、他の作品の「私」と本質的には変らないのである。これら一連の「夜更け」の物語は、作者自身と目されるような「私」を主人公とする物語であるという点では、一見「私小説」的だが、もちろんその「私」はいわゆる私小説のようにストレートな告白性によって支えられた「私」ではない。「私」の物語がそのまま作者自身の告白と考えられがちであった私小説的伝統と風土をむしろ逆用して、わざわざ「私」を主人公とし、私小説的告白のように見せかけながら、その実それは幾重にも変形され戯画化された「私」であり、作者と「私」の間にはつねにある距離が保たれ、その距離を自在にあるいは微妙に操作することで、作者自身は巧みにその姿をくらますのである。大正末期に作家的出発をした井伏にとって、私小説の克服が大きな課題のひとつだったわけだが、彼はそれからの単なる離脱によってではなく、むしろその中に身をおきながら、私小説的発想そのものを逆手にとってそれを乗り越えようとしたのであった。

ところで「夜ふけと梅の花」は次のように書き出されている。

或る夜更けのこと、正確にいへば去年の三月二十日午前二時頃、私はひどく空腹で且つくつたくした気持で、何処かおでん屋でもないかと牛込弁天町の通りを歩いてゐた。邸宅の高い塀の内側から白く梅の花が咲いてゐて、その時マントの襟を立てようとして、鳥渡空を仰いだ私の目をよろこばせた。しかしこの時それと同時に——全く突然、暗がりの電信柱のかげから一人の男がよろめき出た。彼は私の前に立ちふさがり、頤をこちらにつき出して叫んだ。

「もし、もし、きみ！　僕の顔は血だらけになつてやしませんか！」

「くつたくした気持」を抱いた「私」は「夜更け」の通りで、その「くつたく」を束の間でも忘れさせるような「梅の花」を見出す。しかし、その「よろこび」も、突如よろめき出た「血だらけ」の顔の村山十吉なる男によってたちまち消え失せてしまう。男に無理やり五円札を押付けられた「私」は、「拾ひものを着服したよりも以上に、五円札のことを気懸りにしはじめた」のである。返しに行くつもりでいながらいつの間にかそれを使い込むという懶惰な生活を繰り返すうちに、「私」はしだいに村山十吉に出逢うことを恐れるようになる。以下、「血だらけ」の村山十吉の幻影に怯える「私」の独り相撲的な心理的葛藤が一篇の主題である。初期の「夜更け」の物語はいずれもほとんど「私」ひとりの孤独な心象のドラマであって、「山椒魚」の作品構造と基本的には変らない。「夜ふけと梅の花」の村山十吉はいうまでもなく、「寒山拾得」における佐竹小一も、「岬の風景」におけるみち子という少女も、さらには「埋憂記」（「文藝公論」昭２・９）の在竹小一郎も、「山椒魚」における蛙と同じように、主人公と対立するほど独立した人格は与えられておらず、いわば、主人公の孤独な内面の劇の立合い人であり、主人公の「くつたく」した心情を照らし出す小道具にすぎない。特に「夜ふけと梅の花」の村山十吉は、作の冒頭をのぞけば、「私」の「妄想」の中にしか登場しないのである。

就中、村山十吉は狂暴な男らしいので、決して油断はならないのである。彼は突然ものかげからをどり出て、私の前に立ちふさがるかもしれはしない……

「もし、もし、きみ！　僕の顔は血だらけではないかね！」

弁天町の邸宅の塀が現はれて、その塀の上に白い梅の花がさしかゝる。彼は私を摑まへて何うしても放さない。私は何時でも彼に支払ひの出来るやうにしておく筈であつた。けれど、今は五円といふ金は持つてゐない……さういふ妄想が、屢々暗い夜路を歩いてゐる時の私の襟すぢに凍りついた。

すでに明らかなように、村山十吉とは、怠惰な「私」の「襟すぢに凍りついた」自意識にほかならない。思いきって村山十吉のつとめる質屋を訪ねると、彼は店の金を着服してあの夜以来逐電してしまっていることがわかり、大いに安心した「私」は、古いマントを質入れした金で大酒をのむ。またしても、束の間の逸楽を貪ろうとするのである。かなり酩酊して、「酔へば酔ふほど、俺はしつかりするんだ！」といいながら夜更けの町を歩いていると（このあたりは「寒山拾得」との類似性を指摘できる）、突然横あいから「もし、もし、きみ！」という太い声がした。「心臓が止まった――去年のあの声だ、――村山十吉！」と思った瞬間、あたりの風景は去年の夜更けの弁天町の通りに一変する。恐怖と妄想が昂じてついに自分自身が血だらけの村山十吉になったように錯覚するところなど、不気味さと滑稽味とが入りまじってなかなか巧みな短篇になっている。相手が巡査だとわかると急に強気になって、「何処へ帰るんだ！」ととがめる巡査に向かって「何処へ帰らうと、いらざるお世話だ！」と怒鳴り返す。かくして「私」は「意気揚々と」かつ「屢々嘔吐を催したりしながら」家に向かうのである。「俺は酔つぱらへば酔つぱらふほど、しつかりするんだぞ。びつくりさせやがつて、村山十吉！　やい、ちつとも怖くはないぞ村山！　出て来い、村山十吉、早く出て来んか！」と怒鳴りつつ。しかし、村山十吉の妄想は容易に消えないだろうし、この憂鬱な「夜更け」もなかなか明けやらぬはずだ。村山十吉とは対照的な役割をもって登場する友人の田和安夫は「私」が「世の中から強迫されてる」として「明るくなれよ。明るく。」というが、「常に彼は私を明るくすることに成功しなかつた」のである。

周知のように「夜ふけと梅の花」は、のち第一創作集（昭5・4）の題名にも選ばれるのだが、この作品は大正末から昭和初年にかけての井伏作品に共通したいくつかの特徴をそなえている。先にものべたように、まず第一に「くつたく」した「夜更け」の物語であるということ、さらには、「日雇ひの校正係」や失職者である主人公「私」の孤独な内面のドラマであるという点でそうだといえる。のちにふれる「岬の風景」との関係でいえば、因循怠惰な生活をおくっている「私」を脅かす「血だらけ」の村山十吉の妄想は、「岬の風景」の「私」を脅かす「赤くただれた片目」のような月とほとんど同じ意味をもっている。両者に共通する不吉な「赤」のイメージはいうまでもなく不安の表象である。それと対照的な「白い梅の花」は、「岬の風景」における少女や虹に等しいだろう。また、巡査と口論したり、幻影に向かって「出て来い、村山十吉」と怒鳴るところなどは、「岬の風景」の「私」が「真赤な片目」に向かって「俺は平気だぞ！　何も俺は悪いことはしない」「いらざるお世話だぞ！」などと強がりをいう部分とまったく同じパターンだといえる。これはもちろん「私」の内的葛藤の表現なのだが、その意味では「山椒魚」における蛙との口論にも通じている。何よりも「夜更け」そのものが、「くつたくした」心情の源泉であるという点で、「山椒魚」におけるあの「ほの暗」い岩屋に通底しているのである。

三

大正期の井伏鱒二の文学活動はまだ不明の部分が多い。彼の属した同人誌のうち「陣痛時代」などはいまもって幻の雑誌だといえる。今のところ創刊号のみを確認しているのでそれを紹介しておく。同人雑誌「陣痛時代」創刊号は、大正十五年一月一日、陣痛時代社（東京市外長崎村五郎窪三九三九）から発行されている。その目次を示せば次のごとくである。

寒山拾得〔小説〕　井伏鱒二
子供の夢
大人の夢〔戯曲〕　山中寛一
征服―被征服〔小説〕　古賀栄一
水〔小説〕　能勢行蔵
紅い血〔戯曲〕　柿沢元徳
あひゞき〔小説〕　小沼　達
豚〔小説〕　吉仲　豊

編輯後記　編輯同人
表紙カット　小林克巳

同人としては、柿沢克明　柿沢元徳　吉仲豊　高丘和季　高山巌　宇賀三十三　井伏鱒二　能勢行蔵　山中寛一　佐々木隆彦　古賀栄一　小沼達の十二名があげられている。「編輯後記」には次のようにある。

◇世間さまなみに見参する、同人孰れも七面倒くさい文学饒舌は嫌いだ、謙虚な心持で制作に従ふだけ。今は薄明だ、だが時と読者と同人の精進の三つが、同人等の為に大日輪を予期させるだらう。

◇同人十二人、敢て尠しとしない、半数づつ書いても毎月六篇づつは載る。本誌は内容主義だから埋草式は採らない。小説と戯曲と評論で当分はひた押にやつてゆく。毎月本誌の内容定数六篇はかゝさない積だ。

◇何分にも題名が祟りをなしてか、陣痛期間が長かつたゝめに創刊号はいろんな点でやつれがみえる、編輯者の不慣れと鈍根が禍ひしてゐる点も多々あらう、だがこれからはすくすくと肥立つてゆくから、まづ大目に見て欲しい。

無署名だが、「発行兼編輯者」高丘和季の執筆であろうか。「陣痛」という語にこめられた青春の鬱屈と焦燥は明らかであろう。「陣痛時代」がいつまで出されたか、また誌名が「戦闘文学」にかわったのはいつか、現在のところ確認しえていない。井伏は「八箇月ばかり刊行した後に私をのぞくほか全同人が左傾して雑誌の名前も「戦闘文学」と改題した」(「雞肋集」)とのべているが、「八箇月ばかり」というのが雑誌の号数でなく文字通り発行期間だとすれば、この叙述は正確でない。すでにのべたように「陣痛時代」は少なくとも昭和二年五月号までは刊行されていることが他の資料から確認されるからである。井伏は大正十五年四月以来、雑誌「桂月」に「鯉(随筆)」を含む十一篇のエッセイを発表しているが、そのうち昭和二年発表分の全篇、すなわち「競馬その他」(昭2・3)「文章其他」(昭2・5)「能勢と早川」(昭2・6)「田園、電車等」(昭2・7)「桃の実」

（昭2・9）「岡穂の実を送る」（昭2・10）において「陣痛時代」やその同人のことに繰り返し好意的にふれている。この肩の入れ方はただごとではない。なかでも「能勢と早川」では、同人早川郁緒の「善良社会のW・C」（「陣痛時代」昭2・5）という「某事務局の便所の壁に書かれた落書がモチフである」作品について「今は最早、彼の新鮮なる才能と勇敢なる美学とを尊敬する念で一ぱいになつてしまつた」と絶讃している。もっとも早川の作品はおそらく左翼的傾向をおびたものであると推定されるので、井伏の讃辞もどこまでが本音かわからないが、ともかくこの記述からみて、「陣痛時代」が少なくとも昭和二年五月まで刊行されていたことは確実なのだ。さらに前記「岡穂の実を送る」でも「陣痛時代」に掲載された笹木（佐々木）隆彦という「世紀」以来の同人の作品にふれているので、この文章を執筆したと考えられる昭和二年九月ごろの時点でも、まだ「陣痛時代」は出されていたものと思われる。

「陣痛時代」同人を左傾に導いた中心人物は前記早川郁緒だったようだ。井伏は「一人、『世紀』の同人でなかった人で、大島にいたとかいう人が『陣痛時代』の同人になっていましたが、早川君といいまして、その人の影響で、一、二ヵ月の間にみんな左翼的になったのです。（中略）昭和二年、春から秋まで私が荻窪八丁通りの酒屋へ下宿していたころのことです。私はいま住んでいる家には十月ごろに入りました。そのころ、同人が四、五人やって来て、私と談判するのです。私に左傾しろ、というのです」（「昭和十年代を聞く」「文学的立場」昭45・9）と語っている。『雞肋集』（昭11・11）には「同人諸君は私にも左傾するやうに極力うながして、たびたび最後の談判だといつて私の下宿に直接談判に来た。しかし私は言を左右にして左傾することを拒み、「戦闘文学」が発刊される前に脱退した」とあるが、先の「桂月」所載の諸篇の熱の入れ方（それが同人の中で孤立しつつあったと思われる井伏の社交辞令でないという保証はないとしても）から考えても、昭和二年九月まではまだ同人だったものと推定される。以上のことからみて「陣痛時代」が「戦闘文学」（前掲「昭和十年代を聞く」には「戦闘文藝」とある）と改題し、井伏が同人を脱退するのは、おそらく昭和二年十月以降のことであろう。その後の井伏は昭和三年三月に「文藝都市」同人になるのだから孤立がそうながく続いたわけではない。

「同人孰れも七面倒くさい文学饒舌は嫌いだ」と「編輯後記」にもあるように、早川郁緒などもまだ同人に加わっていない「陣痛時代」創刊号は、その掲載作品をみてもまったく左翼的色彩はない。「陣痛期間が長かった」ための「やつれ」のせいか、内容は必ずしも水準が高いとはいいがたいが、その中でも生活のために「密画」を書かねばならぬ貧しい画家の心理を描いた吉仲豊の「豚」が力作であるほか、巻頭の井伏の「寒山拾得」が一応すぐれている。この作品は創作集『夜ふけと梅の花』（昭5・4）に収められているが、初出と単行本との間に本文の大きな異同はない。ただ、主人公と友人佐竹が料理屋で酒を飲む場面で「しかし二人は文科の予科の時よりも以上に情熱的に、また以上によく飲んだり饒舌つたのである。」とある部分に続く次のような箇所が単行本では削られている。

室の壁にかけてあるビールのポスター二枚は、この店での唯一の室内装飾品であつて、且つそれは少なからず私達をよろこばせた。何となればそのうちの一枚には、等身大以上の大きさの半身美人が笑ひをふくみながら私の方を見てゐて、また佐竹の方をも見てゐたのである。そして他の一枚には、ピエロがおかしな身振りをしながらしかめ面で笑つてゐたのであるが、彼は少くとも、私達の遊興の客つたれてゐることを嘲笑してゐるのではないらしかつたので、彼に好意がもてた。彼は実によく笑ふ奴であつた。そこで屢々私達も饒舌を止して彼の方を向いて笑つたのである。

これは後半で反復される「笑ひ」のモチーフの伏線になっているので、削除する必要はないようにも思われるが、おそらくは、同じ創作集に収められた「夜ふけと梅の花」で主人公の「私」が飲酒する場面にほとんど同様な描写があることを配慮してのことだろう。このことはまた二つの作品がほぼ同じ時期（大正十三年）に成立したものであることを推測させる。初期井伏の文学の基本はおおよそこの大正十三年頃に定まったのではなかろうか。これは「寒山拾得」である「私」すでに紛れもない井伏的世界の形成を告げている。これは「東京の某書店の校正係」である「私」が、が、旅先で奇妙な旅絵師の生活を営んでいる早稲田の文科時代の級友佐竹小一にであう話である。佐竹の仕事は、逗留した宿屋の掛軸や襖絵を模写して、それを次の町で売りさばくというやり方を繰り返す「暗澹として且つ風雅な生活」であった。絵を売った金で泥酔者と変じた二人は、雨の降る「夜更け」の町で売れ残った寒山拾得の絵をポストに貼りつけ、寒山拾得先生の笑いを真似て「げらげら、げらげらげらッ」と喚きたてるのである。もとより、彼らは心から楽しいわけではない。むしろその心は暗澹とし、鬱屈しているのである。佐竹が「殆んど喚くほど、そんなに声高にそんなに明らかに泣き声で、彼が笑つて一息ついたので、私は急いで、今度はよほどうまく笑へたなぞとつけ加へた。うまく笑はうとする彼の衝動を消してはいけなかつたのだ」とあるように、彼らの笑い声はともすれば「泣き声」になりそうである。それゆえに、いっそう忙しく落葉を降らせ「こゝを先途とげらげらげらと喚きたて」なければならないのだ。

「暗澹」とした（この言葉も「くつたく」などと同じく初期井伏の愛用語だが）失意の生活を幾重

にも屈折した筆づかいで自虐的・戯画的に描くというのは、初期作品の常套である。おのれの貧窮の生活そのものを素材にして書くということでは、いわば葛西善蔵以来の私小説のやり方と同様なのだが、井伏は憂鬱で絶望的な自己の生を一種間のびしたような風景の中に移転することによって戯画的に対象化し、平衡感覚を確保しようとする。それ自体としては深刻な自己内面の危機をいわば茶化しもどくことによって、主観的な悲壮感や絶望感から脱却しようとするのだ。換言すれば、それは貧窮と失意の中にあって「うまく笑」う工夫であるともいえる。その意味で、秋雨そぼ降る「夜更け」の町で「風韻と枯淡味」のある「笑ひ声」を競いあう二人の落魄した文学青年を描いた「寒山拾得」は、この時期の井伏の方法と姿勢をよく示している。「なにしろ明るくならなければならない！」（「夜ふけと梅の花」）のだ。

四

井伏鱒二は「寒山拾得」「たま虫を見る」（「文学界」）についで「岬の風景」という作品を「陣痛時代」の大正十五年二月号に発表したものと推定される。井伏は大正十五年八月号から同人雑誌「鷲の巣」の同人となり、その月の同誌に「岬の風景」を再掲している。「編輯後記」に同人小林理一が「今月号から、坪田譲治、井伏鱒二の二人が同人になつた。井伏は傑作『岬の風景』を今月に寄せてくれた。今迄に一度発表したものではあるが、特に編輯者からの請を容れてよこしてくれたものだ」と書いている。「今迄に一度発表した」とは、おそらく「陣痛時代」発表をさしているのである。「鷲の巣」について井伏自身は前記「昭和十年代を聞く」の談話の中で「そのころ、ぼくは富沢有為男に接近して、『鷲の巣』という同人雑誌の準同人みたいになっていました」と語っている。

井伏の気持としては「同人」というより「準同人」ぐらいのつもりだったのだろうか。

「鷲の巣」巻頭に掲げられた「岬の風景」にはサブタイトルに「(長編のプロット)」とあるが、内容的には一応のまとまりがつけられている。この題名そのものが端的に示しているように、一般に井伏における「風景」への偏愛を指摘できる。かつて画家志望であったという資質とも関係があるかもしれない。それは対象との距離のとり方という目の機能に関わっている。いかに「暗澹」たる生活も、自然の「風景」の中に浮かべることによって相対化され、いわば「もの」化される。さて、「新聞のよろづ案内」に出ていた、村上という家の系図を「小説体物語にて編纂」するという仕事に応募した「私」は、東京での「学生でもなく且つ勤め人でもな」い生活を捨てて「岬の南端に位ゐする小都会」にやって来る。町に着くと「停車場構内にある電灯の傘の上には燕が巣をつくってゐて、巣の中の幼鳥は可憐な禿頭を空気の中に振りあげて、嘴を明けたり悲鳴をあげたりした」のである。巨視的な「風景」の愛好とは、一見正反対にみえるこのような井伏における描写上のトリヴィアリズムも、対象の相対的把握の効果という点では同じだろう。もと村上氏経営の病院であった空家に住むことになった「私」は、「通俗的」な職業女と「よくない外泊」をしたり、みち子という無邪気な娘を相手に陳腐な恋愛遊戯にふけったりして安逸な生活を貪ろうとする。しかし、この自分自身からの逃亡者は、そういう自分をたえず脅かすものから逃れることはできないのである。


　何の身よりもなく譴責する人もないこの田舎に迷ひ込んで来てまで、私は斯ういふ日常を肯定しようとしたか?

　――私は夜更けの窓を明けて海を見ながら、暗澹として且つ旧式な自分の生活を嘲笑したことが屢であつたのだ。その時私は必ず黒くうづくまる島の上に、おそいぶざまな月を見たが、私にとつては月は一箇の赤くただれた片目であつた。私はおびえた。真赤な片目は空に浮びあがつて、腥い光りをもつて私をにらんでゐるのだ。私はいそいで窓を閉め、それから寝床に入るのである。けれど彼は私の閉ぢた目の中へまで現れて来る。

この「一箇の赤くただれた片目」のような月は、東京での「不安な日常生活」から遁走して、田舎での安逸と享楽に浸ろうとする「私」を付け回し脅かす強迫観念にも似た「赤い」不安である。また「目」という比喩が示すように、それは自分を見るもうひとつの「目」すなわち自意識であるといってもよい。それゆえ、その「赤い片目」はいついかなるところにあっても「ぬらぬらと浮びあが」り、「私」につきまとってはなれない。それは「一箇の赤くただれた片目」「一箇の赤い光り」「赤くただれた一箇の腥い片目」「真赤なただれた片目」「真赤な片目」「一箇のただれた片目」「真赤ないびつな目」「赤い片目」「ただれ目のやつ」「真赤な奴」などと、少しずつ表現をかえながら作中に繰り返し現れる。そして、卑俗と怠惰の中に逃避しようとする「私」を「貴様は悪いやつだぞ」「貴様はふとい野郎だ！」「貴様は自然主義なやつだ。貴様は人から幸福をぬすみとるやつだぞ！」などと責めたてるのだ。

「山椒魚」では、岩屋の外の「自分を感動させる」ものに対して目を閉じた山椒魚の目蓋の中に「際限もなく拡がつた深淵」のような「巨大な暗やみ」が出現するが、初期井伏の不幸な主人公たちは、悲嘆にくれるとしばしば外界に対して目を閉じて自己の暗い内側をのぞきこもうとする。「岬の風景」において「私」を「感動させる」外的世界とは、「可憐な少女」みち子であり、周囲の「明快な風景」である。

麦は極度に黄色に熟して、その色彩は海の碧色と並んで、最も明快な調子を産み出してゐた。

「麦の黒穂でもぬいて遊ばうか。」

ところが私は麦畑の中へ入つては行かないで、あたりの明快な風景には全然調和しないところの思はくを歩ませて、岬のたもとのところに来た。そして砂浜の上に横になつて目を瞑（つむ）つた。夜と同じ暗さであつた。それ故、何んな不吉なことでも想像出来た……真赤ないびつな目は、疑ひもなく一箇のただれた片目であつた。私を睨みつけ、ありとあらゆる不吉な想像を唆かしたり保証しはじめたりした。

井伏文学にとって「夜更け」や「暗やみ」は、幽閉され「思ひぞ屈した」内面世界そのものの表象である。そして「真赤なただれた片目」は、その「夜更け」の世界からの不吉な使者にほかならない。「私」は「にがて」の「片目」を恐れたり威したりしながらも、つまるところそれは自身の影であり分身であるがゆえに、時には彼の話をきくために「月の出るのを待つた」りもする。「岬の風景」はこの「真赤な片目」と「私」との対話・葛藤からなる孤独な自意識の劇である。

「ただれた片目」と対照的にあらわれるのは「虹」のイメージである。「虹」は「ただれた片目」が糾弾し告発する通俗や堕落とは反対に、汚れを知らない純朴さの象徴だといえる。そこには過剰な自意識もなければ、「夜更け」の暗色にいろどられた憂愁もない。「私」の逸楽の対象であるみち子や賄の娘は、この「虹」によって象徴されるナイーブな田舎人の世界の住人であるが、都会の「夜更け」から逃亡して来た「私」は、それと無縁であるばかりでなく、それを汚す存在なのだ。作中「虹」は二度ほど出現する。あるとき彼を訪ねて来たみち子が、海にかかる虹を指さして「虹が！」という場面があるが、「けれどその方角の空は、私の立つてゐる窓からは見えなかつた」のである。これは、「私」が「虹」の世界から隔てられていることを暗示しているのかもしれない。みち子との密会を盺の娘に目撃された日の翌日、「私」は巨大な虹が「恰もその島の上まで、くつたくした私の思想をうつちやつてしまふべく歩いて行けといはんばかりに」大空にかかっているのをみる。しかし、「私」はその空にむかって立ったみち子と盺の娘の姿を遠くに眺めながら、この「虹」は、彼女らにこそふさわしいものであることを知るのである。「私の立つてゐるところからは小さな人形を遠くに置いた位に彼女等は小さく見えたのである」というように、このあたりでは、遠景描写が多用される。総じて井伏における「風景」への偏愛とともに遠景描写の愛用を指摘できるのだが、ここでは、「私」が彼女らの「虹」の世界から「遠く」隔てられていることを示していよう。井伏の読者なら、ここで「歪なる図案」や「埋憂記」に描かれる「虹」とともに、「黒い雨」の末尾に出て来る主人公の「五彩の虹」への祈りを想起するかもしれない。「虹のいろいろ」（昭49・1）では「白虹貫日」の凶兆にもふれられている。さて、作品の結びはこうである。

私は知つた。確かに彼女等も、そこの場所から向うの空に架かつた巨大な虹について驚歎しあつてゐるに違ひないのである。誰か活動写真の弁士のやうに、彼女等のほがらかであらう会話の意味を、私に受けついでくれるものはないか！　けれど事実は私の立つてゐるところから見れば、彼女等こそ巨大な虹の色彩に埋められ、空を指しながら手をつないで、其の色彩ある橋を渡つて行かうとしてゐるかのやうに見えたのだ。

私はこれ等のすばらしい光景に感動の瞳を向けながら、私こそ彼女等のほがらかさを汚すものであることを考へた。そしてこの考へを一刻も早く真赤な片目に報告しようとして、瞳を瞑つて、ぬらぬらと空に浮び出る彼——を待つたのである。

結局、「私」は彼女らとは別世界に住む存在であり、やはり内なる「真赤な片目」こそ「私」にはふさわしい。どんなに逃れても、「ただれた片目」から逃げ切ることはできない。「真赤な片目」は彼を追って東京の「夜更け」からやって来たのである。したがって「私」はまたしても「くつたくした思想」を抱いて都会へ舞い戻り、「夜更け」の陋巷を彷徨しなければならないであろう。

井伏はこの作品について「「岬の風景」は大正十二年ころ、長篇の序篇を書くつもりで書いたものである。そのころ私は早稲田の文科を休学して、瀬戸内海の因ノ島、三ノ庄町、土井病院の二階に止宿してゐたが、文学的には殆んど精進する気持を失つてゐた」(『オロシヤ船』「後記」昭14・10)とのべている。正確にいえば、井伏が早大を休学して因ノ島に滞在したのは大正十年十月から十一年春にかけてであって、右の「そのころ」が「大正十二年ころ」をさすのなら記憶違いである。ただし、この作品の背景に因ノ島での体験があることは確かであろう。たとえば「雞肋集」には次のように書かれている。

この島に移つてからの私の操行は従前にくらべ一変した。私は酒をのむことを覚え、艶福を求める目的から夕方になると顔を剃つて酒をのみに出かけた。ときどき私のゐる部屋の窓の下に、小太郎といふ船員相手の芸者が妹芸者をつれて来て、海にどぶんと石を投げた。それを合図に私は外に出て小太郎といつしよに城山にのぼり、また蜜柑畑や除虫菊の畑の畦みちを散歩した。

この「小太郎」なども、「岬の風景」における「小柄で雀斑のある一人の職業女」の形象の背後にあるのかもしれない。井伏の青春を覆う暗鬱な「夜更け」が、この因ノ島時代に端を発していることはほぼ確実である。しかし、この作品における貧しく怠惰な生活とそれを脅かす不安な感情は、むしろ因ノ島滞在よりあとの早大中退後の窮迫した生活と精神的彷徨の反映とみるべきだろう。その原形はともかく、現在みることのできる「岬の風景」は、作の冒頭に「学生生活を止して以来まる三年間、私は学生時代と少しも変らない様式の生活を送つた」とあるように、執筆も大学中退後「三年」たった大正十二、四年あたりとみていいと思われる。文体的にみても、大正十二年執筆の「幽閉」や小説第二作「借衣」（「世紀」大12・8）などとは明らかに異なる。たとえば、少女みち子との抱擁についての次のような表現――「これ等の傍目には最も陳腐であらうポーズやメソッドの総ても、私にとつては永遠にさうではなかつた。寧ろこの上なく嶄新なものとして、主観的に静粛に私の両腕の環の中でくり返されたのである」といった極端な欧文直訳体による意図された生硬さひとつとってみても「幽閉」や「借衣」にはみられなかったものである。ちなみに、大正十三年十一月頃と推定される田熊文助宛井伏書簡には「彼女は僕の拵へた右腕の環の中でお湯に入る様に瞳をつぶつたのである」という表現がある。「くつたくした私の思想」といういい方も出て来るが、この「くつたく」も、「幽閉」「借衣」ではみることのできないものである。これは先にふれた「夜ふけと梅の花」や「祖父」（「人類」大13・9）のそれとともに「くつたく」という語のもっとも早い用例であり、そのこともこの作の現在の形が「大正十二年ころ」ではなく、もう少し時代がさがっておそらくは大正十三年ごろの成立であることを裏付けているように思われる。その意味でも井伏における大正十三年は大事な時期だったのである。また瑣末なことだが、「岬の風景」には、みち子の髪が「遠慮勝ちな耳かくし」になって行くことが書かれており、「夜ふけと梅の花」の酒場のポスターにも「等身大の耳かくしの美人」が描かれている。たとえば岩波書店版『近代日本総合年表』の大正十二年の項に「この頃耳かくし（髪型）流行」とある。このことは、少なくともこの二作品が因ノ島時代ではなく、因ノ島から帰京したのち、すなわち大正十二年以降の執筆であることを示すひとつの傍証にはなろう。

五

「埋憂記」は昭和二年九月「文藝公論」に発表されたものだが、初稿が書かれたのは、それよりもかなり古いのではないかと推定される。「雞肋集」に、岩野泡鳴の死（大正九年五月九日）から「暫く経過」して谷崎精二氏を訪ねるようになり、その初対面のとき「山椒魚」や「埋憂記」などの原稿をみてもらったと書かれているからであるが、内容・文体からみて、現「埋憂記」が早稲田在学中の作だとは考えられない。「夜ふけと梅の花」「寒山拾得」「岬の風景」「たま虫を見る」などよりややくだった時期、すなわちやはり昭和二年前後の執筆ないし改作と考えていいのではなかろうか。

「日傭校正」をしている「私」が朝湯で知りあった自称「尾行つきの主義者」の在竹小一郎と交互に相手の下宿にころがりこむという「一種のリレー競技」をする話である。在竹小一郎という名は「寒山拾得」の佐竹小一に似ているが、「私」と在竹の関係も「寒山拾得」における「私」と佐竹のそれに類似しているのである。在竹と朝湯で知りあったことや彼が新聞紙の袋の寝床に寝たり着るものがなくてランニング姿で外出するというような話は、「雞肋集」や「牛込鶴巻町」（『山川草木』所収、昭12・9）に石山龍嗣という友人のエピソードとして書かれており、しかも「雞肋集」によればそれは大震災以前のことになっている。

「埋憂記」の場合も、例によって貧しい文学青年の「暗澹として且つ批難の出来ない」生活が自嘲を含んだほろ苦い笑いのうちに表現されている。出口のないような絶望や憂鬱を直接的に表出するのでなく、ナンセンスな笑いと独特の変形によって形象化するのである。「山椒魚」や「鯉」の方法は、その「悲し」みや「悩」みを別のもの――山椒魚や鯉という自然物に移転させることによって客観化しようとするものであったが、「憂」の処理の仕方においては、「埋憂記」も基本的には変らないのである。「埋憂記」という題名こそ象徴的であろう。初期井伏の作品はすべて埋憂の記であるといってもよい。「埋憂記」における憂いは、たとえば次のような文体の中に埋め込まれている。在竹から東京には「君のやうな文学青年が、五万人ほどゐるつてね」といわれた「私」の憂愁をのべた部分である。

私はすでに目を閉ぢてゐた。そして悲しかつた。何となれば誰の統計によるものかわからなかつたが、五万人の文学青年はきつと私よりも立派な才能を持つてゐるに違ひなかつたからである。私は例へば水稲荷へ願懸けしてゞも立派な作品をつくることを、在竹に誓つた。何んな場合にも夜更けといふものは、私達に誓つたり約束させたりしがちなものである。これは気圧の関係によるといふことで、またその結果非常に心臓を悪くする。それに最もよくないことには、夜更けといふものは、私達に生活のことについて考へ耽る発作を起させるものであつて、時として人々は手を胸にあて、涙さへ流すことがある。

別のところにも「夜逃げ」を決意した「私」が朝の菖蒲湯の中で子供たちの無邪気な遊戯を見ながら、やがてそれに「そつぽを向いて目をつむ」り、「夜と同じ暗さになつて、夜と同じことを考へさせた」とある。悲しみの中で「目を閉ぢ」る行為は「山椒魚」や「岬の風景」にもみられた。在竹もいうように、何しろ「絶望しないでやるのが一等」なのだ。「夜と同じ暗さ」に呑み込まれないためには、それを対象化する表現の工夫がこらされねばならない。「五万人」という絶望的な数字と「立派な作品」を書くために「水稲荷へ願懸け」するという突飛な思いつきのおかしさ。かと思うとそういう切実な気持になるのは「夜更け」における「気圧の関係」という自然現象のせいだとする悪ふざけ一歩手前の文字通り無意味（ナンセンス）な表現。そして「その結果非常に心臓を悪くする」というとぼけた言い回し。さらには「生活のことについて考へ耽る」ことが「発作」だと説明される。総じていえば韜晦の姿勢ということになるだろうが、痛切な悲しみや深刻な煩悶を「気圧の関係」や「発作」という物理的・生理的現象の次元の問題として、まるでよそごとのように突き放してとらえることから生ずる滑稽感や、生硬でもってまわったような表現が生み出す間のびした印象——言葉をかえていえば、意図され装われた緩慢さと一種の鈍重さあるいは幼なさの与える効果。それらを通して主観的な「憂」鬱を意識的に歪められた表現の中に「埋」没させ、そうすることで自己調和を図ろうとしているのだ。このような文体の試みが散文の表現として成功しているかどうかは別として、井伏の笑い——「埋憂」の方法が目指している方向は理解できよう。

「夜更けといふものは……」というように、個別の問題を一般論的な解説口調にすりかえてしまうスタイルは、「鯉」（昭3・2）「朽助のゐる谷間」（昭4・3）「山椒魚」（昭4・5）「屋根の上のサワン」（昭4・11）など、主として昭和四年以降に多用されるようになるが、それ以前には例がない。（しいていえば「寒山拾得」の「こんな場合は、誰しも何よりも先に相手の職業をたづねたがるもので……」がそれに近いが）。そのことも現「埋憂記」が昭和に入ってからの改稿によって成立したものであることを窺わせる。たとえば小説「鯉」に「こんな場合には誰しも、自分はひどく孤独であると考へたり働かなければいけないと思つたり、或ひはふところ手をして永いあひだ立ち止つたりするものである」という表現があるが、これは一年半前の「鯉（随筆）」（「桂月」大15・9）にはなくて、小説として「三田文学」の昭和三年二月号に発表するに際して付け加えられたものである。つまり、このような種類の文体は、昭和二、三年頃になって選びとられて来るものではないかということを推測させる。「屋根の上のサワン」にも「こんな場合には誰しも自分自身だけの考へに耽つたり、ふところ手をしたりして、明日の朝は早く起きてやらうなぞと考へがちなものです」という似たような表現がある。また「埋憂記」における「少し感傷的になつた夜更けなぞには、譬へば自分は最早雨ざらしの喇叭だと思ひ込んだ」という文章は、「山椒魚」の「彼は彼自身のことを譬へばブリキの切屑であると思つたのである」という表現や「コロップの栓」という言葉を想起させるし、前記「能勢と早川」（昭2・6）にも「能勢行蔵がいつまでも雨ざらしの喇叭ではいけない」といういい方が出て来る。のちに引用する在竹の手紙に「その結果、僕はただ思ひぞ屈したのである」とある部分の「思ひぞ屈した」も、「山椒魚」（「思ひぞ屈した場合」）「屋根の上のサワン」（「思ひぞ屈した心」）以前ではこの「埋憂記」が最初の例である。要するに「埋憂記」は文体的にみても「夜ふけと梅の花」「寒山拾得」「岬の風景」など大正十三年ごろ成立したと考えられる「夜更け」の物語と、「山椒魚」や「屋根の上のサワン」など昭和四年の作品との中間に位置する作品であると考えられる。大正末期の表現と基本的には変らないのだが、いわゆるナンセンスやデフォルメの程度が強くなって来ているといえよう。つまり、大正十三年ごろにその基本型ができたと考えられる井伏の文体は、昭和四年というもうひとつの大きな節にむかって、新しい表現を模索しつつ昭和二年頃からしだいに変りつつあったのではないかという仮説をたててみたいのである。

生活の窮迫ぶりとはうらはらに、他愛のないナンセンスな挿話からなりたっている「埋憂記」の中で、「私」が何度目かに引越した下宿の隣家に住む亡命ロシア人の娘が印象的に描かれている。「私」の「暗澹」たる生活にささやかな彩りを与えている点で、「岬の風景」のみち子という娘に似た役割をもっているこの少女は、「ナターリアさん、キスしませう」と呼びかけると、必ず「日本の書生さんとキスすると毒よ」と鸚鵡返しに答えるならわしである（太宰治もこのエピソードは印象に残ったらしく「二十世紀旗手」の「九唱」の見出しを「ナタアリヤさん、キスしませう」としている）。彼女は革命以前の故郷の新聞記事を繰り返し耽読し、わけても「ツアールを讃へる記事が載つてゐ」る新聞を貴重なものとしている。

僕はそれ故、何故ツアールを讃へる記事を好むのかとたづねた。革命ほど厭なものはないからだと答へた。そして彼女は、故郷へ帰りたくてたまらないのだと幾度もくり返して言つた。何時帰るのかとたづねると、もとのやうにツアールのロシアになつてから帰るのだと答へた――僕はこのお隣りのロシア人さへも絶望してゐないことを知つて、あきれたり恥かしくなつたりした。僕は彼女の思つてゐるのとは反対かもしれない時代の来ることにさへも絶望しがちだつたのだ。

「彼女の思つてゐるのとは反対かもしれない時代」とは、ようやく盛んになりつつあった当代プロレタリア文学運動が目指しているごとき社会の変革すなわち「ツアール」を倒したような「革命」の到来をさしているとみていいだろう。だとすれば、たとえそれが諧謔のポーズに装われているにせよ、この言葉からは「革命ほど厭なものはない」といって、あくまでも「ツアール」の復活に「絶望してゐない」亡命少女への感動をも含めて、「陣痛時代」同人の左傾が始まろうとする昭和二年頃の井伏の微妙に揺れ動く心境――プロレタリア文学運動に対する単純な否定とは異なる複雑に屈折した心理を読みとることができるのかもしれない。

「埋憂記」発表と同じ月に執筆したと考えられる前記「岡穂の実を送る」は、故郷の兄にあてた手紙のかたちをとったもので、彼の望郷の思いとともに、例えば「小作争議」などの社会問題についても、自分の態度を左右どちらにもはっきり示しえない井伏の微妙な心境をしのぶことができる。

私が岡穂の種子をただ今お送りしますのは、決して小作争議を防ぎたいためではありません。また畑で稲を作ることによつて水田を百五十円の単価に引下げたいためでもありません。地主と小作人とが争つたにしろ争はないにしろ、岡穂がうまく収穫出来さへすれば、私はそれでよろしい。そして威勢よく耕される時代に、私の送つた岡穂が村全体の畑にめざましく発育してゐるとは、これこそ最もよろこばしいことです。

地主・小作人のどちらかに味方するというのではなく、小作争議が原因で休耕になり土地が荒廃することを悲しむのである。自分が送った岡穂が故郷の畑に「めざましく発育」することを願うところに、井伏の故郷回帰願望と自然への希求のようなものをみてもいいだろう。

「埋憂記」の帰るべき故郷を喪失した少女のイメージは、いささか安っぽい感傷的なエキゾチシズムの産物といえるが、ここにも東京という異郷の「夜更け」を孤独に彷徨する井伏自身の望郷の渇きが重ねられているかもしれない。「私」は感動して「ナターリアさん、あなたは譬へば未だ名前のない神様ですよ」というが、いつまでも彼女の「可憐な会話」に感動してばかりいることも許されない。「岬の風景」の「私」が結局みち子たちの「ほがらかさを汚すもの」であったように、この作品の「私」も所詮はナターリアの「可憐」さを汚す存在でしかないのである。「私」への手紙の中で在竹は「世の中には目に見えない暴力がひそんでゐるのだ。ナターリアの可憐な会話に感動しすぎると、この暴力にうち敗かされなければならない傾向があるらしい。暴力の前では、すべての正しい考へも世には稀な美しい感動もみな泡沫だよ」と忠告する。現実生活という「暴力」の前には、正義も美も「泡沫」に等しいことを知らなければならないのだ。そして、因循低迷する生活の象徴である在竹との腐れ縁は容易に断ち切ることができない。またしても在竹は「私」の下宿にころがりこんで来たのである。「つひに私は在竹と共に、このたぐひの悲しい競技に耽らなければならないのであらうか！　何処の土地へ逃げ出せばそんなことをしないでいいのだらう！」という出口のない青春の嘆きと、明けやらぬ「夜更け」からの脱出の希求。その願望は、皮肉にも「私」の分身である在竹の田舎への敗退的帰郷となって実現される。在竹からの速達郵便にはこう書かれていた。

僕は田舎へ帰る。田舎へ行くことは気持の上からいへば自殺するのと同じことだが、今は止むを得ないのだ。僕は自分の青春といふ青春をことごとく、場末の汚い下宿屋で読書することによつて費ひはたしてしまつた。（中略）考へるなぞといふことは何もしないといふことと同じことだ。けれどえたいのしれない魔物が僕を考へ込ましてしまつたのだ。僕に読書をさしたのだ。その結果、僕はただ思ひぞ屈したのである。

井伏の「思ひぞ屈した」心情の底にあったのは、この「えたいのしれない魔物」であった。この「魔物」が彼に貧窮の中での「夜更け」の彷徨を強いたのである。井伏は「牛込鶴巻町」（昭12・9）の中でも「私は青春といふ青春を鶴巻町のどぶのなかに捨ててしまつた」と述懐しているが、考えようによれば、この「どぶ」の中から初期井伏の文学は花開いたともいえる。もちろん、先にものべたように井伏にはそこからの逃亡したいという気持もつねにあったのである。別のところで彼は「早く田舎に帰りたいと思ふ反面に、最後まで東京に執着してゐたいと思ふ気持がある」（「二月九日所感」昭12・4）とのべている。東京からの脱出の志向は、「東京の街なんか、横目で見ておいてやれ！」というようにすでに「岬の風景」などにも示されていた（「岬の風景」の由蔵は「朽助のゐる谷間」の朽助の面影にかようところがある）が、はっきりしたかたちとしては昭和四年になって「谷間」（「文藝都市」昭4・1〜4）「朽助のゐる谷間」（「創作月刊」昭4・3）「炭鉱地帯病院──その訪問記」（「文藝都市」昭4・8）「シグレ島叙景」（「文藝春秋」昭4・11）など都会から田舎へのパターンをもった作品となってあらわれることになる。そして「谷間」における中条村の可憐な娘や「朽助のゐる谷間」のタエトという混血少女は、「岬の風景」のみち子や「埋憂記」のナターリアの後身である。

なお「遅い訪問」（「三田文学」昭3・7）も、その冒頭が「埋憂記」中の一文とほとんど同じであることからみてそれとほぼ同時期の作品だと思われる。失職した「私」が三年あまり前に卒業した大学の学生控室で、自分あてに届けられた四五年前の手紙を見出し、その差出人（「私」の下宿さがしの新聞広告に応じたある女性）を訪ねるという話で、一連の貧乏物語の系譜に属する作品である。「鯉」（「桂月」大15・9、改稿して「三田文学」昭3・2）や「たま虫を見る」（「文学界」大15・1、改稿して「三田文学」昭3・5）もそこに加えていいだろう。

六

昭和四年は、井伏鱒二がようやく作家として自立する年であり、作風の上でもひとつの転換をみせる時期である。その転機はすでにのべたように「谷間」「朽助のゐる谷間」「炭鉱地帯病院」「シグレ島叙景」など田舎人の世界の発見によってもたらされた。こうしてしだいに「夜更け」の世界からの脱却が図られてゆく。（間のびした田舎の風景、わざと歪められた方言など、それは裏返されたモダニズムという一面もあるのだが——。）

この年に書かれた「屋根の上のサワン」（「文学」昭4・11）は、いまだ「夜更け」の物語ではあるが、そこからの離脱の強い願望を読みとることができる点で、「夜更け」の物語系の作品の終りに位置するものといえる。この作品も例によって「私」ひとりしか登場しない。「夜更け」ということばが作中十一回も繰り返されるように、暗い「夜更け」の憂愁が主題である。むしろ「夜更け」が主人公であるとさえいえよう。そして、ここにも「岬の風景」と同じように、「夜更けになつて登る月の慣はしとして、赤くよごれたいびつな月が光つてゐ」る。「私」は例によって「思ひぞ屈した心」を抱き、「言葉に言ひ現はせないほど、くつたくした気持」や「くつたくした思想」に閉ざされている。その鬱屈した孤独な「私」の心象が、傷ついて仲間から脱落した一羽の雁に対する「愛着」を通して描き出される。その点では、初期作品の中で特に「鯉」の方法と似通っている。

ここに大正末期から昭和初期にかけての井伏の孤立と傷心の投影をみることは許されるだろう。「私」がサワンに「愛着」するのは、同じように傷つき孤立したものへの共感からであり、その存在が「私の思ひぞ屈した心を慰めてくれ」るからである。要するにお互いに幽閉された者同士であって、その意味でもサワンは「私」の影であり、分身だといえる。このように主人公の分身的存在を設定して、それとの心理的葛藤を通して、主人公の内面を照らし出すというのがこの時期の井伏の一貫したやり方であったことは、これまで繰り返しのべて来たとおりである。「山椒魚」の蛙、「夜ふけと梅の花」の村山十吉、「寒山拾得」の佐竹、「たま虫を見る」のたま虫、「岬の風景」の真赤な月、「鯉」の鯉、「埋憂記」の在竹などいずれも同じ機能をもっている。

「私」が孤独を慰めてくれる相手を求めているように、サワンもかつての僚友のところに帰ることを望んでいる。「サワン！　お前、逃げたりなんかしないだらうな。そんな薄情なことは止してくれ」という「私」の切なる願いにもかかわらず、サワンは「夜更け」になると仲間を求めて甲高い声で鳴くのである。このサワンには、幽閉状況からの脱出の願望とともに、「陣痛時代」同人を含むかつての仲間に対する井伏自身の思いがこめられているかもしれない。夜空を行く僚友と鳴き交すサワンの姿は「遠い離れ島に漂流した老人の哲学者が十年ぶりに漸く沖を通りすがつた船を見つけたときの有様」に似ているが、ある時期の井伏も、まさに「離れ島に漂流した」ような孤独と絶望をあじわったことであろう。（ここにはすでに漂流のモチーフがあらわれている。）

サワンの鳴き声が「号泣」に近くなったとき、ついに「私」はサワンを出発させようと決意する。

明日の朝になつたらサワンの翼に羽毛の早く生じる薬品を塗つてやらう。新鮮な羽根は、彼の好みのまゝの空高くへ彼を飛翔させるでせう。万一にも私に古風な趣味があるならば、私は彼の脚にブリキぎれの指輪をはめてやつてもいい。そのブリキぎれには、「サワンよ、月明の空を、高く楽しく飛べよ」といふ忠言を小刀で刻りつけてもいゝ。

ここには、自由な空間を「高く楽しく飛」びたいという「私」自身の願い――ひいては井伏自身の幽閉的（あるいは漂流的）状況からの飛翔願望が託されているであろう。サワンは「私」の願望を代行するように「季節むきの旅行」に出発してしまう。サワンの姿がみえないことに気づいた「私」は「狼狽」するが、サワンの大空への「飛翔」によって、その「くつたくした思想」に一種のカタルシスが与えられていることも確かである。このように、「屋根の上のサワン」は「くつたく」した「夜更け」の閉塞感を描く一方で、大空に飛翔し、僚友のところに復帰して行くサワンを通して「くつたくした思想」からの脱出と解放が希求されており、これまでの一連の「幽閉」された「夜更け」の物語とは異なる。舞台も都会の陋巷ではなく、繁った「青草」のある「よく澄ん」だ沼地のほとりであることに留意すべきだろう。何よりもこれまでの屈折と混迷が浄化され、作品世界そのものが透明になって来ている。先に指摘したように、この作品の「夜更け」にも「赤くよごれたいびつな月」が出て来るが、それはもはや「私」を脅かす「真赤なただれた片目」のような月ではない。以上のように、「屋根の上のサワン」は幽閉・憂愁から脱出・逃亡へと転換する井伏鱒二の昭和四年を象徴するような作品なのである。この作品がみせかけの相違にもかかわらず、同じ年に改稿の上発表された「山椒魚」とある意味で似たような構造をもっているのも偶然ではあるまい。すなわち「私」がサワンの「翼を短く切つて」逃亡を防ごうとするのは、「山椒魚」において山椒魚が蛙を岩屋に閉じこめるのに似ているし、やがて「私」がサワンに「出発の自由を与へてやらなくてはなるまい」という心境に傾くところは、山椒魚と蛙の和解に通じているといえなくもない。その意味でサワンの出発で終る「屋根の上のサワン」も、苦渋にみちた幽閉生活の果てに「もう駄目なやうだ」という呟きで終る「山椒魚」も、ながい「夜更け」に終止符を打つべく書かれた作品なのだ。

なお「屋根の上のサワン」は創作集『夜ふけと梅の花』所収に際して標題脇に「――こゝで「私」といふのは或る少女のこと――」というサブタイトルが付された。それは「山椒魚」の初出時にあった「――童話――」という副題が同じ単行本で削除されたことと奇妙な対照を示している。「山椒魚」はどうみても「童話」とはいえないし、「屋根の上のサワン」における「私」の会話文は「少女」のものではない。そこに転換期の作者の表現上の微妙な揺らぎ、あるいは含羞の姿勢をみることができる。

七

文学的出発以来、一貫して「夜更け」の物語を書き続けていた井伏鱒二は、昭和四年に入るとそれまでの「ほの暗」い岩屋のような世界から脱出するかのように、「谷間」「朽助のゐる谷間」など「谷間」の物語ともいうべき作品を書きはじめる。それはまさに井伏文学の「夜明け」だった。「谷間」の物語の先蹤として「歪なる図案」(「不同調」昭2・2)や「談判」(「文藝都市」昭3・8)などが考えられるが、井伏が真に「谷間」の意味を発見し、そのことによって「夜更け」の物語から脱出を図るのは、やはり昭和四年とすべきだろう。「谷間」の物語はいずれも「東京に住んで不遇な文学青年の暮しをしてゐる」(「朽助のゐる谷間」)主人公の「私」(つまり「夜更け」の物語の主人公)が、「谷間」の村にやって来て、そこで田舎人たちの一見愚昧ではあるが、素朴で堅固な生き方にふれるという形をとっている。「炭鉱地帯病院」の副題がそうなっているように、「谷間」の物語はすべて「その訪問記」である。それがよそ者の単なる「訪問記」でなくなるのは昭和十年代に入ってからである。都会の「夜更け」から田舎への脱出というモチーフは、すでに「寒山拾得」や「岬の風景」などにもあらわれてはいた。しかし、そこではまだ「谷間」の丹下氏や「朽助のゐる谷間」の朽助のような人物は発見されていない。もとよりこれら「谷間」の住人も、運命という谷間に幽閉されていることに変りはない。しかし、彼らはその不幸な運命を「大地と同じく動かすべからざるもの」(「炭鉱地帯病院」)のごとく、いわば先験的所与として受けとめ、幽閉とは感じていないのである。このように頑固で古風な田舎人の発見が意味するものは、都会の「夜更け」における「私」の「くつたく」(倦怠や虚無)への反措定であり、「大地」に根をおかぬ一切の根無草的なもの、観念的なものへの不信であるといってよい。繰り返しのべて来たように、これまでの「夜更け」の物語は、すべて孤独な「私」ひとりの物語であり、そこにはやり場のない過剰な「私」の意識だけがあった。出口のない「岩屋」のような倦怠や憂鬱の中に「私」を幽閉していたのは、いわば「都会」という「魔物」であったが、その因循な生活の息苦しさにたえかねて「もう駄目なやうだ」と感じた井伏は、そこを離脱して、いわば「私」以前の世界とでもいうべき田舎の自然と共同体の中に逃亡する。そこには文学や革命思想はもちろん近代的自我の意識さえも存在しない。井伏は、そのような谷間の村における自然の秩序そのもののような庶民の生活の中に身を置くことによって、その「くつたくした思想」を癒し、過剰な「私」を超克する方法を発見したものと思われる。それは隠された自己の真の資質の確認であり、伝統的な農民気質の再発見であった。換言すれば、これらの田舎人は、プロレタリア文学のいわゆるプロレタリアートに対する批判的代替物である。かくして昭和四年は、井伏のながい「夜更け」のような青春彷徨に、ようやく夜明けが訪れた年なのである。

都会から遁走する井伏の足どりを辿って行くとき、舞台や人物を同じくする「谷間」（昭4・1～4）から「丹下氏邸」（「改造」昭6・2）への道のりとその落差は暗示的である。この二作は、東京から姫谷焼発掘（この今や廃絶に帰した窯跡の発掘という目的は象徴的だろう）のためにやって来た失業中の「私」が丹下亮太郎邸の離れに滞在し、姫谷村や丹下氏邸で起る珍妙な出来事を体験するという点で共通したところを持った作品だが、両者の間の大きな相違は、「私」の位置・役割にあるだろう。もちろん両作とも「私」の視点から語られる物語なのだが、「谷間」における「私」が丹下氏とともにまさに主役というにふさわしい役割を果しているのに対し、「丹下氏邸」の「私」

は、作品の中心から後退してほとんど「目」の役割に近い存在になっており、作中のドラマにおいて何ら積極的な役割を演じないのである。それと反比例するかのように、「丹下氏邸」においては自然描写が相対的に増大し、遠景描写が多用されるようになって、その分だけ作中人物はしばしば風景の中の点景人物に近くなりがちである。このことは井伏が自らを田舎の自然と田舎人の伝統的な生活様式や古風な感受性の中におくことによって、都市の消費文明にみるごとき日本的近代のデカダンスを相対化し、過剰な「私」を克服して行くと同時に、対象を正確にとらえる「目」を獲得して行った筋道をよく示している。ちなみにいえば、「谷間」では「歪な白い月」が、「丹下氏邸」では「大きな赤い月」がそれぞれ谷間を照らしているが、もはやそれは「真赤なただれた片目」（「岬の風景」）や「おそいぶざまな月」（「たま虫を見る」）でもなければ、暗鬱な「夜更け」の「赤くよごれたいびつな月」（「屋根の上のサワン」）でもない。

このような「私」超克の果てに、まったく「私」の登場しない「川」（昭6・9〜昭7・5）が出現する。「川」も「谷間」系の作品だが、ここではまさに川そのものが主人公なのだ。「川」の冒頭部分は「文藝春秋」に発表されたとき「川沿ひの実写風景」と題されていた。この「実写風景」という言葉こそ、この作品における作者の目と姿勢を端的に示している。この作品では遠景描写というよりはむしろ鳥瞰的描写が多く用いられる。すでにあの「岬の風景」にあらわれていたこの作家の「風景」への偏愛の行きつくところに「川」は位置しているといえようか。

昭和四年以降の井伏文学を都会から田舎への逃亡、そして「私」の超克というかたちでとらえてみたわけだが、都会からの逃亡ということに関連していえば、同じ時期にのち『さざなみ軍記』（昭13・4）に集大成されることになる作品の前半部が、その名も「逃げて行く記録」（「文学」昭5・3）、

「逃亡記」（「作品」昭５・６～昭６・10）と題して書きはじめられるということは興味深い。この作品は、都から地方へ逃げて行く平家の公達の日記という形をとっているが、主人公はその逃亡生活の中で、それまでの都での生活では知らなかった庶民の逞ましい生き様を発見するのである。それがほかならぬ「逃亡記」であるというところがいかにも暗示的なのだ。

改稿という方法——「山椒魚」と「鯉」の成立

一

人はどのようにして作家になっていくのであろうか。井伏鱒二の作家的自己形成を考えるとき、彼が「幽閉」(「世紀」大12・7)という名の作品で出発したということほど暗示的なことはない。彼はこの作品を友人青木南八に見せるために、「やんま」「がま」「蟻地獄」など小動物を主人公とする一連の習作とともに、大正八年夏に書いたといっている。前年には、親友青木南八の死に引き続いて、早大を不本意なかたちで中退し、前途に何のあてもないまま作家修業の生活に入っていた大正十二年ごろの井伏をとりかこむ状況は、時代の暗さにおいても個人的な失意の事情においても、まさに幽閉と呼ぶにふさわしいものであった。だからこそ、彼は学生時代の習作から特にこの作品を選び、改稿の上発表したのであろう。学生時代の習作群は、小動物を主人公とする寓話ではあっても、どれもが幽閉の主題をもっていたわけではない。その中で特に「幽閉」が選ばれたのは、その時点で幽閉のモチーフが井伏にとって新たな意味と必然性をもって蘇り、より自覚的・意識的なものとなったことを示している。のちに「山椒魚」として「文藝都市」（昭4・5）に再発表するに際し、「山椒魚は悲しんだ」（「幽閉」では「山椒魚は悲んだ」）という冒頭の一行以外、ほとんど別の作品と思われるまでに徹底的に改稿しながらも、なおかつこの素材を捨てなかったのは、幽閉された山椒魚というモチーフが井伏にとってそれだけ切実なものであったことを物語っている。

自己をとりまく現実を幽閉と感じとるのは、程度の差こそあれ、青春期に通有の傾向ではあるが、その後の井伏の文学的関心は、もっぱらそうした閉塞した状況といかに折り合いをつけるか、現実というほの暗い「岩屋」の中で、いかにして破滅することなく自己を生かすかに向けられていたといっても過言ではない。その文学的苦心のあとは、「幽閉」から「山椒魚」への変貌の過程によってたどることができる。両者の比較は、後述する関良一の周到極まる検討をはじめ、これまでいくつか試みられているが、ここでは重要な問題点のみを確認しておきたい。先にもふれたように、この作品は「幽閉」から「山椒魚」への改作に際し、岩屋に幽閉された山椒魚の嘆きという設定以外に、ほとんど完膚なきまでに書き改められているのだが、両作を比較してまず第一に感じられるのは、「山椒魚」の方が「幽閉」におけるよりも、その閉塞感・危機感・絶望感においてより深く、切迫したものになっていることである。岩屋の広さそのものが、「幽閉」では「入口はさういふ具合に小さかつたが、内側は可成の広さである」とあるのに対し、「山椒魚」のそれは「泳ぎまはるべくあまりに広くなかつた。彼は体を前後左右に動かすことができたゞけである」というように、後者の方がはるかに狭い感じになっており、その分だけ、閉塞感・危機感が強く鋭くなっているのである。「幽閉」の山椒魚は、岩屋に閉じこめられたことを嘆きはするが、「山椒魚」におけるように発狂しそうになるまで深く絶望したり、他者に対して「呪い」や悪意を抱くようになったりすることはない。何よりも、「幽閉」の山椒魚は、「山椒魚」の場合のように、脱出すべく何度も必死の「突進」を試みるということもしないのだ。時に感傷に傾くことはあっても、むしろ冷静に、岩屋の内外を眺め、現実や生の意味を「考究」したりする。「何にしても自分も年をとつたものだと、つくづく思つた」といっているように、「幽閉」の山椒魚は、どこか老成したような余裕さえ感じさせるのである。彼は、右往左往する目高たちに対して、批判的な「呟」きをもらしても「嘲笑」したりはしない。また、岩屋にまぎれこんで来た小蝦が「一生懸命物おもひに耽つてゐるやうな様子」をみても、「一呑みに食つてしまふのも惨酷らしく思はれて」「そのまゝにしてやる」ようなやさしさや思いやりさえ示す。「山椒魚」のように、「みもちの虫けら同然のやつ」と口汚く罵ったり、「くつたくしたり物思ひに耽つたりするやつは莫迦だよ。」と「得意げに言つた」りなどしないのである。要するに「山椒魚」の方が内面的にもはるかに屈折しており、感情の振幅も大きいと言える。

構成の上での顕著な、そして決定的な両者の相違は、「山椒魚」終末部に、「幽閉」にはなかった山椒魚と蛙の口論・対立そして和解の部分がつけ加えられていることである。この蛙は、「コロップの栓」となった山椒魚を「失笑」する小蝦につづいてこの作品に導き入れられた他者の「目」ないしは第二の「私」であるといってよい。これによって、山椒魚の悲しみはいっそう客観化され、相対化されるはずだ。また、この蛙との対立の部分の付加は、作品世界への時間の導入をも意味している。「幽閉」においては、山椒魚が岩屋に閉じこめられたことに気づく発端から作品の結末までほとんど時間が流れていない。ながく見積ってもせいぜい一日の出来事としかとれないのだ。それに対して、「山椒魚」における山椒魚と蛙は、「激しい口論」をくりかえしつつ、二年余の歳月を過ごすのである。この時間の意味するものは大きい。これこそ、「幽閉」発表の大正十二年から「山椒魚」発表の昭和四年に至る間に、井伏鱒二の上に流れた苦渋に充ちた時間の表象にほかならない。関良一は「山椒魚」（「言語と文芸」昭35・10、36・3）において、「この山椒魚と蛙との対立は、作者の内面の劇であり、作者の内面における、いわば強気の、非行動的な、自身の資質を頑強に守りつらぬこうとする個性と、時流に関わり、それを巧みに泳ぎ抜けていこうとする、いわば弱気の才気なり野心なりとの対立」であり、それこそ「実は、長い間、無名作家井伏の内面で火花を散らしていた二つの声だったのではなかろうか」という卓抜な読みを示している。ながく苦しい習作時代にあって、井伏は自己の内面と外界をめぐってさまざまの煩悶・葛藤を重ねつつ、岩屋のごとき現実と融通のきかぬ頑固な田舎者の自己との間に、何とか折り合いをつけ、和解を求めるべくさまざまに工夫をこらしていったはずである。それは、いかに自己の内面を客観的に表現するかという文学表現上の精進ともパラレルであった。

大正十二年以降の井伏鱒二は、ほんの一時出版社に勤務したのち、いくつかの同人誌をへて、十五年には同人誌「陣痛時代」に参加するが、昭和二年にはその同人が井伏をのぞいて全員左傾し、彼だけが孤立するという苦しい立場に立たされたことは、「雞肋集」（昭11・5～12）その他に語られているとおりである。昭和三年になって、ようやく「文藝都市」同人となり、また「三田文学」にも発表の場を与えられ、文壇登場の足がかりを得るのである。文壇に認められるのは、昭和四年一月から四月まで「文藝都市」に連載した「谷間」あたりからであると思われる。時に井伏三十一歳であった。

さて、「幽閉」と「山椒魚」のもうひとつの重要な違いは、文体である。「山椒魚」の文体上の特色として、もってまわったような欧文直訳体、すでに死語に近いような古語や生硬な科学用語の意識的な使用などがあげられるが、これらは「幽閉」にはみられなかったものである。その意味では「幽閉」の文体の方がオーソドックスだともいえる。のちになって井伏は、「山椒魚」を含む初期作品の文体について、次のようにのべている。

これ等は一度、十年前に「夜ふけと梅の花」といふ表題の短篇集その他にまとめたが、今回、私は再びこれを校正するに際し、殆んど全部の文字を書きなほしたい気持であつた。わざとらしい文章や、誇張にすぎた表現が随所にあつた。無理やり自分の表現を持ちたいと焦躁した結果である。いま私は、それを恥づかしい行為であつたとは思はないが、その努力が局部的に片よつてゐたことは私の手落ちであつたと考へる。(『シグレ島叙景』「跋」昭16・3)

仮りに志賀直哉をひとつの頂点とするような簡潔・正確を旨とする近代リアリズムの規範からみれば、それはまさにデフォルメされた「わざとらしい文章」であり、冗漫で「誇張にすぎた表現」だといえるが、しかし、それはあくまでも装われた生硬さであり、意図された冗漫さなのである。それらはいずれも、山椒魚の絶望的な心理と悲惨な状況を相対化し、客観化することをめざすものであると同時に、何とかして固有な「自分の表現を持ちたい」という「焦躁」に発するものであったといえる。たとえば、岩屋の天井に密生した杉苔と銭苔の描写にみられるようなわざと平衡を失したような描写上の極端なトリヴィアリズム。また「人々は思ひぞ屈した場合、部屋のなかを屢々こんな具合に歩きまはるものである」といったような、特殊な個の心理を一般化してしまう解説風ないいまわしの多用。これは基本的に欧文脈の流れをくんでいるのだろうが、その中に「思ひぞ屈した」などという古風な表現が投げ入れられたときの奇妙な効果。さらに「コロップの栓」や「ブリキの切屑」などの比喩に代表される本来深刻であるはずの対象を、いわばもの化し滑稽化して眺める戯画的手法。あるいは、作中にわざわざ作者たる「私」が登場して読者に呼びかけるかたち、等々。いずれも対象を相対化すること、換言すれば、描くべき客体と表現主体との間に距離を置こうとする姿勢が生み出したものである。しかも、その対象はわざわざ歪められたレンズを通してとらえられている。

確かに「無理やり自分の表現を持ちたい」ための「努力が局部的に片よつてゐた」ともいえるが、しかし、絶望が深ければ深いほど、あるいは閉塞感が複雑なものであればあるほど、その分だけ、それに表現を与えるためには幾重にも屈折した操作がなされねばならない。しかもそれは個性をもった「自分の表現」でなければならないのだ。そのような文学表現上の努力は、生活者としての悲しみや絶望にうちまかされないために、その悲しみや絶望を飼い馴らそうとすることにつながるであろう。山椒魚の感情の起伏は、倨傲と自嘲、頑固と絶望、外面と内界、狂気と諦めなどに大きく振れ動きつつ、蛙との対立のところで極限に達するが、時間の経過とともに、その振幅はしだいに小さくなり、やがて諦念とも和解ともつかぬ境地に到達する。そのプロセスは、作家井伏が主情的感傷的な表現を克服して、固有でありつつも、より客観性・普遍性をもった表現を獲得してゆく過程に見合っているといえよう。それは、とりもなおさず幽閉的状況の中で、状況そのものをいわば手玉にとり、もどくことによって破滅への傾斜から自己を救い出し、生の調和を見出そうとする努力であった。

そういう努力の果てに、平凡な寓話的作品にすぎなかった「幽閉」は、象徴的な彫りの深ささえそなえた「山椒魚」という傑作に成長したのである。もういちどくりかえせば、「山椒魚」における山椒魚の憂愁と絶望から諦念と和解への過程は、そのまま井伏鱒二における「幽閉」から「山椒魚」への道程に重なっている。つまり、「山椒魚」という作品そのものが、ながい不遇な無名時代の辛苦を経て、自らの方法を獲得した井伏の作家的自己確立の宣言であったともいえる。

なお「文藝都市」に発表された題名は「山椒魚―童話―」というように、サブタイトルが付されている。もとより、これが単純な「童話」などであるはずはない。ここにも処女作「幽閉」をあえて改作して世にさし出すにあたっての、作家の複雑に屈曲した韜晦の姿勢を読みとることができる。

二

「幽閉」から「山椒魚」に至る六年間に発表された作品は決して多くはない。しかもそれらの作品のうち「借衣」(「世紀」大12・8→「人類」大13・10)「岬の風景」(「陣痛時代」大15・2→「鷲の巣」大15・8)「鯉」(「桂月」大15・9→「三田文学」昭3・2)「夜更と梅の花」(「人類」大13・5→「文藝都市」昭3・3)「歪なる図案」(「文学界」大14・8→「不同調」昭2・2 ＊「乳母車」を改題)「たま虫を見る」(「文学界」大15・1→「三田文学」昭3・5)などは、「山椒魚」の場合と同じくそれぞれ既発表の作品を改稿して再発表したものである。このような改稿・再発表は、井伏がいかに頑固に自己の資質とそれにもとづく固有の表現の獲得に執着したかを物語っている。このうち「夜更と梅の花」(単行本『夜ふけと梅の花』収録のときに「夜ふけと梅の花」と改題)「鯉」「たま虫を見る」などは、初稿と改稿との比較からいくつかの興味ある問題を引き出すことができる(「夜更と梅の花」については「日本近代文学館年誌」6で詳述した)。「たま虫を見る」もほとんど全面にわたる徹底的な改稿で、作品としても「三田文学」の本文の方がはるかに洗練されたものになっており、井伏的文体の形成過程をみるのに都合がいいのだが、ここでは「鯉」の場合をみてみよう。

「鯉」は大正十五年九月の「桂月」に目次・本文ともに「鯉（随筆）」（以下「随筆」という）として発表された。それをさらに改作の上、一年半後の昭和三年二月の「三田文学」に「鯉（小説）」（以下「小説」という）として掲げられる。この作品は、早稲田大学時代の級友青木南八に対する追憶を一尾の白い鯉に託して書いたものだが、「随筆」から「小説」への改稿は「幽閉」から「山椒魚」へのような大幅な改作ではないにしても、かなり重要な加筆・改変がある。ストーリーは大筋において両者の間に差はない。「私」は、青木が「満腔の好意」からくれた鯉を、転居に際して今までの下宿の池から釣りあげ、青木にたのんで彼の愛人宅の池に移す。しかし、その後青木が死んだので、その愛人の許しを得て、またその鯉を釣りあげ、今度は早稲田大学のプールに放つのである。鯉は水底に沈んでしばらく姿をみせなかったが、ある夜明け、白色の鯉がたくさんの小魚たちを従えて泳ぎまわっている光景をみて、失業中の「私」は感動する、というような話である。文章・文体も一部の字句と末尾の加筆をのぞいて「随筆」と基本的には変らない。いいかえれば、大正十五年九月段階で、初期井伏の文体的特徴の基本は、かなりのていどに定まっていたということでもある。

「鯉」の小説への改作でもっとも顕著なところは、時間の取扱い方である。もともと「鯉」のプロットは経過する時間から成立っていた。これはいわば幽閉された鯉の話だが、それは「私」のおかれた状況の代行にほかならない。幽閉された状況を強いられるものにとって、自然にすぎゆく歳月こそ救いである。時間だけが岩屋を変容させるのだ。その場合、時間とはほとんど自然と同義語であったはずである。「随筆」は、「すでに十年前から私は一ぴきの鯉にはなやまされて来た」と書き起こされている。おそらく、青木に鯉をもらったということ自体フィクションだろうが、それはともかく、そもそも「十年前」という叙述がすでに虚構なのである。青木南八が実際に死んだのは、大正十一年五月四日であって、「随筆」発表の大正十五年九月の時点で、死後四年余りしかたっていない。しかも、「随筆」の叙述によると、「私」に鯉をくれた「その翌年の春、青木南八は死去した」ことになっている。鯉を早大のプールに放ったのも、青木の死から余り時間がたっていない、おそらくは数日後のことであり、この作品の現在（仮りにそれがこれを執筆しつつある時点だとして）は、それからいくばくかの時間がたっているとしても、常識的に考えて、ほんのわずかの間だと推定されるから、「十年前から」は作品の中でも矛盾する。

「小説」は、作品の時間をさらに拡大・延長する方向で改作されている。まず、冒頭は「すでに十幾年前から私は一ぴきの鯉になやまされて来た」（傍点・引用者）と改められているが、それは単に「随筆」の時点から「小説」まで一年半が経過していることの反映だけではなさそうだ。最初の下宿から素人下宿に移る際、前の下宿の瓢簞池から鯉を釣りあげるのに要した日数について、「随筆」では「四日目」に釣りあげることができたとあるが、「小説」では「漸く八日目」にと訂正されている。また「その翌年の春、青木南八は死去した」（「随筆」）というところは、「それから六年目の初夏、青木南八は死去した」（「小説」）と大幅に変更されるのだ。したがって、また青木の愛人宛の手紙の「却説昨年青木君を介して小生所有の鯉（白色にして一尺有余）一尾を貴殿宅の池に御あづけいたしましたが……」は、「却説六年以前……」（傍点・引用者）と書きあらためられることになる。

もっとも大きな改変は、作品の末尾の部分に加えられている。「随筆」では、早大のプールに放った鯉がある夏の朝、鮒や鮠を引き連れて悠々とその姿をみせ、その「すばらしい光景」が「私」

を感動させるところが描かれ、一行あけて（初出では反復の意の「反し」という見出しがあり）、次のような文章で作品は結ばれている。

かくして私の鯉は未だ死なゝいで、プールの中の他の魚類達に威張つてゐるのである。私はそれを想つて常に安心を覚える。今度引越しても、鯉だけは連れて行かないつもりである。

「小説」では、この部分をそっくり削り、そのかわりに、「冷たい季節が来て、プールの水面には木の葉が散つた。それから氷が張つた」というように冬が到来して、「鯉の姿をさがすことは断念してゐた」主人公が、「氷の上には薄雪が降つた」朝、氷の面に竹竿で「長さ三間以上」もある白色の鯉とその後につきまとっている小魚たちの絵を描くという挿話が書き加えられている。かくして、作品の時間はさらに拡大され、「夏」から氷がはり雪がふる「冷たい季節」にまで引きのばされたわけである。つまり、「随筆」から「小説」への改稿によって作品の時間は、五年半近く引きのばされるのだが、それでも、冒頭の「すでに十幾年前から……」は、それが作品の現在から振返った「十幾年前」だとすれば、やはり明らかな算術的誤りを犯していることになる。そのことはともかくとして、この時間の延長は一体何を意味するか。

あたかも青木南八の死がそれをもたらしたかのように、井伏鱒二の上に訪れた孤独と失意にいろどられた暗くながい冬の季節。青木南八の死後、実際には、「随筆」執筆の時点で四年余、「小説」の場合でも六年弱の時間しか経過していなかったはずであるにもかかわらず、あえてそのような仮構の時間が設定されたのは、青木死後の数年こそ、井伏にとって「十幾年」にも感じられるほど辛くながい時間であったということにもなろう。その苦しい時間は結局人事をこえた自然の営みと時の流れだけがおしながしてくれる。それは、「幽閉」から「山椒魚」への改作にあたって、後半に二年余の時間の流れが付加されることによって、山椒魚の心境が蛙との口論・対立から和解と諦めへ推移していったことを思い出させる。「冷たい季節」の到来は、「山椒魚」において二個の小動物が生物から「鉱物」にかわって冬眠する部分に相当している。それはまた、作家志願者井伏鱒二にとって何とかして、「自分の表現を持ちたい」と願いつつ耐えた雌伏の季節でもあったろう。特に「随筆」と「小説」の間に昭和二年の「陣痛時代」同人の左傾という出来事が挟まれていることを想起したい。そして、そのような長く苦しい時間の中に自らの生をおいてみることによって、表現者井伏は自己を相対化ないし客観化し、そうすることでしだいに固有の方法を見出していったにちがいない。「小説」の末尾は象徴的である。

絵が出来上ると、鯉の鼻先に「………」何か書きつけたいと思つたがそれは止して、今度は鯉の後に多くの鮒や目高とが遅れまいとつき纒つてゐるところを描き添へた。けれど鮒や目高達の如何に愚で惨めに見えたことか！　彼等は鰭がなかつたり目や口のないものさへあつたのだ。私はすつかり満足した。

「随筆」における「私」は、実在の「鯉」をみて感動し、それが「まだ死なないで、プールの中の他の魚類達に威張つてゐる」であろうことを「想つて常に安心を覚える」のであったが、「小説」では、その鯉の頼もしい姿も「冷たい季節」の中に閉じこめられるのだ。しかし、そういう閉塞感・喪失感の中で、「私」はいわば自らの心の中に棲む幻の鯉の「絵を描いてみ」ることによって、その孤独を慰さめ「すつかり満足した」（もちろん反語的な意味で）のである。この「絵」こそ「文学」にほかなるまい。井伏は幽閉されたような失意の季節の中でも、白色の鯉に象徴されるような自らの夢を表現することに固執し続けたのである。深読みになるかも知れないが、鯉の鼻先に何か文句を書きつけたいと思いながらも、それを止して鯉につきまとう「愚で惨め」な小魚たちの絵を描くところは、当時流行の観念的イデオロギーの表白ではなく、あくまでも芸術的形象に即した表現を選ぼうとする井伏の姿勢を示していないだろうか。また鯉の後に「遅れまいとつき纏つてゐる」鮒や目高たちは、「山椒魚」において「右によろめいたり左によろめいたり」する小魚たちと同工異曲である。今仮りにその小魚たちを、文壇の流行にのりおくれまいと右往左往しているものたちの表象だとみるなら、「私の所有にかかる鯉」の後につき従う鮒や目高たちは「鰭がなかつたり目や口のないものさへ」あって「いかに愚で惨めに見えたことか」と書くことで、作者は負け惜しみを承知でひそかに溜飲をさげたのかもしれない。そう考えるとき、随筆「鯉」と小説「鯉」の間に、「陣痛時代」同人の左傾と井伏の孤立があることが、あらためて重要に思われて来る。「山椒魚」と同様に「鯉」も井伏鱒二の作家的自己形成の物語と読むことができるのである。

補記

「夜ふけと梅の花」がそうであったように、初期作品にあっては、主人公の上に遅延しつつ流れる時間が重要なモチーフになっていることが多い。「たま虫を見る」は幼いときから「十幾年」もの間、しばしば「悲しいときにだけ、たま虫を見」る男（私）の話である。「岬の風景」では「学生生活を止して以来まる三年間」無職であった「私」が求職を理由に岬の南端にある町にやって来て、相変らず怠惰な生活を送る。「歪なる図案」（昭2・2）は、一台の乳母車をめぐって、それを押し続けた三人の兄妹の上に生起した「二十幾年も前の不幸な出来事」が語られる。「埋憂記」（昭2・9）における転居と転職の反復。「遅い訪問」（「三田文学」昭3・7）では失職して「東京中で一番貧乏な人間となつてしまつた」主人公（私）が、久しぶりに大学の「学生控室」に立ち寄って、その郵便受の中に、四五年前の自分宛の手紙を発見して、その差出人である婦人を訪ねるところから話が始まる。明らかに延引し遅滞する時間がプロットを構成しているのである。苦渋と怠惰にみちた青春においては、時間こそ主人公であるといってもよい。

川と谷間の文学――裏返されたモダニズム

一

「黒い雨」（昭40・1〜41・9）を読む者は、あの阿鼻叫喚の焦熱地獄に戦慄すればするほど、惨状の描写の間にさしはさまれてそれと対照的に描かれる穏かな自然の美しさに強い感動をおぼえるはずである。たとえば、敗戦の日に主人公閑間重松が清冽な流れをのぼって行く鰻の子の群をみる場面などはとりわけ忘れがたい印象をのこすであろう。その日、重松は終戦の「重大放送」を避けるようにして、勤めている工場の裏を流れる用水溝のほとりに立ち、「こんな綺麗な流れが、ここにあったのか」とあらためて気づくのである。

その流れのなかを鰻の子が行列をつくって、いそいそと遡っている。無数の小さな鰻の子の群である。見ていて実にめざましい。メソッコという鰻の子よりまだ小さくて、僕の田舎でピリコまたはタタンバリという体長三寸か四寸ぐらいの幼生である。

「やあ、のぼるのぼる。水の匂がするようだ。」

後から後から引きつづき、数限りなくのぼっていた。

この鰻の子は広島湾の河口を経て広島市内の川を遡って来たはずである。重松は「広島が爆撃された八月六日ごろはどのあたりを遡上していたことだろう」と想像してみる。原爆による人類未曾有の大量の生命破壊と、この微小な生命の「めざましい」動きとのたくまざる対照はみごとというほかないが、その無数の生命たちを生かしている水の流れもまたかぎりなく美しい。この水が忌まわしい記憶をしばし忘れさせ浄化してくれるようだ。「山椒魚」(「幽閉」)以来、井伏は水の作家だった。敗戦後の主人公重松は、故郷小畠村で原爆症の療養をしながら、同じ患者仲間と鯉の稚魚を養魚池で育てている。そういう日常の中から振り返られるとき、原爆体験の恐しさはいっそう際立つ。この鯉の養殖にこめられた作者の意図も、先の鰻の子のそれと同じものであることはいうまでもない。

井伏鱒二は、川の好きな作家である。それも名もない渓流を好む。佐伯彰一は「ゆるやかに流れゆくもの、また流してゆくものに対する井伏の根深い親近感」を指摘している(「井伏鱒二の逆説」「新潮」昭50・3)。「山椒魚」(大正十二年七月「幽閉」の題名で発表、昭和四年五月全面的に改稿して再発表された)は、岩屋に幽閉された山椒魚の苦悶を描いたものだが、彼の「永遠の棲家である岩屋」も、どこかの清らかな「谷川」にその狭い出口を開いていたはずである。作の中心は、あくまでも煩悶する山椒魚にあるとしても、この作品を傑作にしているもうひとつの重要な要素は、「岩屋」内外の水と自然の形象である。それは山椒魚の内的憂悶とほとんど対等な実質をそなえて作品を支えているといっても過言ではない。

山椒魚は岩屋の出入口から、谷川の大きな淀みを眺めることができた。そこでは水底に生えた一叢の藻が朗かな発育を遂げて、一本づゝの細い茎でもつて水底から水面まで一直線に延びてゐた。そして水面に達すると突然その発育を中止して、水面から空中に藻の花をのぞかせてゐるのである。多くの目高達は、藻の茎の間を泳ぎぬけることを好んだらしく、彼等は茎の林のなかに群をつくつて、互に流れに押し流されまいと努力した。

それ自体深刻な山椒魚の苦悩も、この美しい自然と悠久な流れに向き合わされることによって相対化され、むしろ滑稽なものに化してしまうのである。山椒魚は絶望と狂気の中で「鉱物」から「生物」へ「生物」から「鉱物」へ（擬人法から一転したこの即物的表現を見よ）と冬眠を繰り返すうちに、しだいに「岩屋」をおのれの「棲家」と諦め、それを受け入れてゆくことが暗示されている。この不変不動の「岩屋」を仮に自然と読みかえるならば、山椒魚は永遠に流れ続ける谷川の水に表象されているような循環する大自然に反逆するのではなく、最終的にはむしろそれに同化して生きようとしつつあるかに見える。人生の達人ともいわれる井伏鱒二にも苦悩の時期はあったはずである。しかし、彼は「山椒魚」の目高たちのように、多くの人々を右往左往させた大正から昭和へかけての激動期を、あくまでも自己を見失うことなく生きた。その生き方の根底には山川草木すなわち自然への信頼のようなものがあるように思われる。それが流れる水への偏愛や小動物への好みとなって、作品にあらわれているのである（水と小動物――井伏鱒二という筆名のもつ象徴性は偶然とのみはいえまい）。小動物を扱った初期の作品として「山椒魚」の他に、「鯉」（昭3・2）「屋根の上のサワン」（昭4・11）などがあるが、これらもやはり水辺の物語である。ただし、「山椒魚」においては山椒魚自身の内的葛藤が主題であったのに対し、「鯉」「屋根の上のサワン」では、主人公「私」の心象が小動物に託して表現されている。「私」の「くつたく」した魂を解放するように、

「私の所有にかかる」鯉はプールに放たれ、「私の愛着する」雁は大空に帰って行く。

「鯉」も「屋根の上のサワン」も、やりどころのない青春の鬱屈をテーマにしたものであるが、井伏は文学的出発以来、「夜ふけと梅の花」（大13・5）「寒山拾得」（大15・1）「岬の風景」（大15・8）「埋憂記」（昭2・9）「遅い訪問」（昭3・7）など、うらぶれた失意の文学青年である「私」を主人公に、その「思ひぞ屈した」生活を自虐を含んだ戯画化の方法で表現する作品を書き続けた。「幽閉」（大12・7）をのぞけば初期習作の主人公はすべて失職した「文学青年」だといってよい。それらのほとんどは、人の寝しずまった陋巷の「夜更け」を舞台にした物語である。「夜更け」はまさに作家自身の内面の表象に他ならなかった。しかし、井伏は昭和四年を境に作風の上で明らかな転換をみせはじめる。それまでの「岩屋」や「夜更け」に象徴されるような暗鬱な世界を脱出するように、「谷間」（昭4・1～4）「朽助のゐる谷間」（昭4・3）「炭鉱地帯病院――その訪問記」（昭4・8）「シグレ島叙景」（昭4・11）など、地方を舞台にした一種土俗的な作品を書きはじめる。それも多くは水辺の物語である。これらの物語は、いずれも「東京に住んで不遇な文学青年の暮しをしてゐる」（「朽助のゐる谷間」）主人公の「私」が、谷間の村や炭鉱地帯や名もない孤島などにやって来て、愚昧ではあるが素朴な田舎人の生き方にふれるというかたちをとっている。井伏は「訪問記」というスタイルが好きだ。もちろん、そこの住人たちも、運命という名の谷間に幽閉され、不本意な生を漂いつつ生きている。混血の孫娘と二人だけで住む谷間の家をダム工事のために立ちのかなければならない「朽助のゐる谷間」の谷本朽助は、しばしば「あゝはや、なんぼうにも咎でがす！」といって悲嘆にくれ、息子を亡くした孤独な「谷間」の丹下老人は、「あゝ、亡魂恨んどるぢやろ」といって「激しい涙の発作」にかられる。また、娘が雇主に乱暴されて死んだ「炭鉱地帯病院」の老人は、「ラメンテイションのみが私達に与へられた自由です」という意味のことをいって「深い嘆息」をもらし、廃船アパートに住む「シグレ島叙景」の宮地伊作は「人間はどこに住まつたればとて、得心ゆくものではなかるまいでせうがな？」というのである。不幸な生を嘆きながらも、彼らはその理不尽な運命を「大地と同じく動かすべからざるもの」（「炭鉱地帯病院」）のごとく受けとめている。彼らは一切の所与を自然現象とみなし、「ラメンテイション」にくれながらもそれに逆らわず、むしろ同化して生きようとする。したがってまた、それを描き出す作者の手つきも、その思想に対応したものになっている。すなわち、「シグレ島叙景」という題名が端的に示すように、すべての人事は自然の点景のように描かれ、その描写は初期習作のように主人公の内面に立ち入ることはない。

　これらの作品における頑固で古風な田舎人の発見の意味するものは、あの都会の「夜更け」における「私」の「くつたく」（倦怠と憂鬱）に対する反措定であり、「大地」に根ざさぬ根無草的存在や観念的なものへの不信であるといってよい。これまでの「夜更け」の物語は、すべて孤独な「私」ひとりのモノローグ的物語であり、そこには堂々めぐりの過剰な「私」の意識だけがあった。そのように出口のない「岩屋」にも似た憂愁の中に「私」を幽閉していたのは、いわば「都会」という名の「魔物」（「埋憂記」）であったが、その因循な生活の息苦しさに耐えかねて「もう駄目なやうだ」（「山椒魚」）と感じた井伏は、そこを離脱して、「私」以前の世界ともいうべき田舎の自然と共同体の中に逃亡する。そこには文学や革命思想はもちろん、近代的自我の意識さえも存在しない。彼は、そのような谷間の村における、自然の秩序そのもののごとき庶民の生活感覚の中に身を置くことによって、その「くつたくした思想」を癒し、過剰な「私」を超克する方法を発見したものと思われる。かくして、昭和四年は井伏の長い「夜更け」のような青春彷徨に、ようやく夜明けの訪れた年なのである。以後の井伏は土の匂いのする地方を主なる舞台にして秀れた作品を書く作家となる。

都会から田舎へと遁走する井伏の足どりを辿って行くとき、同じく谷間を扱った「谷間」（昭4・1〜4）と「丹下氏邸」（昭6・2）という二つの作品の間にみられる差異は興味深い。この二作は、東京から姫谷焼発掘のためにやって来た失業中の「私」が、谷間の村の丹下亮太郎邸の離れに滞在し、姫谷村や丹下氏邸で起る珍妙な出来事を体験するという点で共通したところを持った作品である。ちなみにいえば、今や廃絶に帰した窯跡の発掘という設定は、象徴的であるかもしれない。それはいわば見捨てられた庶民の生活の再発見という作品全体のモチーフに対応している。しかし、両作の間の大きな相違は、「私」の位置と役割にあるだろう。もちろん双方とも、いささか意識的に歪められた「私」の視点から語られる土俗的傾向の濃厚な作品なのだが、「谷間」における「私」が、丹下氏なる老人とともに、まさに主役というにふさわしい役割を果たしているのに対し、「丹下氏邸」の「私」は、作品の中心から後退してほとんど「目」の役割に近い傍観者的存在になっており、作中で展開されるドラマにおいて、何ら積極的な役割を演じないのである。それに見合うように、「丹下氏邸」においては自然描写が相対的に増大し、遠景描写が多用されるようになって、その分だけ人物も風景の中の小さな「遠景人物」になりがちだ。このことは、井伏が田舎の自然とそれに順応して生きる庶民の生活を見つめることによって、都市文明に代表される日本的近代の混迷を相対化し、過剰な「私」の克服に努める一方、対象をあくまでもつきはなして客観的にとらえる「目」を獲得して行く筋道をよく示している。このような「私」超克の過程を経て、まったく「私」の登場しない「川」（昭6・9〜7・5）という作品が出現する。以下、その「川」を少し詳しくみてみよう。

二

「川」は、その最初の部分が「川沿ひの実写風景」(「文藝春秋」昭6・9)の題名で発表され、以下「川―その川沿ひの実写風景―」(「中央公論」昭6・12)「洪水前後」(「新潮」昭7・1)「その地帯におけるロケイシヨン」(「新潮」昭7・5)というように、その続編が連作的に各誌に分載されたのち、単行本『川』(江川書房、昭7・10)として刊行された。この作品は「山椒魚」に発し、「谷間」「朽助のゐる谷間」「丹下氏邸」と続く谷間をモチーフとする作品の系譜に属するが、その中でもきわめて特異な小説であり、井伏の資質と方法を知る上で恰好の作といえる。「川」は、ある川の流れを水源地から河口に至るまで辿りつつ、その沿岸に生きる人々の姿を点綴したものである。何よりもまず、川と人間を併行して描く方法に、自然と人生に対する作者の思考態度がよくあらわれている。井伏文学における自然の占める位置は大きいが、ここでは川そのものが主人公なのである。川はあたかもひとつの「意志」をもった生きもののように、すべて擬人法で描かれる。たとえば、あるところで川は「岩にぶつかつたり、その岩を避けてまはりみちしたり、淵にながれ落ちたり、泡沫をたてたり、全くこまごました事務に忙殺されてゐる」かと思えば、また「大きなのや小さなのや、それぞれの渦は淵の水面にそれぞれ相似形の姿において現はれ、たがひに他のものを追跡したり彼等自体の宿命のもとに直ちに消えてなくなつたりする」という具合に。またある場所では「水は川しもにながれようとする意志がないかのごとくに見える」が、ある時には「恰も氾濫する水は、一つの意志を持つてゐるかのやうに見えた」りするのだ。これらの文体は、「谷川といふものは、目茶々々な急流となつて流れ去つたり、意外なところで大きな淀みをつくつているものらしい」というような「山椒魚」のそれを受けつぐものであり、また「谷川といふものは水泡をはねとばして急激に流れ去るものであるにもかゝはらず、いたるところに淀みをつくり青い淵をつくるものである。そして野放図もなく曲りくねり、はてしない下流を構成してゐる」といった「谷間」における表現との類似も指摘できるが、これらの傾向は「川」においていっそう徹底しておしすすめられている。

この川の沿岸に住む人々は、いずれも貧しく孤独であり、のみならず滑稽なまでに頑固である。それがさまざまの悲劇を生む。この作品には八つの死がまことにそっけなく即物的に描かれる。最初の二つは川上の貧しい木挽夫婦の二人の子供の死で、「一人は谷川に大水が出たときテンカンを起して川に落ちた。死体は見つからなかつた。別の一人の子供は、橋の裏側にくつついてゐた蛍をとらうとして、橋から落ちて石の上に両腕を重ねて死んでゐた」というようにそれは書かれている。ちなみにこの家の女房は「年に一度づつでも、亭主が工面をつけて眼医者に行く」という理由から、亭主が「十年前からトラホームにかかつてゐる」ことを「自慢した」のである。三番目は、都会の工場で十二年間も働き続けて「搾取されつく」し、心身ともに疲れ果てた孤独な多田オタキという女の死で、その入水死体の描き方はこうだ。

多田オタキは極めてありふれた方法で自殺してゐたのである。彼女の死体は、死後二日を経過したものの姿で、淵の水面に見つかつた。死骸はいささかの屈託もなく手足を伸ばし、いつまでも上仰けざまに浮かんでゐようとする意向を示してゐたが、淵の水面で活動をつづける幾つもの渦は、すこしもそれを静止させておかなかつた。大型の渦は、死骸の頭部を起点にしたり臀部を起点にしたりして硬直した肉体を水平面において回転させた。頭部が起点となつて回転する場合には、死体の身長は描かれる円周の半径であつたが、その結果、大型の渦の重心は死体の頭部を水の底に引つぱり込まうとした。そしてこの一箇の大型の渦が三つの小柄な渦に変化すると、死骸は回転運動から解放され、その頭髪や衣類の余分だけが水の底へ引き込まれる。けれど間もなく三つの渦は協力して、その死骸を大型の渦に委託してしまふのである。

人間の尊厳というような見方に立てば、ほとんど不謹慎とも冒瀆ともとれる死体の描き方である。死体は完全に物体として扱われ、悲惨なるべき死は自然の物理的運動の一部としてとらえられている。それは一見冷淡であり、やや戯画的にすぎるようにも見えるが、しかしここにはいかなる人事の深刻な悲劇も川の流れのごとき自然現象としてみようとする作者の姿勢があらわれている。それを仮りに自然からの視点と呼んでもよいだろう。もちろん、その背後には不幸な庶民に対する作者の満腔の同情が隠されているのだ。第四の死は、ひそかにオタキを愛していた村の青年吉岡羊太であり、五番目は身持のよくない羊太の妹の死である。いずれもオタキの死体を浮かべていた淵にいかにも無雑作に投身してしまう。羊太の場合も「やはり大型の渦や小柄な渦は、オタキの死体を取扱つたのと同じやりかたで、羊太の死骸を存分にこづきまはしてゐた」のである。第六及び第七の死は、息子の盗癖を気にしていた沢田伍一という極貧の老人と、何度目かの「監獄から帰つて来た」ばかりのその息子である。「極端な貧乏人ばかりが住んでゐる」部落で洪水があり「この洪水が終つてから、人びとは貧困者沢田伍一が盗人常習の息子と互に抱きあつて死体となつてゐるのを発見した」のだ。伍一は息子が監獄から帰って来るたびに「近所の家を戸別訪問」して「大きな声では申されませんが、今度は大きな仕事をやらうなどと申してをりますので、どなたも戸じまりを厳重にしておいて下さい」と内密に通報する習慣であった。最後の第八の死は、売上げ金拐帯共犯の嫌疑をうけた水門の番人兼乗合自動車の切符販売人の老人である。彼は釈放されて帰って来ると、次のようなやり方であっけなく疏水に投身した。

……さうして決定的な歩調で五六歩づつ進むと立ちどまり、さういふ歩きかたをくり返して彼は堤防の水門のところまで近づいて行つたが、無造作に水のなかにとび込んだ。彼は出来そこなひの逆立ち姿でとび込んだが、水面に刻まれてゐる大きな渦の助力によつて、完全な逆立ち姿で水のなかに消えて行つたのである。

八つの死は、すべて川の水による死である。しかも、最初の木挽の二人の子供をのぞけば、いずれも貧窮と絶望の果ての自殺なのだ（沢田伍一親子も、息子の盗癖を気に病んだ伍一の無理心中であろう）。水はそれらの悲劇的な死を呑み込み、無表情に流れ続ける。それに対応するように、作者は人物の心理に立ち入ることを徹底して避け、一切の感情移入を排して、わざとそっけない手つきでそれらの死を写しとる。水に象徴される大自然の営みからみれば、人の一生などまことに微小なものにすぎないというわけだ。

この川の沿岸に住む人々は、ことごとく貧乏人だが、その多くはまた頑固な老人である。井伏は早くから老人を好んで書く作家であった。永い間風雪に耐えて生きて来た老人は、それ自体一種の自然のような存在だからである。山川草木にとけこむようにして生きている老人たちは、それゆえにまた十年一日のごとく頑なにその思想と生活態度を変えようとしない。この作品の人物たちの上を流れる時間は、いわゆる人間的時間ではない。むしろ永劫回帰する自然の循環的時間に近い。たとえば、「左右の眼球が同じ恰好にとび出て裏返しになり、その毛細管の赤や青の線は、眼球をして小さな地球儀にひとしく見せてゐる」ために、川に泳ぎに来る子供たちに「地球めだま！」と悪口をいわれる盲目の老人は、ある淵に沿った崖上の家に住み「何十年も前から窓ぎはに坐りつづけてゐる」のである。そして、彼から金と土地をまきあげた地主の悪どいやり口について「半世紀以前から」声にならない呟きで始終「同じことを呟きつづけてゐた」のだ。この作品に登場する人物たちの基本的な生活態度は、まさに十年一日のごとく同じことを反復し続けることである。そのように頑迷固陋であるゆえに、彼らはしばしば愚かしい「揉めごと」を惹き起しがちだ。川が「馬蹄型にながれる部分の流域」に二戸だけ隣り合って住む「禿げ頭の親父」と「白髭の親父」は、ささいなことが原因でながいこと不仲である。お互いに絶対に顔を合わせないので、禿げ頭は律気に白髭への借金の利息を書留で届け、白髭は領収の返事を郵便で出すというかたちで、彼らは年一回ずつ手紙をやりとりしているのだが、禿げ頭の借金は「よほど昔の彼の祖先が、白髭のよほど昔の祖先から借りたものであるといはれてゐる」だけで「禿げ頭は、自分が一たいどのくらゐの金額を借りてゐるかを知らない」のである。二人は死ぬまで口をきくことなど決してないであろう。しかし、結局彼らの争いも気の遠くなるような時間の持続の中に埋没してゆくように見える。

川の中洲で出来た二つの島では、一方の島の住人が周囲に洪水防止の石垣を築きはじめたのに対し、もう一方の島の住人が水かさが増すという理由で抗議したために「一争議が勃発した」が、双方が一つの「揉めごとのために血まなこになつ」ているにもかかわらず、島では仔馬がのどかに走りまわり、まことに「舌つたるい系統に属する田園風景」が展開しているのである。ここではどんな「揉めごと」も一個の「田園風景」と化してしまう。「川沿ひの実写風景」という初出の題名が象徴していたように、この作品においては人間にとっていかに深刻な出来事も「風景」として写しとられているからである。それは作品の視点が人間中心の視点でないことを意味している。先に自然からの視点といったが、鳥瞰的（バーズアイ）という比喩で呼んでいいかもしれない。その意味で、作品の冒頭に「谷間の真上の空で、空いつぱいに大きな輪を描きながら飛翔する」鷲の姿が書かれ、結びには「或る日、川しもから川上に向つて、その真上の空を灰色の一羽の鳥が飛翔して行つた」とあるのは、鳥の視線について作者がまったく無意識でもなかったことを示しているのではなかろうか。

「川」は作者の土俗趣味と川への偏愛とが結びついて出来たものだが、井伏自身は次のように語っている。

この作品は私の土俗趣味に根底を置く一方、私はこの作品で遠くのびのびと流れる川の澎湃たる感じを表象したいと企てた。流れて停まるところを知らない悠久なる姿を出さうと考へた。また生々流転の姿を現はすことが出来ようかと野望した。しかし私の書いた「川」は川下に流れるにしたがつて、或ひは萎縮してはゐないかといふ疑ひがある。大河となつて堂々と大海にそゝぐ威力に乏しいのではないかと反省される。（創作集『川と谷間』「序」昭14・10）

右の「反省」はたぶんに井伏流の韜晦を含んでいる。川幅の拡がる下流になると、作者はその視線を母体の川からわかれた疏水の方にむけ、「大河」を描くことを意識して避けているようなのだ。「大河」は井伏の好みでないからである。

昭和四年以降の井伏文学は、都会から田舎へ、「くつたく」した個の世界から共同体と自然の中へと遁走して行くわけだが、ちょうどこの時期に、のち傑作『さざなみ軍記』（昭13・4）として集成刊行されることになる作品の前半部が、その名も「逃げて行く記録」（昭5・3）「逃亡記」（昭5・6～昭6・10）と題して書きはじめられていることは、あながち偶然とはいいきれまい。この作品は、都から地方（瀬戸内海とその沿岸）へ逃げて行く平家の公達の日記というかたちをとっているが、主人公はその逃亡生活の中で、それまで都での貴族的生活では知らなかった庶民の逞しい生き様を発見するのである。それがほかならぬ「逃亡記」であるところがいかにも暗示的なのだ。

かくして、井伏文学は谷間から川へ、川から海へと注ぐ「大河」に成長して行くことになる。

「さざなみ軍記」論――逃げていく記録

一

井伏鱒二が森鷗外の系譜を引く作家であることはすでに多くの人がいっている。上林暁は「さざなみ軍記」を評して「運命を鏡に映して見るやうに、日記に写して行く。決して対象に甘えてかからぬこの近代的態度は、森鷗外の血を引くものと言つて、差支へないであらう」（『井伏鱒二選集』第五巻「後記」昭23・12）といい、臼井吉見は「古典主義的決意において似通ふものがあること」（創元文庫『集金旅行・さざなみ軍記』「解説」昭26・10）を指摘している。寺田透は「鷗外が学者風の井伏鱒二だとすれば、井伏氏は俗に遊ぶ鷗外である」（「最近の井伏氏」『井伏鱒二集』〈現代日本文学全集41〉昭28・10）と書き、武田泰淳も井伏の短篇に「鷗外風の匂ひ」（「井伏鱒二」「群像」昭26・11）を嗅ぎとっている。明治絶対主義の下で位人臣を極めた鷗外と現文壇でもっとも庶民的作風をもって知られる井伏鱒二という、一見きわめて対蹠的な二人の作家に多くの評家が文学的血縁を見出しいることは注目に値する。

ところで井伏の鷗外との出会いは早く大正六年、福山中学五年のときのことである。このできごとは井伏の「森鷗外氏に詫びる件」（「東京朝日新聞」昭6・7・15〜16、のち生前の全集本で「悪戯」と改題）によって広く知られるに至った。当時、鷗外は「大阪毎日新聞」に「伊沢蘭軒」を連載していたが、蘭軒は福山藩主の侍医であり、地元では藩主を毒殺したのだという噂があったので、井伏は友人と語らって朽木三助の名で鷗外に反駁文を書いた。「伊沢蘭軒」の「その三百三」には「わたくしは朽木三助と云ふ人の書牘を得た。朽木氏は備後国深安郡加茂村粟根の人で、書は今年丁巳一月十三日の裁する所であつた。朽木氏は今は亡き人であるから、わたくしは其遺文を下に全録する」とあって、その手紙の全文が掲げられている。その要旨の部分は次の通りである。

米使渡来以降外交の難局に当られ候阿部伊勢守正弘は、不得已事情の下に外国と条約を締結するに至られ候へ共、其素志は攘夷に在りし由に有之候。然るに井伊掃部頭直弼は早くより開国の意見を持せられ、正弘の措置はかばかしからざるを慨し、侍医伊沢良安をして置毒せしめられ候。良安の父辞安、良安の弟磐安、皆此機密を与かり知り、辞安は事成るの後、井伊家の保護の下に、良安、磐安兄弟を彦根に潜伏せしめ候。

その毒殺説に対し鷗外はただちに反証をあげて答えたので、更に井伏は朽木老人は死去したという手紙を今度は本名で出し、鷗外から弔いの便りがあったというのである。

これは一中学生の他愛ない「悪戯」ではあるが、その後の井伏の文学的歩みと考え合わせるとき、興味深い挿話だ。井伏のこの手紙文は現在公刊されている彼のもっとも古い文章ということになるが、中学生としては早熟な文体といってよかろう。鷗外は「筆跡は老人なるが如く、文章に真率なる処がある」と評している。もっとも「伊沢蘭軒」収録の手紙には鷗外の添削が加えられており、井伏は「テニヲハをちよつと変へ、語辞を入れかへるだけで、私の稚拙な文章が生れかはつて大人びてゐた。文章の秘密は怖しい。私は鷗外の大手腕に舌を巻いた」(「森鷗外に関する挿話」昭24・6)と述べている。この事件が少年井伏をいかに「興奮」させたか想像に余りある。まさに運命的な邂逅であったのだが、このときの両者の態度はその文学の質的相異を考える上で象徴的であるように思われる。すなわち、鷗外のあくまで科学的・実証的態度に対するに、井伏はその資質たる、たくみな「うそ」(フィクション)をもってしたといえるのではなかろうか。その後、山崎一穎によって東大鷗外文庫から、大正六年三月六日付鷗外宛井伏書簡が発見された(「補記」参照)。ともかくもこの時以来、井伏は鷗外の愛読者になったのである。早く昭和七年には「森鷗外論」(「新潮」9月)があり、戦後は「「阿部一族」について」(「心」昭23・12)で、それが「見事な構想の作品」であることを認めながらも、その表現の曖昧なところ一ヶ所と月日の誤り二ヶ所を指摘している。鷗外への傾倒と精読のほどを窺わせる文章だ。

さて、両者に共通するものを端的にいえば、対象に対する冷厳な姿勢、一字一句も疎かにしない堅固な文体、自己抑制のきいたストイックな生活態度、といったことになろうか。ついでにいえば鷗外ほどオーソドックスなものではないにしても、井伏の学殖の深さも定評がある。大岡昇平は「和漢の知識を自由に駆使する点で、井伏さんは荷風と双璧をなしている」(『井伏鱒二作品集』第三巻「解説」昭28・6)といい、河盛好蔵もその「強い探求心と学問的正確さ」(中央公論社版『日本の文学』53「解説」昭41・11)をあげている。井伏の学殖造詣はどちらかといえば、雑学的・土俗趣味的なところがあり、そこがまた井伏文学の鷗外との違いにつながっている。いうまでもなく井伏鱒二は単なる小鷗外ではない。何よりもまず生きた時代が異なる。鷗外はその青春時代を先進国ドイツで過ごし、そこで先駆的に目覚め、確立した近代的自我と、自らもそれを支える一員であると信じた明治絶対主義体制との調和が生涯の課題であった。一方、井伏は明治絶対主義的規範は崩壊しながら、しかも新しい倫理・秩序はいまだ確立されていないという、日本の近代でもっとも困難な大正から昭和にかけての時代に青春期を送った。早稲田大学中退（大11）後の井伏の習作時代を仮りに昭和三年頃までとすれば、それは関東大震災後うち続く恐慌の中で日本軍国主義が昭和六年の満州事変に向かって大陸侵略の泥沼にのめり込んで行く時期であり、国内的には日本共産党の結成（大11・11）後しだいに拡がる階級運動とそれに対する徹底的な弾圧の時代である。文壇的にこの時代を特色づけるのは、何といってもプロレタリア文学の文壇制覇ということであろう。この時代に文学的出発をした青年たちは既成リアリズム文学の超克の問題と、プロレタリア文学運動との倫理的対決という課題から挟撃されつつあったといえる。特にプロレタリア文学が投げかける倫理的な要請は結果としてそれを是認する、しないにかかわらず、作家の内面に鋭く迫り、この時代を生きる青春の劇を構成した。プロレタリア文学に赴かない者は新感覚派あるいは新興芸術派を作りはしたが、自己の芸術の旗幟を鮮明にして生きることのきわめて困難な時代であった。井伏の属した同人誌「陣痛時代」の仲間も彼をのぞいて全員「左傾」した。彼もしばしば「談判」を受けたが、何とか「左傾することなしに作家としての道をつけたい」（「雞肋集」昭11・5〜12）と願って同人を脱退した。彼は「左傾」を拒否した理由について「気不精による」（同前）とか、左傾を「失念」していた（「鱒二への手紙」昭3・10）などと説明しているが、最大の理由は彼の育った環境とその文学的資質がそれを許さなかったことであろう。しかし、自己の良心に忠実な青年ならば、プロレタリア文学の提起した問題を全否定できたはずはない。そして、それを全否定できぬまま、都会の消費文化を描くモダニズムの文学に進んだ青春は、精神のデカダンスという陥穽からのがれることはできなかった。エロ・グロ・ナンセンスと呼ばれるものがそのよい見本だ。頽廃なしに自己を貫くことのできたものはよほど精神の剛力に恵まれていたにちがいない。この時期の井伏鱒二の作品について、寺田透は「山椒魚」（昭4・5）にさえ「あくまで道義を貫かうとはせぬかはりに、徹底的な悪魔主義にも入り込まず、うらぶれた調べで、純潔を守ることのむつかしさを歌つたあの時代のしがなさが今見ると露はなのである」（「井伏鱒二論」「批評」昭23・3）という。初期の井伏は中村正常らと一括してナンセンス作家と呼ばれ、事実そう言われてもしかたのないような作品（たとえば昭和五年の「ジヨセフと女子大学生」「淑女のハンドバッグ」、中村正常との合作「ユマ吉ペソコ」シリーズなど）もある。しかし今こころみに昭和五年刊行の新潮社版新興芸術派叢書の『夜ふけと梅の花』（井伏の第一創作集）と『ボア吉の求婚』（中村正常）、同じく昭和五年発行の改造社版新鋭文学叢書の『なつかしき現実』（井伏）と『隕石の寝床』（中村）と比べてみると、どうしてこの二人が並び称されたのか不思議に思われるほど格の相異がある。井伏を小市民的ナンセンス作家と呼ぶ不当をもっとも早く指摘し、彼の中に真の「詩人」を見出したのは小林秀雄の烱眼である（「井伏鱒二の作品について」昭6・2）。井伏がこの時代の毒をかぶったことはまちがいないが、彼にとってあの軽佻な戯文や浅薄なモダニズムは結局、時代の衣裳にすぎなかったといえるだろう。何よりも現在の彼の立脚点（「黒い雨」の作家）がそれを証している。

　この時期を生きる井伏の精神構造は、ある意味でやはり鷗外を想起させる。「かのやうに」「吃逆」「藤棚」「鎚一下」ら、いわゆる五条秀麿もの四部作は、鷗外における大逆事件の衝撃のあらわれとされる。たとえば「かのやうに」において近代的合理主義者鷗外は、明治絶対主義を支える天皇制の「神話」を、それがある「かのやうに」生きることで、秩序を維持しようとする便宜的折衷主義の立場を示す。しかし明治天皇の死と乃木大将の殉死によって「現実に規範と生活形式を樹立しえないことを知つた鷗外は、退いて歴史のうちに、否、日本に於ける唯一の型らしい型を形成した儒教と武士道のうちに権威と形式を求めたのである」（唐木順三『現代史への試み』昭24・3）といわれる。プロレタリア文学運動の吹き荒れる嵐の中で井伏鱒二はどう生きようとしたか。それは「幽閉」から「山椒魚」への道程が象徴的に語る。同じく青春の扼殺によってなったという意味では「山椒魚」は井伏の「舞姫」であるかもしれない。井伏はあの混迷せる時代の悪気流の中にあって、精神の突破口を求めての彷徨・摸索の結果、現実は動かしがたい「岩屋」であり、そこが「永遠の棲家」であると観念しようとする。この決定論的な現実規定はプロレタリア文学に対する倫理的な自己防衛だったのではないか。そして岩屋の中の山椒魚は自らの焦躁をおしかくして、外の流れで右往左往する小魚たちを傍観しながら「なんといふ不自由千万な奴等であらう！」と曳かれ者の小唄的嘲笑をもらすのだ。これは井伏流の「Resignation の説」といえるだろう。彼はまた「炭鉱地帯病院」（昭4・8）の父親をして、その娘の理不尽な死に対して「この現実は私達が不幸にうちのめされるやうに前もつて制度づけられて」おり、その制度は「大地と同じく動かすべからざるものです」といわせている。この時、井伏はむしろ、社会制度は「大地と同じく動かすべからざるもの」である「かのやうに」ふるまおうとしたというべきであろう。その場合、あくまで素顔を見せてはならない。素顔を見せてしまったら、敗北と頽廃は決定的である。井伏が「山椒魚」という仮面をかぶって登場したことはその意味で重要だ。それは私小説的伝統とプロレタリア文学とのはさみうちから自己を守る「仮面」にほかならなかったのだから。かくて井伏の初期作品はすべて自己内面の混迷と悲しみの、自嘲を含んだ形象化である。

こういう矛盾の中でかろうじて自己を保とうとしていた井伏鱒二が見出した唯一の自立の拠点はいうまでもなく「庶民」であった。階級運動の主体からも疎外されてしまった社会の底辺の「庶民」――いわゆる労働者大衆でもなければ、「人民」でもなく、むしろ柳田国男のいう民間伝承の保持者たる「常民」に近い――の生活意識の中に現実認識の原理を見出そうとする。これが、あくまでも武士道的倫理に殉じようとした鷗外と井伏の決定的なちがいである。鷗外の興津弥五右衛門は儒教的な倫理に殉じたが、井伏は儒学を講じながら追剝をする人間さえ描いた（「円心の行状」昭15・6）。また井伏には「爺さん婆さん」（昭24・10）という作品がある。これが鷗外の「ぢいさんばあさん」（大4・9）を意識して書かれたものであることは明らかだが、「ぢいさんばあさん」が武士の意地と夫婦愛の物語であるのに対し、「爺さん婆さん」は庶民男女の老醜を感覚的に描きながらほとんど象徴の域にまで達した作品である。鷗外のそれとは対照的な手法ではあるが、人間の運命の凝視の深さと鋭さにおいて、それと十分に対峙しうるのではなかろうか。その点、井伏鱒二は鷗外の弟子であると同時に柳田国男のすぐれた弟子であるといえる。

一方、井伏の「庶民」はプロレタリア文学運動の影響の所産ではないかとも考えられる。それは井伏なりの「近代の超克」的な意味をもったのではなかろうか。これはこの時期の日本浪曼派の日本回帰と鋭く対立するかたちで、そうだったと考えられる。井伏作品の主人公の多くは、小動物や、不幸な老人・無学な庶民であって、彼は知識人や自意識家を主人公にすることを用心深く避けて今日に至っている。何よりも彼自身が自分の中の自意識家をもてあましていたがために。

二

井伏は早くから歴史小説の世界に手をそめた。これも一種の「仮面」の役割を果したであろう。彼自身「まげもの」と称する歴史小説においては別人のように人間凝視の目も冴え、初期の現代小説に目立った極端な戯画、諧謔の擬態、感傷的な詠嘆や単なる風俗への強い傾斜も少なく、文体も一種古典主義的な抑制がきいている。歴史小説では現代小説におけるように直接、現実と相渉ることがないので、極端な自己韜晦のみぶりも必要としなかったであろう。たとえば「湯島風俗」(昭13・6)という作品ははじめ現代小説として書いたが、検閲に引っかかったので時代を文政期ということにしたら、ほとんどそのままで通ったという話(伴俊彦「井伏さんから聞いたこと その二」『井伏鱒二全集』月報4 昭39・12)はその辺の事情の一端に通うものを示唆していないだろうか。歴史小説への関心は鷗外の影響を無視できないが、ここでも井伏は鷗外の単なる亜流ではなかった。実質的には著者自選全集である生前の筑摩書房版十二巻本全集に収められた歴史小説は次の二十四篇である。収録されたかぎりでは案外、数は少ないのだが、その中には井伏が文学賞を得た四つの作品のうち二つ(直木賞の「ジョン万次郎漂流記」芸術院賞の「漂民宇三郎」)が含まれていてどれも逸品揃いといってよい。

(1)さざなみ軍記(昭5〜13) (2)おらんだ伝法金水(昭8) (3)青ケ島大概記(昭9) (4)素姓吟味(昭12) (5)ジョン万次郎漂流記(昭12) (6)琵琶塚(昭13) (7)湯島風俗(昭13) (8)山を見て老人の語る(昭14) (9)お濠に関する話(昭14) (10)川井騒動(昭15) (11)円心の行状(昭15) (12)吹越の城(昭18) (13)二つの話(昭21) (14)侘助(昭21) (15)虎松日誌(昭24) (16)お島の存念書

⒄薬師堂前（昭27）⒅かるさん屋敷（昭28）⒆安土セミナリオ（昭28〜29）⒇野辺地の睦五郎略伝（昭28）(21)漂民宇三郎（昭29〜30）(22)河童騒動（昭30）(23)開墾村の与作（昭30）(24)武州鉢形城（昭36）

これらの作品はその形式・時代・場所・人物らに著しい共通点がみられる。大半が戦国時代から江戸末期にかけての時期に取材されており（江戸末期が特に目立つ）、例外は寿永年間の「さざなみ軍記」と鎌倉時代の「琵琶塚」である。場所は多くが井伏作品の舞台である甲州（6・8・10・11・12・13・14　数字は前掲作品の番号）と備後（9・15・22・23）である。備後取材作品のうち三篇（15・22・23）は「黒い雨」（昭41）の舞台ともなった小畠村だが、他の現代小説においても小畠村は井伏文学の宝庫であるといってよい。以上のほか「さざなみ軍記」にも、備後の海岸や島が多く出て来るし、「武州鉢形城」の中心になる足軽も備後出身である。このことは井伏文学の土着性を端的に物語っている。

作品の多くは文献によったもののごとく書かれている。何らかのかたちで文献によったことを明記したものが二十四篇中十二篇（1・2・3・5・6・11・14・15・16・21・23・24）にものぼるが、その大部分はおそらく井伏の創作による偽書であって、存在は疑わしい。偽書による創作方法は「さざなみ軍記」以来の井伏の常套である。その点、「鷗外は史実に忠実であるために、書きたい材料にも手をつけなかつたことがあるといはれる人である」（井伏「「阿部一族」について」）のに対して大きく違うところである。鷗外は一時は、「歴史離れ」を願いながらも、結局「歴史其儘」からのがれられず、学問的・実証的な史伝物に至りついたのだが、井伏は終始「歴史離れ」の作品を書いた。それにもかかわらず、それらは現実離れ、人間離れではなかったというべきか。

井伏の歴史小説におけるもうひとつの、そしてもっとも重要な鷗外のそれとのちがいは、鷗外の主人公たちが多く武士階級であるのに対し、井伏の場合、ほとんどが名もない庶民たちであるということだ。「さざなみ軍記」だけが例外のようだが、後述するようにこの作品の根本的性格はやはり庶民的なものである。井伏と鷗外は全く相対立する階級にその文学的営為を賭けたのだといえよう。苛酷な歴史の現実の下で苦しむ庶民の運命劇をその堅固な文体で描くのが井伏の歴史小説のきわだった特色である。そこでは無知で貧しい庶民が、苛烈な自然・封建的圧政・残虐な戦争という不可避の運命に翻弄される。先にあげた作品のほとんどに理不尽な死が、戦争が、そして漂流・流刑・強盗らに苦しむ庶民の極限状況が描かれる。戦争下の庶民を描いたものが八篇（1・8・9・12・18・19・20・24）、庶民の死を描いたものは十四篇（1・2・3・5・8・9・12・14・15・18・19・20・21・24）にものぼる。そしてその死の描き方は冷静で、即物的でさえある。

以上を要するに、名もない庶民の運命を「歴史に縛られ」（鷗外「歴史其儘と歴史離れ」）ることなく、自由で豊かな空想力を飛翔させて描くところに、鷗外と異なる井伏鱒二の歴史小説の独自性があるということになろう。

三

「さざなみ軍記」は井伏鱒二が最初に手をつけた歴史小説である。井伏の歴史小説の中ですぐれているばかりでなく、彼の終戦前の仕事を代表するに足る作品だといえる。冒頭部分が昭和五年に発表されてから、断続的に書きつがれ、最後の部分を雑誌発表して単行本『さざなみ軍記』としてまとめられるのが昭和十三年四月である。その成立の過程はきわめて興味ある問題を含んでいる。この作品の雑誌初出と原題は左の通りである。
(一)逃げて行く記録（寿永二年七月十五日～同月二十八日）「文学」昭和五年三月号
(二)逃亡記（寿永二年八月十九日夜～同月二十日）「作品」昭和五年六月号
(三)逃亡記（寿永二年八月二十日夜～同月二十一日）「作品」昭和五年七月号
(四)逃亡記（寿永二年八月二十一日午後～同月二十二日）「作品」昭和六年八月号
(五)逃亡記（寿永二年八月十六日～同月十九日）「作品」昭和六年十月号
(六)西海日記（寿永二年九月二十四日～同月二十九日夜）「文藝」昭和十二年六月号
(七)早春日記（寿永三年正月二十九日～同年二月四日）「文学界」昭和十三年一月号
(八)早春日記（寿永三年二月五日～同月七日）「文学界」昭和十三年二月号
(九)早春日記（寿永三年二月十九日～同月二十七日）「文学界」昭和十三年三月号
(十)早春日記（寿永三年三月一日～同月四日）「文学界」昭和十三年四月号
後述するように、連載の途中で部分的にいくつかの創作集に収められたりしたが、昭和十三年四月、以上の十回分をまとめて『さざなみ軍記』とし、著者自装によって河出書房から刊行された。なお、（五）の部分（寿永二年八月十六日～同月十九日）は内容的には冒頭の「逃げて行く記録」に接続するはずであるが、発表はおそい。

井伏は「さざなみ軍記」の執筆事情についてくりかえし語っている。まず単行本の初版「自序」では「この物語は十二年前にその発端を書いて雑誌に発表した。それから約一年たつてその続きの一部を書いて雑誌に発表し、それから約三年たつてその続きの一部を書いて雑誌に発表した。さういふやうに何度もすこしづつ間隔を置きながら一部づつ書いて行き、さうして巻末の一部を書き上げたのは今年三月のことである」といい、改造社版新日本文学全集『井伏鱒二集』の自身による「解説」（昭17・9。以下「解説」という）では「昭和二三年頃にその発端を書き、それから一二年置いてその続きを書き、それから又一二年置いてその続きを書き、約十年ぶりにその完末の書を書いた」といっている。「『さざなみ軍記』の史料――平家と自分に関すること――」（「文学」昭28・2。以下「史料」という）には、執筆の「動機」について書いている。それによれば柿沢という友人（「陣痛時代」同人）の妹の学友に九州五箇庄出身の少女がいたが、この人の家は平家の末孫で「平家の一門が都を逃亡して、西海に落ちて行く間の買物記入の日記」を伝えているというので、友人を通してその内容をきき、さっそく「平家物語」流布本を通読したのが「大震災の直前のころであった」という。そして「震災がすんでから、一年か二年たつて私は平家物語として、柿沢君から聞いた話を参考に、日記風の小説の冒頭を書いた」と述べている。

冒頭部分を執筆したのは一体いつなのだろうか。「自序」（昭和十三年四月記）のごとく「十二年前」だとすれば大正十五年ということになり、「史料」の「震災がすんでから、一年か二年たつて」にほぼ一致する。「解説」の「昭和二三年頃」とはずれが生じることになるが、ここでは一応、冒頭「逃げて行く記録」は雑誌発表（昭5・3）より四、五年前の無名時代の執筆ではなかろうかと推定しておく。そうすると「さざなみ軍記」には少なくとも十二年前後の歳月が費やされていることになる。それは終戦前の井伏の作家生活の過半を占めているが、そのような執筆方法をとったことについて、作者は「これは私がこの作品に対して情熱がなかつたからではない。この小説の主人公――平家の或る公達が戦乱に際し周囲の荒涼たる有様によつて急速度に心が大人びてゆく姿を書き、有為転変の激しさを現はさうと思つたからである。しかし私の力量ではそれが現せないと思つたので、自分自身が少しでも経験をつむのを利用して、戦乱で急激に大人びてゆく主人公の姿を出す計画であった」(「解説」)と説明している。「自序」や「史料」でもほぼ同様のことをいっている。これは重要な発言であるが、しかし執筆の事情はそうだとしても、実際の発表のされ方は発端を発表して「約一年たつてその続きの一部を書いて雑誌に発表し、それから約三年たつてその続きの一部を書いて雑誌に発表した」というようなかたちでないことは、先にあげた初出一覧でもわかる。それにあらわれたかぎりでは「さざなみ軍記」は昭和五年三月から六年十月までの期間に全体の約五分の二ほどが、昭和十二年六月から十三年四月までの期間にその残りが発表されている(以下、昭和五、六年発表の部分を「前半」、昭和十二、三年発表の部分を「後半」と呼ぶ)。その間約六年の空白がある。ここでは主としてこの間の断層の意味を測定することでこの「さざなみ軍記」論を試みよう。

ところでまず何よりも注目に値するのは作者が十余年にわたってひとつの作品を書き続け、ほぼ同じリズムを生き続けたその持続力である。臼井吉見はそれを「暗夜行路」の場合に比している(前掲・創元文庫版「解説」)。昭和初年から十三年までというのは、数次にわたる山東出兵と満州事変を経て、五・一五事件、二・二六事件から日華事変の勃発、国家総動員法公布に至る時期であり、文壇ではプロレタリア文学の勃興と壊滅、転向と文芸復興という右往左往の続いた時代だ。知識人にとって自己を堅持して生きることがほとんど不可能だった時代であるといってもよい。その間に井伏は世相の「荒涼たる有様」や「有為転変の激しさ」もみたであろう。井伏自身は三十歳前後から四十歳までで、それは個人の生涯の中でももっとも生きにくい十年ではなかろうか。その様な十年間を一貫していいわば反時代的な「さざなみ軍記」を書きついでいたわけだ。もちろん内面は身も細る思いに耐えながら。この忍耐と持続力が井伏文学の背骨を作って行くのだといってよい。そして当然のことながら「さざなみ軍記」にはこの時代を生きる作者の心境が影を落としているはずである。作者自身「この物語は私の十年間の気持をところどころに貼りつけたアルバムのごときものである」（「自序」）と書いている。

この作品は帝都を追われた平家一門が旧都福原を経て瀬戸内海を放浪し、再び福原に上陸、一の谷で義経の軍と戦って敗れ、海上を逃れて屋島に集結しようとするまでの八ヶ月余の逃亡生活を、平中納言知盛の長子である公達の日記の現代語訳というかたちをかりて書いたものである。この作品が逃亡記であることがまず象徴的であるように思われる。階級の交替という歴史の「順序」によって帝都をおわれた平家の少年はあてどない逃亡を続け、運命という名の波間に漂っているのだが、井伏自身もプロレタリア文学が投げかけた倫理的課題、あるいは日本帝国主義が露呈した矛盾から逃げはしなかったか。「炭鉱地帯病院」（昭4・8）の医者は虐げられた庶民に同情しながらも「社会が動かないのは私のせゐではありますまい」といって、それを「社会問題」化して考えるのを「回避」する習慣であるし、「朽助のゐる谷間」（昭4・3）の「私」はダム工事で家が湖底に沈む朽助の抵抗をやめるように説得しつつも、老人の嗚咽をきいてわざと「贋の鼾」をかくのである。「さざなみ軍記」の主人公は「今は私は私達の階級以外の人に厚意を示してもらひたい」（八月十九日）「いつもさう思ふが、いま私の一ばん嬉しいことは私たち一門以外の階級のものに好意を示されることである」（九月二十六日）というような階級的な民衆志向を随所に示すが、それは当時の井伏の心情の反映でもあったろう。矛盾にみちた現実から遁走した自己の青春の悲哀と苦渋を、都落ちする平家の公達に仮託して形象化したのがこの作品ではなかったか。井伏は河盛好蔵との対談（前掲中央公論社版『日本の文学』53付録）で「さざなみ軍記」にふれてこういっている。

僕は左翼になれなかったけれど、みんな友だちが同人雑誌やめて、全部左翼になったでしょう。つまり「戦旗」に入っちゃったんです。僕一人とり残されたでしょう。その気持を僕は最初あれに入れているわけです。少年が室の津の田舎の娘に好かれると有頂天になる、それが自分と同じ階級でないものから愛情をもたれたいという、それはあのころの僕の気持でした。（傍点引用者）

彼はその文学的資質からいっても「左翼になれなかった」が、プロレタリア文学運動が提起した「道義を忘れきることは出来ない」（寺田透　前掲論文）ままに「思ひぞ屈して」孤立感を深めていったであろう。「ならなかった」でなく「なれなかった」とあるところも微妙な口吻のように思える。また「最初……」はこの作品の前半から後半への変質と対応しているだろう（「追記」参照）。

「さざなみ軍記」の主人公は「民衆」について次のようにも考える。

私は彼等の談話により、彼等が私達一門の階級や勲等をあくまでも尊重してゐることを知つた。彼等は私達の階級に附属することができるならば、彼等の故郷へ帰らなくてもいいとさへ思つてゐるらしい。

私は彼等の欲望こそ笑止なものであることを知つてゐる。しかし私達の階級は、彼等のさういふ欲望を利用しなくては彼等を支配することはできないだらう。彼等は私達の階級を支持するために、規則や制度によつて傷ついて、そして彼等自ら苦しむのである。（八月十七日）

また作者はある公卿をして「民衆といふものはどんなに困難な状態に置かれても、われわれには不思議でならないほどの忍従と労役により、われわれに権勢を提供しないではゐないものである」

（八月二十一日）といわせている。無論これは単なる愚民思想ではない。階級の交替劇そのものにも参加しえない無知な底辺の民衆に対する同情の屈折した表現であり、井伏文学の庶民性に対応している。ここには階級社会の矛盾に対するシニカルな認識が示されているが、こういう明確な歴史認識を持ちながら、作者は主人公とともにその現実から「逃亡」して行くのである。そのような「逃亡」によってもたらされる成長とはいかなる性格のものであろうか。

一方、平家の滅亡は「時勢の流れである」と断定しつつも、平家にかける文武兼備の豪傑泉寺の覚丹は「民衆といふものが一ばんよく世の動きを感じる」というのである。（主人公と覚丹の対照的な二つの民衆把握が主人公のそれは前半に、覚丹のそれは後半にあることは井伏の歴史認識の深まりが窺われるようで興味深い）。覚丹は主人公の後見人としてその成長を助けつつ、一方では時勢を達観して「寿永記」と名づける浩瀚な書を書き続けている。この僧兵は作者によってひそかに「平家物語」の作者に擬せられているらしく思えるが、時勢を見通して動じないその頼もしさは、乱世を生きる作者井伏の理想像であるかのようだ。更にいえば「左翼になれなかった」井伏は、自らを昭和という乱世の冷静な記録者の位置におこうと願ったのではあるまいか。「さざなみ軍記」の中ではこの覚丹は主として後半で活躍するのであって、図式的にいえば、作品は前半の少年の感懐から後半の覚丹の達観へと展開しているともいえるのである。この覚丹とともに宮地小太郎という因ノ島土着の侍がみごとに描かれている。小太郎は古風で実直一徹の老武者であるが、その逞しく「じつていな」ふるまいが好意ある筆で描写される。作者は若くひ弱な公達と、この覚丹・小太郎を対置することで乱世を生きる人間像を浮彫りにしようと意図しているのだ。

新しい階級たる東軍の武者たちの野性的な逞しさも、平家の公卿たちのふがいなさに比して目立っている。主人公の帝都の館に裸馬にのってやって来た体格のいい木曾の家来の姿は次のように書かれている。

彼は藍色の布の襦袢を着て破れた腹巻をつけ、竹製の箙に矢をわづかに三本さして、彼のふりまはしてゐる弓のつるは、断（き）れたのをつなぎあはしたものであつた。彼の頬や顎には一ぱい鬚がはえてゐて、彼は頭に頭巾みたいなものを被つてゐた。彼は五十歳ぐらゐの男に見えたが、注意してみると二十歳前後の男にも見えた。彼のまたがつてゐる馬は、尻尾が極端に長くその先が汚れてゐた。馬の四本の脚のうち、三つの蹄にだけ藁の靴がむすびつけられてゐた。（七月十七日）

しかし、このむくつけき東夷は主人公の父の身替りに出て戦った郎党の首を造作なくねじ切り、その「胴体からは、四尺ばかりの高さに血潮の噴水がほとばしり、胴体みづからを赤く染め、土地にも血潮の斑点をしるした」のである。主人公はその他いたるところで「坂東武者の飽くことのない蛮勇と底ぢから」を見せつけられる。この作品の主人公は井伏作品としては例外的に貴族であるが、実際は東西の名もない侍たちや瀬戸内海沿岸の土民の姿が活写されているのである（たとえば室の津の少女、平家の襲撃に抵抗する土民たち、平家を嘲笑していてつかまった女、玉の浦の鯖という漁夫、十町ひと飛びの治郎治という従卒など）。主人公は都落ちによって初めて民衆というものを見、民衆の力を発見して行くことで成長するともいえるだろう。

四

かくして、主人公は作者の計画通り「急激に大人びてゆく」のであるが、その急速な成長は井伏自身の成熟とどう重なっていたのだろうか。数年おきに書いて発表し、十年余をかけて完成するというのは単なる技術の問題ではなかったはずだ。おそらくそこにはこの困難な時代をひたすら「成熟」を待つことで切り抜けよう、やり過ごそうとする井伏の対現実の姿勢があらわれている。先にみた階級的観点も前半に濃厚で後半ではほとんど姿を消すのである。一方、後半になると表現には抑制が加えられていっそう的確さをまし、かわりに青春特有のみずみずしい抒情は失なわれる。いわば青春の感受性とひきかえに成熟を手に入れた作者は、同時に主人公の少年とともに一種の堕落もしたのではなかったか。以下昭和五、六年執筆の前半から昭和十二、三年執筆の後半にかけての主人公の成長ぶりをみてみよう。そこには意図的なものとは別に無意識のうちに作者の「六年間」の変貌もあらわれているにちがいない。

前半には「私たちの六波羅！　それは私たちの父であり母である」（七月十九日）という詠嘆的表現や失なわれたものへの郷愁を示すことばが多く、それはまさに過ぎ去ろうとする作者自身の青春の嘆きと重なり合っているかのようだ。帝都にいたころの少年は兵変をみても恐怖のために食欲がなくなるほどだったし、都落ちのときも「馬上で居眠りをしがちであつたので、しばしば侍たちに注意された」りしたのだが、やがて室の津の民家で一人の少女に会い、ささやかな逢引をする。これは作中もっとも美しく抒情的な場面のひとつで、多くの残酷な情景と対照される。臼井吉見は「さざなみ軍記」を評して「古典主義的な抑制と諦観の間から、しばしばしたたる抒情の美しさ」（前掲・創元文庫版「解説」）を指摘している。しかしこの少女ともすぐ別れなければならない。その別れの描写はいかにも井伏らしい。

私は砂浜に立つてゐる彼女にむかつて何か合図をしたかつたが、それを我慢した。そのかはり具足の一本の紐を結びなほすやうにみせかけて、手を肩まであげた。砂浜の彼女は五六歩ほど前に走り出て、彼女も手を肩まであげた。（八月二十日）

「さざなみ軍記」は詩情と非情との織りなす世界だ。少女と別れた翌日は民家を襲撃し「残忍な殺戮」が行なわれた。捕虜を処刑する場面は単文をつみ重ねる冷たい即物的な文体で次のように書かれている。

捕虜の数は五名。そのうちで発狂者が一名。捕虜たちは、二十名の脱走者の行方を知つてゐなかつた。五名の捕虜たちは嘘を言はないとくり返していつた後、若し発狂してゐる一人の男の生命を助けてくれるなら、彼等の生命を犠牲にしてもいいと開陳した。われわれは捕虜たちを渚につれて行き、その首を斬つた。発狂してゐる男は、鳥獣みたいな叫び声をあげるにすぎなかつた。私たちはこの男の首も斬つた。

このような経験を重ねて「私」はやがて偵察隊の侍大将に任ぜられ、たったひとり枯草の上で眠ることができるようにもなる（八月二十二日、以上前半）。嫌だった具足のふれあうきな臭い音も今ではむしろ気持がひきしまるし、太刀を研ぐ音をきいても胸がときめく（九月二十四日、以下後半）。ついで部隊を指揮し、出陣する兵に「一場の訓辞」をたれ（九月二十九日）、一の谷合戦のときには覚丹の助言があったとはいえ、一門の大評定に帝都急襲を「提言」して父中納言をおどろかせるまで急速に成長していく（二月二日）。その結果、終り近くなって土地の豪族の妹から「恋慕の素振り」を見せられると、それは大将軍への「礼儀作法」にすぎないと考えて次のような応じ方をするほど「大人」になってしまうのである。

私は侍大将のたしなみとして、彼女のその素振りも無理はないと答へるやうな素振りをして

見せた。すなはち彼女が私の前に来てがつくりうなだれたとき、私は彼女の肩に手を置いた。(三月二日)

これは前年八月の室の津の少女に対したときと比較して「急激に大人び」た態度であるとともに、何ものかを喪失した堕落でもあるかもしれない。成熟とは喪失の別名でもあったのである。そしてこれはまた作者自身の六年間の断層を反映してもいるだろう。すなわちそれは「鯉」(昭3・2)や「屋根の上のサワン」(昭4・11)の抒情的な世界から、「川」(昭7・10)「青ケ島大概記」(昭9・3)の現実凝視を経て、「集金旅行」(昭12・4)「ジヨン万次郎漂流記」(昭12・11)に至る作家的成熟の道程と見合っているはずである。そのような作者自身の文体の成熟と主人公の戦場での急速な成長とが微妙に重なりあい、対応して効果を上げている。井伏は主人公の八ヶ月の成長を自らの十年の成熟を利用して書いたのである。前に述べたように前半の抒情性の濃い文体は後半では抑制のきいた堅固で的確な文体に変って来ているわけだが、この場合、筆記者内面の直接的自己表出の反映である日記形式が成功している。つまり作者の意識的な操作とは別に、作家自身の成熟はおのずと主人公の日記にも成熟感をもたらすのだ。

前半から後半へかけての作者の成熟を考えるとき、その六年の断絶の間に、「青ケ島大概記」と「ジヨン万次郎漂流記」という比較的資料に忠実な、いわば鷗外的作品を書いていることに注目しなければならない。そこでは抑制のきいた簡潔な文章で自然の猛威と圧政の下で苦しむ庶民の悲劇が描き出されている。おそらくこの二作が「さざなみ軍記」前半・後半の断層を埋める作品なのだ(「ジヨン万次郎漂流記」の出版は後半の「西海日記」発表後だが、執筆はそれよりさかのぼるとみてよい)。またこの間に賛辞にみちた「森鷗外論」(昭7・9)があることも偶然ではあるまい。その中で井伏は「最後の一句」の後半、あの白洲の場面を引用しつつ、それが「殆んど頑丈な表現であつて、この作者としては珍らしく主観を語つてゐるが、決して作者自身が熱狂したり「力」の代表である役人を罵倒したりしてゐない。これは森鷗外に情熱が欠けてゐるためでもなく、年をとつてゐるためでもない。悟性との微妙な関係によつて、情熱は表面に露出してゐないだけである」といっている。このような鷗外の精神、わけてもその「悟性」の働きに、この時期の井伏は多くを学んだであろう。

前半から後半への文体の推移をもう少しみてみる。たとえば前半の七月二十五日に一門が帝都をあとにする部分と、後半の一の谷陥落を描いた部分を比較してみよう。

夕方の太陽は、私達の進んで行く正面の方角に沈んだのである。日が暮れてしまふと、帝都の方角では空が一面に赤くなり、その明るみは、うなだれて馬にまたがつてゐる人々の後姿を照明した。若し後ろをふりかへつてみる人があつたとすれば、空の赤色の明るみは、その人の悲しげな顔を照明したであらう。（七月二十五日）

一ノ谷の渚から、平家の旗をたてた兵船五十余艘、先きを争つて漕ぎ出して来た。一ノ谷の城が陥落したのである。源氏の白旗は城頭たかくたてられてゐた。渚では赤旗の群れが白旗の群れに追ひたてられ、恰も将棋倒しのやうに白旗の群れが赤旗の群れを徐々に消して行つた。渚からまた三十余艘の兵船が赤旗をたてて漕ぎ出して来た。

城の赤旗はすつかり影をひそめ、白旗の群れは一ノ谷の城戸口から一本の棒となつて西方に向かつて流れ出て行つた。西に敗走する平家の残兵を追ひかけて行くのだらう。（二月七日）

説明を加えるまでもなく、前者がいかにも少年らしい感傷をにじませた文章であるのに対し、後者は対象との間に距離をおき、一切の感情を排して武者集団も正確にいわばものそのものの運動として描いている。主人公の成長と作家の文体の成熟が重なり合っているひとつの例である。またこの作品には馬の描写がいたるところに出て来ていずれもすぐれているが、特に渚で乗船するとき愛馬と別れる場面が前半・後半に一ヶ所ずつあってあわれを誘う。

彼等の乗馬は海中にとりのこされて、この三びきの動物達はそれぞれの騎者を哀願の目つきで眺めた。けれど私たちの船も他のいづれの船も、すでに人馬を満載してゐたので、気の毒な三びきの馬を収容してやらないことにした。船の人々は弓を振つたり叫んだりして、三びきの馬を渚へ追ひかへさうとした。しかし動物達はそれぞれ自分の騎者を敬慕して、船のあとを追つて来た。彼等はいづれも水面から首を高くさしあげ、しばしば甲高くいなゝいた。朝の太陽はその光線の工合でもつて、三びきの軍馬の姿を逆さまに水面に映し、そこに斬新な動物模様が描かれたのである。（七月二十八日）

私たちの乗りすてた乗馬はたいてい四散したが、私の乗馬薄雲と覚丹の乗馬大鵬の二頭だけ私たちのあとをしたつて船の後ろから泳いで来た。私も覚丹も馬から目を反むけ、遠く兵船が浮かんでゐる海上を眺めてゐた。暫くたつて後ろをふりかへつてみると、渚にゐた三十騎の敵兵は二十騎あまりの平家の敗残兵と互に入り乱れて斬りむすんでゐた。（中略）私の乗馬薄雲と大鵬は私たちを追ひかけて来ることを断念し、渚の方に引返してゐた。薄雲は脚のとどく浅瀬に泳ぎつくと、物におびえたやうに渚に駆けあがり磯づたひに西に向かつて駆けだした。覚

丹の乗馬大鵬もそのあとについて駆けだして行つた。(二月七日・傍点引用者)

この二つの文章の間にも井伏の六年間が内包されてあると考えるべきだろう。その間に彼は時と場合によっては現実から「目を反むけ」てやりすごす生活者としての知恵も獲得したにちがいない。前者が主人公の少年らしい目でとらえられたものとすれば、後者はむしろ世故にたけ、人生を知りつくした覚丹の目に近いというべきかも知れない。少年の抒情から大人の「Resignation」へという推移のうちに隠されてある井伏自身の内的ドラマこそ興味深い。井伏鱒二は自らの青春を扼殺することによって作家としての成熟を自分のものにしたのである。彼が早くから好んで老人を主人公とする作品を書いていることもこのことと関わって考えられるかもしれない。

しかし現実から「目を反むけ」逃亡しつつ得た成熟とは何であったか。現実と正面から格闘することなしに、鷗外のいわゆる「傍観」による現実認識は井伏をどんな作家にしたであろうか。いみじくも「さざなみ軍記」の中で流浪の物識りがいうように「時と場合により世を韜晦することは男子のたしなみであるが、場合によつては大きな恥辱である」(九月二十六日)はずだ。

五

この作品は背景と人物の一部を「平家物語」によっているが、内容は全く作者の想像力の所産である。中世軍記物語の研究家である加美宏は「私の調査では「平家物語」を原拠として叙述したと思われる箇所は、全体で二十ヶ所あまりにすぎなかった。むろん寿永二年七月の平家一門の都落ちから翌年二月の一の谷合戦あたりにいたる平家軍の行動の大筋については、「平家物語」の記述とほぼ符合をあわせて構成されている。だが、小説として最も重要なディテールの叙述は、ほとんど完全に作者の創作にかかるものである」（「「さざなみ軍記」ノート――その成立をめぐって」「古典遺産」昭39・12）と述べている。この作品で「平家物語」の記述にもっとも多く、そしてもっとも直接に負っているのは、おそらく寿永三年正月二十九日のところにある木曾最期の模様を記した部分であるが、そこでも「平家物語」は十分に咀嚼され、まったく井伏の文体になっている。また作中しばしば出てくる武将の装束描写や戦場での名のりもみごとに井伏的なものになっているのである。

ところでこの作品は次のように書き出される。

寿永二年七月、平家一門の人々は兵乱に追はれて帝都を逃亡した。次に示す記録は、そのとき平家某の一人の少年が書き残した逃亡記である。ただいま私はその記録の一部分を現代語に訳してみる。

もちろん、そのような「逃亡記」など実在しないのであって、以後、仮構としての日記は最晩年に至るまでしばしば用いられることになる井伏一流の作品構成の最初の試みである。何よりも日記という形式のもっている恣意性に注目しなければならない。まずそれは作品構成の労を要しない点で安易な方法であると同時に、フィクショナルな作品世界の文学的リアリティを保証する効果をもっている。また日記体はすでに起ってしまったことを書く過去完了の形式であって、それは現実から「逃亡」しつつある消極的な生活者にこそふさわしい。したがってこの作品の本質は「運命と人間との対決」（上林暁　前掲「後記」）を力学的に構成しようとするものではない。むしろ主人公は「対決」からの遁走によって「傍観」というおとなの対人生態度を身につけて「成長」する。彼は逃亡する部隊からさえも「私は脱出したい。誰よりも先に味方から逃れて行きたい」（八月二十日）と願うのである。作者は伴俊彦に「最後に少年が、生野の棚田に逃げ、都会の戦争から離れて隠遁生活をするところで、終りにしようと思ったが、長過ぎるので途中で切ってしまった」（前掲「井伏さんから聞いたこと　その二」）と語っているが、「隠遁生活」はこの逃亡記の必然的帰着ともいえよう。しかし、同時にまたこの日記形式の作品はどこで中絶してもかまわないのだ。連載の途中で既発表分を『なつかしき現実』（昭5・7）『逃亡記』（昭9・4）『火木土』（昭13・1）などの創作集に収めていることがそのことをよく示している。主人公は何か確かな目的をめざして生きているのではなく、ただ逃げていいるだけである。作家はそれを日記という自在な形式で書いているのであって、このような日記には中絶こそが完成であり、必然であるといえるであろう。井伏作品の中には「さざなみ軍記」をはじめ、「多甚古村」（昭14）「黒い雨」（昭41）など日記体が少なくないが、はっきりと日記形式をとっていなくても「集金旅行」（昭12）も「本日休診」（昭25）も「駅前旅館」（昭和32）も単なる時間の順序による現実の再構成という構造において基本的には日記にひとしいのである。井伏の想像力はこの日記といういわば恣意的な形式（それも逃亡記的な）において初めて自由に飛翔しうる性格をもっているようだ。

井伏がその独特の空想的世界を展開させるためにはその主人公も平家の公達で平中納言知盛の一子らしいという以外に、名前なども注意深く秘されてあらねばならない。井伏の空想力にとってこれがたとえば平敦盛などのようによく知られた人物であってはならないのだ。この主人公は平知章が下敷になっているようだが、知章は「平家物語」巻第九「知章最期」に登場し、一の谷合戦で戦死する。しかし作者はこの「知章最期」には一字一句もよっていない。作品の主人公は一の谷を脱出するのだが、そのあと作者は主人公が一の谷で討死したという噂があったこと（二月七日）や、やがて都で平家一門の首がさらされたとき、主人公の名の首があったという情報（二月二十一日）

などを記しながらたくみに史実をすりぬけるのである。また主人公を侍大将とする偵察隊がいつの間にか一門の主部隊から脱落してしまう設定も「歴史離れ」を自在にするための工夫であろう。

こうして主人公ら一隊を自分の故郷に近い瀬戸内海に導き入れたとき、作者は「身慄ひするやうな夢に駆られて」（上林暁　前掲「後記」）この作品を書き進めて行ったろう。おそらく「逃亡記」という形式と瀬戸内海という舞台が結びついたとき、この作品の構想は成立したのである。当然のことながら現実から時間的・空間的に離れた世界を設定することで井伏の空想力はしばしば大きくはばたき始める。そこに彼の想像力の構造の秘密がある。現に「漂民宇三郎」（昭31）などの漂流記ものがそうであるし、現代小説でも「集金旅行」のように現実生活の場から旅立つことで生き生きした空想が発揮される。漂民ものにかぎらず、井伏の作品の主人公たちはすべてある意味でオーソドックスな人生からの逃亡者であり、歴史の海を放浪する漂民であるといえる。このような人生の漂民たち、明日知れぬ逃亡の旅を強いられる者たちにとって人生とは一日一日の堆積にすぎないし、エピソードとエピソードの連環でしかない。これが井伏鱒二の人生観であり、やがて小説の形式である。

追記

この稿を書いてから、西田勝の「井伏鱒二の知られざる一面」（法政大学「近代文学研究」昭43・8）という論に接した。西田はその中で、井伏鱒二が無産階級文芸雑誌「新文化」第一巻第二号（昭和三年四月一日発行）にソヴィエットの教育ポスターの英文「子供たち！」を翻訳しているという事実を紹介している。この雑誌の同人は昭和二年十一月の労農芸術家連盟分裂のときにどちらの分派にも加担せず、むしろ左翼の「分裂病」を根底から癒すことをめざした人たちだという。もちろん井伏は同人ではないが、彼が少なくとも昭和三年三月の時点まではプロレタリア文学と何らかの関係をもっていたことがこれで実証された。雑誌の編集発行人は井伏の大学時代の級友森本巌夫（覚丹）であって、「さざなみ軍記」の泉寺の覚丹はこの森本の筆名をかりたのだというが、西田は豪勇覚丹の姿が「そのまま『新文化』における森本巌夫の孤軍奮闘ぶりに通じているといえなくはない」といい、さらに「『さざなみ軍記』は『新文化』グループの奮戦記とみられなくはない」と述べている。「さざなみ軍記」についての「推測」は全面的には首肯できないが、西田の提出している事実は重要である。

補記

『井伏鱒二全集』の第一回配本（平成8・11）が開始されようとする直前、山崎一穎氏によって、東京大学総合図書館・鷗外文庫の中から、福山中学時代の井伏鱒二（満寿二）の鷗外宛自筆書簡が発見された。山崎氏には早速、『井伏鱒二全集』第一巻・月報に「井伏鱒二の森鷗外宛書簡」と題して翻刻紹介してもらったが、次にそれを引用させていただく。

拝啓伊沢蘭軒の事につき朽木三助氏の依頼により失礼をも顧みず申し上げ候
朽木氏は十七日前死去致され候。
其の時、駒込、一月十六日付けの森博士よりの書信を出し小生に求して病気の為めおしめしの半紙形の紙に書きて事実を博士に申し上ぐる事不可能につき汝に依頼すと申され候小生は事実をばよく知り申さず候へども地方にては阿部家に出入したる医者伊沢家の者が正弘公を弑したりと噂し居り申し候。

但し現今は故老のうすら覚えくらひの事に候。又正弘公病気の時地方医窪田老先生——窪田二郎氏にして其の家は阪谷芳郎博士の親類にこれあり候——をめし抱へんとせしも先生は農民を救はん目的にして確く其の栄達を度外に置き、辞され申し候、と小生の祖父申し居り候。小生等も毎年盆時には其の墓に参拝いたし申し居り候。杇木氏の申されし時代の誤られ居りしは博士の書信によりて明らかになり申し候而して柏軒の家はもと福山最善寺町の西通り南角にありし由に候今はシンガーミシン女学校とか貿易輸出品製造所とかの様なもの、建物これあり候取り急ぎ乱筆に認め申し候段、お許し下され候

謹言

三月六日

広島県福山中学校

井伏満寿二拝。

森林太郎様

これが、今日知られている井伏鱒二の最も古い自筆書簡ということになる。文章は杇木三助書簡として「伊沢蘭軒」に引用されたものに比しても格調が高いとはいえないものの、影印をみると鷗外が「筆跡は老人なるが如く」と評したように、とても中学生のものとは思えない。一方、鷗外は中学生井伏某のことなどにはふれず、杇木三助が托した「遺言」なるものの内容を要約して、「「御蔭を以て伝説に時代相違のあることを承知した。大阪毎日新聞を購読して、記事の進陟を待つてゐるうち、病気が重体に陥つた。柏軒の阿部侯を療する段を読まずして死するのが遺憾だ」と云ふのであつた」と、まったく別様に紹介した上で「按ずるに杇木氏の聞き伝へた所は、丁巳の流言が余波を僻陬に留めたものであらう」と書いている。

その老獪まことに端倪すべからざるものがある。

「多甚古村」の周辺——谷間から海辺へ

一

「多甚古村」はおそらく戦前における井伏鱒二の唯一のベストセラーである。今、手許にある河出書房版『駐在日誌　多甚古村』は昭和十五年十月の発行で三十一版とある（昭14・7　初版）。また、井伏作品としては最初に映画化され、高田保脚色・演出によって新国劇で上演されたりもした。「多甚古村」にはずいぶん助けられた、という意味のことを作家自身が語っていたのを聞いたことがある。「多甚古村」の印税収入のおかげで、徴用従軍・疎開と続いた「悪夢」の戦争下を、生活のために時局便乗的な作品を書かずに過ごすことができたということであったろう。それまで裏通りを歩いていた地味な傍流の作家が、この作品によって文壇・ジャーナリズムの表通りに引き出され、初めてポピュラーな存在になった。「多甚古村」の井伏は、初期の「朽助のゐる谷間」や「丹下氏邸」におけるような作者好みの「土俗趣味」にかたどられた素朴で頑固な田舎人ではなく、非常時における猥雑でいささかいかがわしいところもある庶民の群像を描いている。「谷間」の主人公たちは「川」を流れ下って海辺の俗界に引き出されたといえる。そして、この作品はよくも悪くも戦前の井伏文学のひとつの到達点であった。庶民的なるものへの強い関心、非情と詩情との混淆、庶民生活に接する機会の多い職業の人物を中心にすえての連鎖的方法などその後の井伏文学、とりわけその長篇小説の根幹になるものが、ここに出揃っている。しかも、この作品には日中戦争下の、いわゆる「非常時」体制の影が落ちていて、時局に対する作家の姿勢を窺うこともできる。

「多甚古村」は巡査の駐在日記という形をとっている。日記形式をとった井伏の作品は「黒い雨」にいたるまで少なくないが、日記形式をとっていない作品をも含めて、日記的な認識と表現は井伏文学の基底をなすものである。日記的叙述の特徴は、それが全体的な筋の展開を持たず、それに統一を与えているのは記録者主体の同一性、連続性のみであるということだ。したがって、一日一日の記録はエピソードの断片の累積にすぎず、その叙述にはいつまでもカタルシスや完結はやって来ないかわりに、それはいつ放擲され、打切られてもかまわない。いいかえれば日記形式の本質は日常性ということに尽きるかも知れない。だから日記的方法による「黒い雨」の困難と成功は平常心で原爆という異常事をとらえようとした点にあった。

「多甚古村」(「多甚古村補遺」を含む。以下同じ)は、日中戦争下の某年十二月八日からたぶんその翌々年(「多甚古村補遺」の末尾にある七月十日と十一日の日記はどの年のものか正確に判定できない)にかけての三十五日分の日記からなっているが、現在判明している雑誌初出は左の通りである。

〈十二月八日〜十二月二十五日〉……「多甚古村㈠」の題で昭和十四年二月「文体」に発表。
〈十二月二十九日〜一月二日〉……「多甚古村駐在記」の題で昭和十四年二月「改造」に発表。

〈一月五日～一月九日〉……「多甚古村㈠」の題で昭和十四年三月「文体」に発表。

〈一月十八日～一月二十九日〉……「多甚古村の人々」の題で昭和十四年四月「文学界」に発表。

〈二月十五日～二月二十二日〉……「多甚古村」の題で昭和十四年五月「革新」に発表。

〈三月十日～三月二十日〉……「多甚古駐在記」の題で昭和十四年七月「文学界」に発表。

〈三月二十二日～六月八日〉……発表誌不明。単行本発行の際書き加えたか。
＊以上を『駐在日誌　多甚古村』として昭和十四年七月に河出書房から刊行。その際、現行の小見出しがつけられた。
〈七月十日～七月十一日〉……「村娘有閑」の題で昭和十四年十月二十五日「週刊朝日」に発表。

〈十月三十一日～十一月五日〉……「人命救助の件」の題で昭和十五年一月二十日「週刊朝日」に発表。

〈十一月十日〉……「寄附金持逃げの件」の題で昭和十五年三月「公論」に発表。

〈十一月十四日～十一月十五日〉……「続篇／多甚古村」の題で昭和十五年一月「モダン日本」に発表。
＊以上を配列を変えた上で「多甚古村補遺」として創作集『鸚鵡』（昭15・5　河出書房）に収録。その後『井伏鱒二集』〈新日本文学全集10〉（昭17・9　改造社）において「多甚古村補遺」とし、「多甚古村」（本篇）とあわせ収められた。以後の諸本はこの形をとっている。

以上のように「多甚古村」の初出は題名も発表誌も個別に、しかも、多くは半ば読み切りの形で発表された。日記形式ゆえにこのような執筆・発表のしかたが可能だったのである。しかし、それは単なる発表形式の問題をこえて作品の内的構造に関わる事柄である。もちろん、井伏にとって、このような長篇執筆の方法は「多甚古村」がはじめてではない。「さざなみ軍記」も日記体の作品である。この作品は「逃げて行く記録」(「文学」昭5・3)「逃亡記」(「作品」昭5・6、7、昭6・8、10)「西海日記」(「文藝」昭12・6)「早春日記」(「文学界」昭13・1〜4)というように、あしかけ九年にわたって題名を変え、発表誌を変えて断続的に発表され、昭和十三年四月に以上の十回分をまとめて『さざなみ軍記』として河出書房から刊行された。都から逃亡する平家の公達の日記という形をもったこの作品はエピソードとエピソードの無秩序な連環からなっており、長篇小説としての首尾一貫した統一も力学的な構成もそなえていない。その証拠に冒頭の「逃げて行く記録」はそれだけ単独に第二創作集『なつかしき現実』(昭5・7 改造社)に収められ、「作品」連載の「逃亡記」は創作集『逃亡記』(昭9・4 改造社)に独立した形で収録されている。雑誌発表の順序も必ずしも年月の順序の通りではない。また作者が「最後に少年が、生野の棚田に逃げ、都会の戦争から離れて隠遁生活をするところで、終りにしようと思ったが、長過ぎるので途中で切ってしまった」(伴俊彦「井伏さんから聞いたこと その二」『井伏鱒二全集』月報4 昭39・12)といっているように、この作品はまったく終息すべき何らの必然性もなしに不意に終っている。なお、続篇執筆の意図があったことは、単行本未収録の「続さざなみ軍記」(「文学界」昭13・10)があることによってもわかる。

中篇ではあるが、「川」も「川沿ひの実写風景」(「文藝春秋」昭6・9)「川—その川沿ひの実写風景—」(「中央公論」昭6・12)「洪水前後」(「新潮」昭7・1)「その地帯におけるロケイシヨン」(「新潮」昭7・5)というように、それぞれ、題名、発表誌を別々に断続して発表され、のちそれらをあわせ、加筆・削除を行なった上で昭和七年十月『川』として江川書房から刊行された。この作品は、ひとつの川の流域を上流から下流へ下りながら、その沿岸に住む虐げられた下層庶民の群像を一種冷たい手つきで描いた連作体の小説である。ここでは時間の推移のかわりに鳥瞰的な空間の移動が利用され、一本の川が作品を支える唯一の骨格になっている。その他にはこの作品の各挿話を内側から構造的に連結・統一している何ものもない。

「集金旅行」もほぼ同様の方法と成立史をもった連作体小説である。すなわち、アパート経営者の遺児のために部屋代滞納者から借金をとりたてようとする「私」と、かつての恋人たちに慰謝料を請求してまわる年増美人のコマツさんが、中国地方から九州にかけて集金旅行をするという趣向を縦糸に、各地の風俗と人物を描きわけつつエピソードとエピソードをつないで行く。これも「集金旅行第一日」(「文藝春秋」昭10・5)「続集金旅行」(「文藝春秋」昭10・7)「尾道」(「文藝」昭10・8)「福山から加茂村まで」(「新潮」昭11・9)という形で発表され、全体に加筆・削除を行ない、末尾の新市の部分を書き加えて昭和十二年四月に『集金旅行』として版画荘から刊行されるといった成立の過程を経ている。版画荘版『集金旅行』の後記には次のようにある。

「集金旅行」はこの五倍も六倍もながくなる性質のものである。しかし書卸しの単行本にしないかぎり、いまの私には最早やこれ以上ながくするわけに行かないだらう。あの雑誌に書き、この雑誌にその続きを書くといふことは、あまり歓迎されないのである。ひと先づ完結と仮定した。あながちながくつづけることばかりが私の本意でないのは勿論だが、計画通り全国的に各地方とその地方色とをとりあげることができなかったのは残念である。

つまり、この作品も「さざなみ軍記」同様に作品の内的必然によってではなく、いわば外的な条件によって突如として「ひと先づ完結と仮定」されたのである。この作品はいわばそれまでの井伏的作品の一集成であると同時に、このころから、初期の濃い抒情性が意識的に捨てられるとともに、あの独得の翻訳調の文体も、今やそっけないくらいに簡潔なものになって来ており、一種悪漢小説的な味わいも持っている。

以上「多甚古村」以前の連作体ないし日記体の小説がいずれも時間の推移あるいは空間の移動に基づいていることは注目してよい。つまり、これは井伏文学が構造の本質において「旅」の所産であるということでもある。旅人の目に写る風物画集といった趣がある。そこにおける時間は真に人々の生を包み込み、押流す歴史的時間ではなく、極言すれば単に風俗画をつなぐ連環の手だてとしての意味しかない。

二

井伏作品における時間性の曖昧さはその文学の根本に関わる問題ではなかろうか。「黒い雨」の時間的な不自然さについてはすでに指摘したが（「「黒い雨」感想」「研究年誌」12　昭43・1）、他の作品にもいくつかそうした曖昧さが見られる。たとえば処女作「山椒魚」の時間的な間違いについては古林尚がすでに指摘している（「井伏鱒二論」「日本文学」昭31・6、11）。また「かきつばた」（「中央公論」昭26・6）における貯蔵物資配給の件は、状況的には明らかに敗戦直後のことであるはずだが、敗戦前の出来事としか受取れないような書き方になっている（井伏鱒二の筆者宛書簡によれば、これは作者の「記憶ちがひ」の由である）。「多甚古村」にも時間についての算術的な誤りがある。「多甚古村補遺」の十一月二日の記事に「ヘンリーさんといふのは先月の終りころ松原の貸家に来たアメリカ人で」（傍点・引用者）とあるが、十一月十四日の項には「いま彼女のゐる貸別荘には、先々月はヘンリーさんといふアメリカ生れの老人が二人の孫娘をつれてやつて来た」（傍点・引用者）とある（新全集で「先月」と訂正）。これは初版本以来踏襲されている誤りで、ヘンリーさんは相当期間滞在したことになっているから十一月二日の部分の記述は少なくとも「先々月」でなければならない。また、四月五日のところで甲田巡査は中耳炎のため絶対安静をいい渡され、本署から事務代理がやって来て勤めを休むことになるのだが、「病気恢復後における仕事始め」は六月七日とされている。中耳炎のための休みが二ケ月余とは、いくら田舎の巡査でものんびりしすぎてはいないか。これらはまったく瑣々たることに属するが、しかし「多甚古村」の構造から派生した誤り・不自然さといえなくもない。「多甚古村」における時間は沼のごとく閉ざされていて流動しない。ここでは庶民的風俗の細部は見事に把握されているが、全体が流動する時間のダイナミックスにおいてとらえられていないのである。冷静・的確な細部の描写と長篇的構成力のなさは表裏一体をなすものではないか。「岩屋」を「永遠の棲家」と観念する「山椒魚」で出発したこの作家の「死の場から人生を眺める」（中村光夫「井伏鱒二論」昭32・10、11）ような決定論的でスタティックな人生観は、閉ざされた運命の「谷間」を生きる庶民の姿を冷静な目で正確に描くことを可能にしたが、それゆえにまた人生の細部を歴史的時間の力学によって構造的に把握し、重層的立体的な全体像を構成する原理をついに持ちえなかったことについてはすでに「黒い雨」を論じたときに述べた（前掲「『黒い雨』感想」）。一般にすぐれた長篇小説は細部と細部がひとつのプロットなり主題なりによって有機的・必然的に連結して統一的世界を構成しているものであるが、井伏の長篇にあっては、ひとつひとつのエピソードは鮮やかであっても、それぞれの挿話の前後関係に必然性を欠くことが少なくない。
井伏鱒二は自分の文学に筋が乏しいことを告白して次のようにいっている。

以前、私は学生のとき友人仲間の古参と見られてゐる人の影響を受け、小説を読むときには筋書を読んでは駄目、書くときには筋書で書いては駄目だと思ひこんでゐた。映画を見ても、すぐ筋書を忘れるのが本当だと思つてゐた。当時の早稲田界隈における文学青年の常識であつた。それが今だに尾を引いてゐる。

現在では私は筋書が欲しい。(「「が」「そして」「しかし」」「文学界」昭31・8)

これは葛西善蔵を頂点とする大正期私小説・心境小説の影響をさしているようだ。しかし「筋書」すなわち長篇的構成力の欠如は、必ずしも作家自身が思いこんでいるように古参仲間の「影響」とばかりはいえない。それは井伏に固有の対象認識の構造の問題であるように思われる。

的確な細部を描きながら「筋書」を持ちえないのは、井伏鱒二が絵画的な作家であることとも関係がないだろうか。少年時代の井伏が画家志望であったことはよく知られている。「私は中学三年ごろから、自分の志望を人に諮かれると画家になりたいと答えるようになった」(「私の履歴書」「日本経済新聞」昭45・11〜12)という。中学を卒業すると京都の橋本関雪に入門しようとして断られるということがあった。早稲田大学に入学してからもかたわら日本美術学校別格科に通った。また井伏はしばしばその作品の絵画的モチーフについて語っている。「丹下氏邸」(「改造」昭6・2)については次のように書いている。

そのころ私は光琳の絵に心酔し、あの要約された線や色彩を心地よいものと思つてゐた。また一方では、南画の風韻にも思ひをひそめてゐた。その線や風韻を、文字にも取入れようとい

ふ匠気さへも持つてゐた。今でも私は、何ごとにかかはらず絵画的な事物が好きである。（『丹下氏邸』序　昭15・2）

また「川」についても「「生々流転」の画題で、横山大観も描いているが、支那の画に昔からある川上から川下に至る途中の岩をいろいろな手法で描きわけている山水画から思いついて書いたもの」（前掲　伴俊彦「井伏さんから聞いたこと　その二」）といっている。この作品の初出の題名が「川沿ひの実写風景」とか「その地帯におけるロケイション」となっていたことが想起される。「厄除け詩集」におさめられた井伏の詩も簡潔なことばの線によるスケッチ画集であるといってよいし、「多甚古村」にも庶民風俗絵巻といった風趣がある。上林暁は「「さざなみ軍記」は、油絵で描いた絵巻といつた感じであるが、「多甚古村」は、淡彩ですらつと刷いてゐる。その軽妙な刷毛によつて、多甚古村といふ、現実的でありながら、また現実ばなれのした世界が、そこに目に見る如く現出してゐる」（『井伏鱒二選集』第五巻「後記」昭23・12）と評している。この絵画的な把握が井伏の作品から時間の流れと構造のダイナミックスを奪ったといえないだろうか。

「多甚古村」について作家は次のように書いている。

「多甚古村」は或る巡査の手記を素材にして、私の好みに適した一人の巡査を書くつもりであつた。別に筋書もない作品で、ちよつと随筆風な感じもあると思つてゐる。もともと材量を豊富に提供されてゐたために、私はかなりたのしい気持で書くことができた。「多甚古村補遺」もやはり同じやうな事情のもとに書いた。（『井伏鱒二集』〈新日本文学全集10〉「解説」昭17・9）

この作品が「随筆風な感じもある」といっていることに注目したい。井伏の小説の根底には「随筆風」なところがあるのではないか。先にのべた井伏の小説の日記的性格とこの随筆的性格とは結局同じことである。随筆というものを簡単に定義することはできないが、そのひとつの特色は一定の「筋書」をもたないで、随意に筆を運ぶこと――つまり構成の偶然性、恣意性であろう。井伏鱒二が当代無双の随筆家であることはいうまでもない。その随筆は量質において小説に匹敵する。井伏には早く『井伏鱒二随筆全集』全三巻（昭16・3～17・2　春陽堂）があるが、その第一巻『夏の狐』の「あとがき」には次のようにある。

この集には、私の既往十余年間に書いた随筆のうち、旅行ならびに人事に関する以外の随筆を蒐録した。すべて小説を書くための一つの勉強として、実際の事件またはその場の感懐を書きとめたものである。たいていその材料を小説にまとめる余裕がないところから見たまま感じたままの記をスケッチ風に書いたものである。（中略）

小説を書くためには、随筆を書くことは損だといふ人がある。自分の摑まへて来た素材や感懐が、それを随筆に書くことによつて消え失せてしまふといふのである。したがつて小説に書く材料がなくなるといふのである。もしこの説が真実なら、私は大変な危険を冒して随筆を書いて来たことになる。しかし人間にはそれぞれ好みの道がある。また止むを得ず動きのつかないといふ時期もある。以上の二つの理由またはその他の理由により、私はその都度この種の文章を書いて来た。

ここには井伏における小説と随筆の間の微妙な関係が語られている。すなわち随筆は「小説を書くための一つの勉強」であること、随筆は「実際の事件またはその場の感懐を書きとめたもの」であること、また「小説に書く材料がなくなる」かも知れない危険を冒して随筆を書いて来たことなどである。絵画的な作家であり、執拗で正確無比の「見る人」である井伏鱒二にとって、おそらく随筆はその自然・人事についての観察を記録するにあたってもっとも適したスタイルなのである。その認識の構造が随筆的なのだ。あらゆる概念化をさけて、できるだけ事実そのものにつこう、ものそのものに即して書こうとする姿勢が随筆的なスタイルを生むのである。したがって井伏の作品における小説と随筆の境界は必ずしも明確ではない。たとえば小説集『無心状』（昭38・12　新潮社）に収められている「無心状」「コタツ花」「つかぬことを」「戦死・戦病死」「南島風土記」「表札」「子熊のクロ」「プロローグとエピグラフの間違い」「片割草紙」「カラス」などの諸作はいずれも身辺の「実際の事件」に取材した作品で随筆としても通りそうである。逆に随筆集と銘うった『昨日の会』（昭36・2　新潮社）に収録された「おふくろ」「琴の記」や、同じく随筆集『釣人』（昭45・6　新潮社）に収められた「釣人」などは小説としても立派に通用するのではないか。特に最近の随筆には小説的な味をもったものが多い。永井龍男との対談「文学・閑話休題」（「文藝」昭47・1）の中で、永井が「あの『早稲田の森』（引用者註・昭和四十六年九月刊の随筆集）にあるものみな、小説でいいと思う。そうしてくれるといいなと思いましたよ」といったのに対し、井伏は「小説のつもりのときには嘘を書くが、随筆としたときは事実を書くの。ぴたりと行けないのは空想力がないのかな」と語っている。つまり虚構のあるなしが小説と随筆の区別らしいが、見る「目」の働きと、それを文章に定着する努力という点では両者に本質的な差はないはずである。たとえば、「鯉」は大正十五年九月、随筆として田中貢太郎主宰の随筆雑誌「桂月」に発表され、のちに全面的に加筆訂正し、末尾の氷のはったプールの部分が書き加えられて、昭和三年二月「三田文学」に小説として掲載された。この随筆「鯉」から小説「鯉」への推移のうちには、井伏における小説と随筆の間の微妙な共通と相違をはじめ興味ある問題があるが、今はふれない。

三

これまで書かれたもっともすぐれた井伏鱒二論の筆者寺田透は「多甚古村」を評して次のようにいう。

この作品は面白くはあつたけれど好きになれなかつた。作者の世俗的興味が弾みすぎてゐる。ここにあるのは人間に対する愛情といふより、世態人情の面白さに釣られた興味の動きなのだ。僕に親しみ深い井伏の沁み入るやうな心は、なぜかここでは、田舎言葉や田舎者の風采や癖を抜け目なく捉へてゐるといふ程度にしか働いてゐない。話の種は深刻であらうと多彩であらうとそれらを追ふ井伏の目は世間話に身を入れた人間の心のやうにひどく通俗的で大まかなのだ。ただ一つの美点は、その興味の度の強さと、一人一人の人間が持つ善のかけらに対する彼の愛情だけである。(「井伏鱒二論」「批評」昭23・3)

これは「多甚古村」に対するほぼ妥当な批判だろう。確かにこの作品にはトリヴィアルな庶民風俗に淫するといわれてもしかたがないところがある。その過剰な世態人情への興味は通俗性と紙一重の危いところでこの作品を成立させている。作家自身「かなりたのしい気持で書くことができた」(前掲)というように、「作者の世俗的な興味が弾みすぎてゐ」て、その裏にあるはずの、この作家特有の詩的情感や、最下層の人間に対する愛情は見失なわれがちである。にもかかわらず、通俗的風俗小説と断定してしまうことを躊躇させるある確かな手ざわりがこの作品にはある。

多甚古村は前書きに引かれている田中貢太郎の「干潟にはさざら波、梅の村に入る」という句がかもし出すような牧歌的な村である。「谷間」の村から「川」をへて海辺の村へ。しかし、その背後にある外的世界、現実社会とはわずかに「切通し」で通じているようなどこか閉鎖的な村でもある。ここには百姓、商人、職人をはじめ、役場の小使い、狂人、泥酔者、博徒、私娼、女給、僧侶、柔道家、不良学生、日稼ぎ人、朝鮮人、コソ泥、モダンボーイ、広め屋、前科者、やくざ、神主、消防夫、青年訓練生、網元、地主、アメリカ人、都会の女、などあらゆる種類の老若男女が登場し、殺人未遂、賭博、夫婦喧嘩、親子喧嘩、水喧嘩、決闘、強盗、狂言強盗、傷害、寄附金持逃げ、恋愛、恐喝、自殺、自殺未遂、心中、心中未遂などさまざまな事件をまきおこす。それを通して庶民のエゴイズム、卑小、頑迷、律気、保守性、愚直が描き出されている。ここに登場する人物はいずれも社会的生活者としては言動がどこか偏狭で、性格も偏屈である。犯罪者でないものも含めて、いずれもオーソドックスな社会からはみ出しそうな脱俗した人物か、アウト・ロウである。こうした最も低俗な世界を描く描き方は井伏独得の冷たい手つきであるが、また一方で、作品全体に一種のほのぼのとした詩情さえただよう。俗悪を書きながら、筆が俗悪に流されないのはやはりこの作家の芸である。上林暁がその詩作品について「井伏氏の詩心は、一歩を過れば、俗に泥みかねない境地を狙つてゐるが、水鳥の翼が水を切る如く俗を弾き散らし、そのため却て清まりながら、飄々として飛び立つ趣である」（『井伏鱒二選集』第七巻「後記」昭24・7）と評したことばは「多甚古村」にもあてはまる。対象をみる目の非情さと、そのうちにある人間的な温かさからにじみ出る詩情との混淆という井伏文学の特質はこの作品にも辛うじて流れている。この作品は、井伏の人間的な好みが生み出した甲田巡査の庶民への愛情のこもった目と、その背後にある作家の冷たく鋭い目との二重構造をもっているのである。

「多甚古村」には、主人公甲田巡査の心境の吐露をのぞけば登場人物の心理描写、内面描写はない。

すべては甲田巡査の眼を通して外面的に観察された庶民の風俗である。しかし、ここに描かれている風俗は見たままの事実の写実的な再現ではない。井伏はモデルになった徳島県某村を書こうとしているのではない。そもそも「多甚古村」という村など存在しないのだ。「見る」ことと「書く」こととの間は一歩のようで、千里の隔りがあることは今更贅言を要すまい。執拗な「見る人」であると同時に「文体の人」でもあるこの作家の人間観察と庶民への愛情が、その内部で純粋化され、典型化された結果生み出された庶民像とでもいおうか。もとよりこの風俗は虚構であり、深く鋭い洞察に支えられた人間の型の造型である。観念的な思想や、人間内部の区々たる心理などを排した後に残った人間らしさの本質が鋭利なのみで彫りあげられている。この作品には一片の概念的なことばもない。

井伏は確かに風俗小説家という一面をもっている。しかし、それは中村光夫が批判するような意味での風俗小説——真の人間把握をぬきにした皮相な現象的風俗描写とはやはり別のものである。もちろん、井伏には風俗に対する強い好みがあることも事実である。彼が「なつかしき現実」と呼んだものがそれである。その随筆集に『風俗』(昭15・6 モダン日本社)というのがある。その「自序」には「「風俗」といふ題をつけたのは、漠然とはしてゐるがこれが私の見た風俗だと思ふからである」と書いている。しかし、内容はいわゆる世態風俗をはじめ、人物論、紀行文、懐古談、それに詩を含む雑多な文章が含まれており、井伏にとって「風俗」とは人生の種々相とでもいうほかないようなものであることがわかる。

ところで井伏は「多甚古村」について次のようにも語っている。

徳島の町外れの街道沿いにあった駐在所の巡査が、会ったこともないのに、どういう積りか、毎月、五、六十枚宛自分のことを書いた日記を送り届けてきた。それが何年間かのうちに二尺くらいの高さになった。時々眼を通してみたが、そのうちに書いてみようかという気になった。駐在所の巡査に独身者はいないのだが、そういうことは無視して書いてみたし、終りのほうは大分ウソがまじっている。（前掲　伴俊彦「井伏さんから聞いたこと　その二」）

モデルや材料などは、作品にほとんど影もとどめていないだろう。それは井伏の空想力を喚起するきっかけをなすものでしかなかったはずで、できあがった作品の世界は徳島の某村とも駐在巡査某々とも似ても似つかぬものであったにちがいない。すべては自家薬籠中のものにされているのである。つまりこの作品は語の正しい意味で、言葉の力による仮構からなりたっているといっていい。小林秀雄が戦後の「貸間あり」（昭23・8　鎌倉文庫）についてのべた次のようなことばはおおむね「多甚古村」についてもいえると思う。

明らかに、これは、作家が、言葉だけで、綿密に創りあげた世界であり、文章の構造の魅力を辿らなければ、這入つて行けない世界である。作者は、尋常な言葉に内在する力をよく見抜き、その組合せに工夫すれば、何が得られるかをよく知つてゐる。（中略）井伏君の初期作品には、極く普通の意味で抒情詩の味ひを持つたものが多かつたが、恐らく、彼は、人知れぬ工夫に工夫を重ねて、「貸間あり」の薄汚い世界を得るに至つた。彼の工夫は、抒情詩との馴合ひを断つて、散文の純粋性を得ようとする工夫だつたに相違ない。なるほど、作の主題は、作者の現実観察に基づくものであらうが、現実の薄汚い貸間や間借人が、薄汚いまゝに美しいとも真実とも呼んで差支へない或る力を得て来るのは、ひたすら文章の構造による。（「現実と小説と映画」「文藝春秋」昭34・8、のち「井伏君の「貸間あり」」と改題して『考へるヒント』に収録）

右の文章は「貸間あり」の映画化に関連しての発言で、映画のカメラの描写とはまったく異なる、散文に「固有の魅力の性質」について語ったものである。「多甚古村」も映画化されたが、しかし「貸間あり」と同様に、この「作品には、カメラで捕へられるやうなものは実は殆どない」のである。「多甚古村」は徳島の某村をモデルに、つまり「貸間あり」と同じく「実世間をモデルとして描かれたのだが、作者の密室で文が整へられ、作の形が完了すると、このモデルとの関係が、言はば逆の相を呈する。作品の無言の形が直覚されるところでは、むしろ実世間の方が作品をモデルとしてゐると言つた方がよい」（前掲・小林文）のだ。このことを河上徹太郎は「井伏の小説は、あくまで、「作品」がなければ「現実」は存在しないのである。つまり創作のスタイルだけが実在であつて、あとは空なのである」（「文学論ノート」「文学界」昭28・7）といっている。このことは、特に井伏の文学を考える場合、強調してもしすぎることはないと思われる。井伏の風俗小説は他のいわゆる風俗小説の「風俗」と異なって純粋な散文の作り出す虚構の世界なのである。現実に密着しているようにみえながら、これほど現実から離れている作品もないといってよい。だからこそ、庶民生活の矮少・猥雑を描いても、作品そのものはゆたかで、堅固な世界を形成しているのだ。多甚古村の薄汚い現実が「薄汚いまゝに美しいとも真実とも呼んで差支へない或る力を得て来るのは、ひたすら文章の構造による」のである。

ちなみにいえば、「たじんこ」とは備後地方の方言で、虎杖(いたどり)の子という意味である。「多甚古」は井伏好みの当て字だと思われる。この古風で土俗的なひびきをもつことばをもって、自らの創り上げた架空の村の名としたところにも、現実密着の風俗小説とは異なるこの作品の独自性をみることができるのではなかろうか。

四

駐在日記の執筆者に擬せられているのはまさに井伏の「好みに適した一人の巡査」である。甲田雅一郎、年のころ三十前後で独身。職務に忠実で正義派の巡査であるが、決して権力を背景にいばったり、庶民をおさえつけたりする人物ではない。人情の機微に通じた苦労人で、つねに謙虚な自己抑制をもち、村民の中に入りこんでいる善良な世話役である。もはや決して新米巡査などではないはずなのに、「どうもまだ挙手の礼がへたくそで、てきぱきとした恰好が出来ない」というように、形式主義的なものにも必ずしも順応できない。「レ・ミゼラブル」を購読するような一面とともに、どこか出世間的・隠遁的な傾向があり、それがこの巡査の人柄に、ある風格を与えている。みんな大陸へ行くが、自分は「何の取りえもないのでこの道で終らうと思」っており、「何ごとにつけても劣等生で甘んじる私」である。後述するように、国家権力機構の末端である警官を主人公にしたところにこの作家の時局への妥協をみる論がある。しかし、甲田巡査の描き方、作品の内容を仔細にみてゆくとき、警官という職掌を選んだのは時局に対する井伏の巧妙な隠れ蓑ではなかったかとさえ考えられて来る。河盛好蔵との対談において、井伏は『多甚古村』について「あれは満州事変（引用者註・支那事変の誤りか）になってからです。お巡りが僕に材料を送ってきたんです。ところどころ見て、お巡りの好みとなるべくちがうように書いた。浪花節が好きだと書いてあれば、浪花節嫌いだとか、これは悪いやつだというと、そう悪くないように。そうすればまちがいないと思って（笑）」（対談「井伏文学の周辺」『井伏鱒二』〈日本の文学53〉付録　昭41・11　中央公論社）とのべている。当時の巡査一般のあり方の逆を書いて行こうとしたというところに、意識的な抵抗の姿勢を読みとることは許されるだろう。これは「多甚古村」成立の重要な秘密を語っているばかりでなく、俗談平話の裏に隠された端倪すべからざる作家精神をみる思いがする。なお、その「浪花節」は一月二十九日の「松原の捕物の件」のところで、つかまった前科四犯の男がうなる。それを聞きながら甲田巡査は「いったい私は、音曲のうちで浪花節が一ばん嫌ひだが、この犯人にとつては浪花節は芸術なのだらう」と考え、「大声を出すなと叱りたいのを我慢してゐる」のである。

ところで「多甚古村」が発表された昭和十四年前後とはどういう時代であったか。日中戦争が始まったのは十二年七月だったが、以来、戦況は一進一退し、長期化・膠着化の傾向をみせていた。それにともない、同年十月には国民精神総動員中央連盟が創立され、十三年四月には国家総動員法が公布されて、物心両面から国民生活を統制動員する、いわゆる「非常時」体制が一層強化されていった。第一次人民戦線事件（昭12・12）、第二次人民戦線事件（昭13・2）らに代表されるような弾圧が次々に行なわれた。文壇では平野謙によって昭和十年代という空前の非文学的時代への「最初の文学的関門」（『現代日本文学史〈昭和〉』昭34・4　筑摩書房）とされた島木健作の『再建』（昭12・6　中央公論社刊）と石川達三の「生きてゐる兵隊」（「中央公論」昭13・3）の発売禁止があり、それと期を同じくして宮本百合子、中野重治、戸坂潤ら左翼系文学者・評論家が執筆禁止になるということがあった。それと裏腹に火野葦平の「麦と兵隊」（「改造」昭13・8）以下兵隊ものの花々しい文学的成功があり、同じく十三年九月にはいわゆるペン部隊の従軍による文学者の公然たる戦争協力が行なわれはじめた。こうして戦争文学と農民文学を中心とする国策文学が盛行をみることになるのである。特に、農民文学は昭和十三年十一月、農相有馬頼寧の発議による農民文学懇話会の成立を契機に盛んになる。この「上から」の提唱による農民文学は戦争のための食糧増産と結んだ多くの御用農民文学を生み出して行くことになるが、伊藤永之介の「鶯」（「文藝春秋」昭13・6）のような佳作も書かれた。第二回新潮社文芸賞を受賞したこの短篇は、秋田のある田舎町の警察署を舞台に、二日の間にそこに出入りする庶民の姿をやや戯画的に写し出しているところ、そして、客観小説の形をとってはいるが、それを主として兵事主任の三好という巡査の眼からとらえているところなど、素材や設定の上では「多甚古村」によく似ている。しかし、それはやはり外形的な類似にすぎない。二人の作家の個性の相違は三好巡査と甲田巡査の違いにも端的にあらわれている。ともに庶民に同情的な正義派であるが、甲田巡査がほぼ村民の中に入り切っているのに対し、三好巡査はやはり警察という権力組織の中からの同情者にとどまるようなところがある。三好は「救助を求めて警察に飛びこんで来るものがあると診察券を貰つてやつたり役場の救助を受けるやうにしてやつたり、そんなことで、いつも余計に忙しい思ひをしてゐる性分」ではあるが、庶民に対しては「おい、貴様」と呼びかけ、何かというと「すぐ怒つた顔になつて怒鳴りつけ」るのである。まがりなりにも本署の兵事主任であるものと、駐在巡査のちがいなのかも知れないが、おそらくは三好巡査が実際の巡査の実態にちかく、甲田巡査の方は作者の「好みに適した一人の巡査」でありすぎるのだろう。

　杉浦明平は「多甚古村」について「かれの全作品の中で最も有名だがしかし凡作に属する」として次のように書いている。

> 主人公、語り手として「年のころ三十前後の（駐在所の）巡査」がえらばれたことは意味が深い。けだしそれはこの作品の性格を決定して人情噺たらしめたからだ。中日戦争の下にある小さな田舎町に次々におこる諸事件はそれぞれに日本社会の大破局を暗示する深刻な悲劇の相

を帯びていたはずなのに、この作品では、正に人情巡査の眼をとおして映つたままに、愛国美談の変種、新聞の雑報記事の蒐録以上には出ることができない。（中略）非常時と警察官という官位とがかわるがわるデウス・エクス・マキーナの役をつとめて、事件を手軽に処理してしまう。いわばこの巡査はただ人情的な傍観者――井伏の小説に出てくる「私」は大部分そうであつたが――たるにとどまらず、おかみの力を分けもつた解決者となつて現れるので、むしろ権力と人情のからみ合いを謳歌する浪花節水戸黄門の半近代人化と言つても過言ではないであろう。

今われわれはこの作家井伏のうちにあの侵略戦争を疑わなかつた庶民の姿を見(ママ)とめなくてはならぬ。（「庶民文学の系譜　井伏鱒二について」「午前」昭24・2）

「多甚古村」の作家は基本的にはこの酷評ともいうべき批判を、ある程度は受け入れざるを得ないだろう。しかし、杉浦は昭和十四年という時点で一体どのような抵抗文学が可能だったというのであろうか。あの非文学的国策文学が横行した時代にあって「多甚古村」はまだしも文学の良質の部分を残していたといえるのではないか。しかも、そこには井伏なりの時代への批判もこめられていると思われる。

この作品の巻頭の「歳末非常警戒」の章は「出征兵に対する見送人雑沓取締り」の記事からはじまっており、たしかに時勢を強く反映させている。しかし、甲田巡査には戦争や「非常時」体制に対して何か信念や意見があるわけではない。温帯さん（役場の小使い）と寒帯さん（甲田巡査）は戦争について次のように語り合う。

支那はいつまで戦ひますか。英国、ロシヤ、フランスは戦ひますか。伊太利と独逸は、欧洲の平和を維持させますか。いつもさういふ話をするのがおきまりで、その日その日の新聞にある通りのことをお互に云ふだけである。私たちには定見があるわけでなし、新聞に書いてない話になると双方とも意見はない。しかし日本が強い、世界一だといふ結論で最後の意見は合致する。

国家総動員法などの戦争体制を維持する権力機構の末端にあるはずの警官が「新聞にある通りのことをお互に云ふだけで」、戦争については何の意見も定見もないのだ。これは消極的ではあるが一種の厭戦思想につながって行くものではなかろうか。もっとも右に引用した部分でとってつけたように「しかし日本が強い、世界一だといふ結論で最後の意見は合致する」とあることばは、戦後の刊本では削除されている。それは作家自身が意識して時局に同調した部分であることを自ら認めたことになる。しかし、戦争に対して「定見」がないという巡査を描いているからといって、作家自身に「定見」がないとはかぎらない。「井伏は、つねに自分を実際以上に幼く見せたがる作家だ」といったのは寺田透だった（前掲「井伏鱒二論」）。井伏の文学はきわめて意識的な「烏滸の文学」（柳田国男）である。自分を実際以上に低位置におくことによって、性急な観念家やこざかしい心理主義者には見えないものを見てしまう。あるいは彼らがおちいりがちな文学上・自意識上の陥穽をやすやすととびこしてしまうというようなところがあるのではないか。たしかにこの作品にはしばしば「非常時」ということばが出て来る。しかし、その「非常時」さえも風俗の次元にひきずりおろして眺められている。狂人の騒動と出征兵のことが同次元のこととして記されているのだ。治安維持法の執行者であり、国民精神総動員運動などの推進者でもあったはずの巡査の日記に、思想問題などは一切除かれ、見方によってはとるにたりない庶民の瑣末で猥雑な日常のみがことこまかに書きつけられている。「非常時」ということばと現実はあっても、それを描く井伏の精神構造そのものが、それを自己の飄々たる世界に同化させてしまう。ここにあるのはあまりに日常化され、牧歌化された「非常時」であって、ファナティックな愛国主義や声高な戦争礼讃はみじんもない。この日記に登場するのは、「非常時」体制にマイナスの人間がほとんどである。見ようによっては「非常時」体制そのものを虚仮にしているとさえとれなくもない。たとえば小頭のうちの隠居は、「私」が狸の話をすると「役人の山狩りは嫌や味なものや」と苦い顔をして「いつたい狸といふものは、国粋保存の上からして、天然のものは保存しなくてはならんものやらう」という。これは狂信的な国粋主義を作家がひそかに嘲笑しているととれないだろうか。

前記河盛好蔵との対談の中で、河盛が「多甚古村」について、「するどい社会諷刺がありますね。あのころの時世に対する」といったのに対し、井伏は「ずいぶん遠慮しましたがね」と、それを暗に肯定している。たしかに、その諷刺は、戦後の「ノリソダ騒動記」（昭28）の作家杉浦明平などには不満であったかもしれないが、その時代背景も考えなければならない。庶民は権力には弱い。しかし、その服従は面従腹背的なものであることが多い。運転手をなぐった太田黒氏の雇い人たちが、まったく反省がなく意気揚々としているのは「彼等の主人に対する無条件な服従心も手伝つてゐるだらうが、心の底に何となく抱いてゐる警官に対する反抗の気持が手伝つてゐたのにちがひない」のである。また、強盗事件で張り込んでいると「この事件で、毎日のやうに夜の警戒が厳重になれば、客商売はあがつたりや」と聞こえよがしにいう客商売屋のおかみもある。水喧嘩をする百姓たちも「警察はただ表向きの存在だと考へてゐる傾向がある」のだ。一方、甲田巡査の目からみた特高に対する次のような諷刺もある。彼が帝大卒業生の山田さんの息子を誘惑している女給に話をつけに行った場面である。

私は夕飯をたべてゐなかつたので、カフエ横丁の入口の饂飩屋で素饂飩を二はい注文した。二はい目をたべてゐると、もと私の同僚で現在は特高になつてゐる森山君がはいつて来て私に気がつくと「大ものかい、手剛いやつなら手伝つてやらう」と笑つた。「有難う、僕ひとりでよいのだ」と私は饂飩を急いでたべた。森山君は天ぷら饂飩を注文したが、この店の天ぷらはちつともうまくないのである。

「栄転ではなかつた」のだが、町の警察からこの駐在所に転勤し、今は親子喧嘩の処理に来て素饂飩をたべている甲田巡査は、現在では、特高に出世して、「うまくない」天ぷら饂飩を注文している、かつての同僚をひそかに軽蔑するのである。それとは逆に、こちらからの問い合わせに対して、「文字も感じよくこなれてゐて、文章も男性的で含蓄ある風趣」をもった丁寧懇切な復命書を届けてくれた大阪の大地巡査の枯れた人柄には共感する。「平和なる農村にて悠々その生活を続けると共に志を養ひ、ときたま花鳥風月に心を寄せられること幸甚と思料せられ候」云々というその「復命書を一読し、これを書いた大地恵といふ巡査は愉快な人で親切で、やや老境に近い人で、勤務を誠実勉励される人であらうと想像した。そしてこの人はいつか退職されたら平和な故郷の農村で花鳥風月を楽しみたいと希望を持つてゐなさるのではないかと想像した」のである。この作品には都会的なものへの嫌悪と、田園牧歌的世界への憧憬とがある。甲田自身、見方によっては時勢からの逃亡者だともいえる。

五

甲田巡査が井伏の好みのある側面を代表していることはすでにのべた。彼は休日には隣村の城址見物に出かけるような歴史好きであり、村人たちの古風さをその頑固さも含めて愛している。しかし、一方、モダンな都会風の軽薄さには強い嫌悪を感じる。地蔵堂の養女を「腹ぼて」にして自殺に追いやった町のモダンボーイは「頭髪をてかてかにポマードで光らせ赤ネクタイにダブル服といふのを着用し、剃りたての顔にクリームを匂はせてゐた」が、甲田巡査は「新様式の生活者が使ふといふ言葉」を用いるこの男をみて、「これと同じやうな型の青年は町に行くと幾らでも歩いてゐる。しかし私の目に、彼等がたいてい同じやうにこの型にはまつてゐると見えるのは不思議な現象である」と考える。しかし、モダンなものを頭から否定しているわけではない。町で女給をしていてお腹を大きくして帰って来た地蔵堂の養女に対して、村議の谷岡さんが「あんな軽薄なモダンゲールが村に入りよつて、若い衆が大騒ぎするのは心外ぢやよ。全く現代のパーマネントや人絹は、ペンキ画よりもまだ現代の人心を安手にしちよるのや」とこぼしたのに対し、彼は「しかし私は、パーマネント人絹の女給さんが、養家の庭のお地蔵様を水で洗ひ清めてゐるのを見て、そのとき一概に無風流な風情とはいへないと思つた」というふうに含蓄ある表現をするのだ。（この屈折した文体は、後述するように作家の自己抑制と関係がある。）

もちろん、村人の頑迷や卑小なエゴイズムも辛辣な筆で書きとめられている。甲田巡査に煙草の無心をし、「賭博で捉まると、どうして矢鱈に煙が喫ひたくなるんやらう」という賭博犯の一人は「旦那、私は初めバットの銀紙をためるために煙草を喫ひ始めました」と、まるで銀紙献納のためだといわんばかりの阿諛追従を示す。貸した籠を返せ返さぬで始まった片輪の青物運搬人と年とった百姓との片意地同士の頑固な喧嘩。犬にかまれたのを口実に「わあもう動けぬ、もうサンド売れぬ、みな買ふてくれ」見舞金をよこせといって恐喝めいたことをする速成サンド（豆）売りの老婆の狡猾。東分の海岸寄りの部落で、村長の寄附金を分配して残った二銭のために喧嘩となり怪我人が出ると、さっそく村長の責任だとおしかける反村長派の人々など「全く気難かしい人の多い村」なのである。松原にある村長の貸別荘に滞在するアメリカ人ヘンリーさんの孫娘たちに、村の子供たちが石を投げたのも、子供たちを奨励して「反村長派の人たちは村長への面あてにヘンリーさんを排斥したものと思はれる」のであった。またヘンリーさんのあとに貸別荘にやって来た都会の女太田マサコについて「病院患者の学生風の美男子など連れ出してから、ダンスを踊る、ターキーの真似をする。たしかに風儀を乱したといふべきやろ。レコードを鳴らし、カーテンを締めて踊るちうことは、こりやよくせきのことでぐわすけんなあ」と、彼女の追放を迫る若い網元は、数日前に彼女に云い寄ろうとして手厳しく拒絶されたのを恨んで彼女を村から追い出そうと企てているのである。多甚古村衛生班長である薬局主人の「新しい薬と政府の新しい指令以外には、世のなかの新しいものは一さい否定する」ような盲目的な保守主義も、作者によって肯定されているわけではない。

ところで、このように、いわば底辺の世界を扱いながら、作品が猥雑にも、俗悪にもならず、かえって清潔で牧歌的な詩情さえたたえているのは、作家のストイックな自己抑制によるものと思われる。それは、まずそっけないまでに簡潔で堅固な文体、それでいてときとしてわざともってまわったような冗長な文章にあらわれているが、甲田巡査の庶民に接する態度にもその自己抑制をみることができる。たとえば養女が自殺を企てた地蔵堂の住持に原因をきくと「振られた男のことが……」といいかけてわっと泣くので、彼はそれ以上「追及せぬことに」するのである。また、貧民長屋に一人住まいをしているおきぬ婆さんに、養老院に世話になることをすすめると、もと芸者の婆さんは、それを若いときのように旦那の「世話になる」ことだと誤解して、臆面もなく「わたしや、もう身が利かんのでなあ、それに永いこと、もうそのやうな気はないのや。世話になつても院長はんが味気ないばつかりやらう」といつた。そのとき甲田巡査は「その頑迷な誤謬に腹が立つて、思ひちがひしてはいかんぞと叱りつけようと思つたが、婆さんの思ひちがひを是正するのは嫌やらしい気持がするのに気がついて、そのまま帰つて来たのであつた」という具合である。梨泥棒の濡衣をきせられ、息子の医学博士にきずがつくというので、入水自殺をはかって助けられた老婆のところへ、その息子がかけつけて来て母と子の対面となったときにも、甲田巡査は「その劇的情景を見てゐる気持になれなくて家の外に出た」のだった。こうした甲田の姿勢がこの作品をして、通俗を描きながら、通俗小説たらしめていない理由だろう。都会の女太田マサコが「この非常時に村ぢゅうセンセイシヨンを起すやうな派手な扮装をして、病気のため静養すると称しながら病院の患者を呼び出してダンスなどしてゐる行為」は不当であると考えるが、「しかし一警官たる私の立場では、華美な服装と優雅な生活を競ふ都会人の私行に容喙すべき権利はない」とも思うのである。また、その父親が大阪からやって来たときも、「自分の職務の範囲を考慮して、彼女のお父さんに、資産家の子女教育と醇風美俗の関係といふ私の得意の持論を述べたいのを極力我慢した」のであった。こうした甲田巡査の自己抑制は作家自身の文学的自己抑制と決して無関係ではないだろう。

再び小林秀雄のことばを引いておこう。それは「多甚古村」にもあてはまるはずだから。

井伏君が、言葉の力によつて抑制しようと努めたのは、外から眼に飛び込んで来る、あの誰でも知つてゐる現実感に他ならない。生まの感覚や知覚に訴へて来るやうな言葉づかひは極力避けられてゐる。カメラの視覚は外を向いてゐるが、作者の視覚は全く逆に内を向いてゐると言つてもよい。散文の美しさを求めて、作者は本能的にさういふ道を行つたのだが、その意味で、この作（引用者註―「貸間あり」）は大変知的な作品だと言つて差支へない。（前掲「現実と小説と映画」）

文字どおり「村」の「周辺」をさまよっただけの粗笨雑駁な覚書きになってしまった。今は他日を期するしかない。ここでは主として敗戦後の「多甚古村」論評を引いたが、それにも時代の影は落ちているだろう。井伏作品としては時評の類にもよくとりあげられた方である。最後に「多甚古村」発表当時の時評を録して拙文の結びとしよう。

・井伏鱒二の「多甚古村駐在記」（引用者註・「改造」所載）は相変らずの井伏調（神田鵜平「創作時評」「新潮」昭14・3）

・井伏鱒二『多甚古村駐在記』　田舎の駐在所の巡査の日記の形で、歳末年始に起つたその近傍のさまざまなユーモラスな事件を描いてゐるのだが、努めてユーモアに溺れずに書いてゐるので、ユーモアの味が一層イキイキと輝いて来てゐる。人間の哀しみが出て来てゐるのだ。同時に、筆触も厳しくなつて清新さと潑剌味を加へて来てゐる。この作者一時スランプに陥つてゐたが、最近完全にそれを突破したやうである。実際、続けて雑誌小説を読んで来て偶々この作品にブツつかつた時、本当に救はれたやうな気になつた。（匿名「創作月評」「文藝」昭14・3）

・多甚古村駐在記はただこれだけのもの、面白いが、しかし取り上げて何かを云ひたいといふ切

実さは何も起さない。（無署名「今月の小説」「三田文学」昭14・3）

・井伏鱒二の「多甚古村の人々」（文学界）は例によつて例のごとし。（神田鵜平「創作時評」「新潮」昭14・5）

・「多甚古村の人々」は、のどかな村の、駐在巡査の日記体を借りた世相ニュースで、鱒二独得のペエソスに充ちた世界である。楽しく読めるが、神経質な氏としては珍らしく粗奔（ママ）なところが目についた。作者の情がうまくこもつてゐないかたむきがあつた。（無署名「今月の小説」「三田文学」昭14・5）

・井伏鱒二の「多甚古村駐在記」（引用者註・「文学界」所載）は相変らず飄々として面白い。（神田鵜平「創作時評」「新潮」昭14・8）

・「多甚古村駐在記」（文学界）は、フイリツプの「小さな町」を思はしめる配列で、此作家独特の作話は、相変らず面白いものであつたが、一つ一つの物語を検討してみると、少し千辺一律の嫌ひがあるやうだ。（無署名「今月の小説」「三田文学」昭14・8）

・井伏鱒二君の「多甚古村」と云ふ本を面白くよんだ。読後二、三日楽しかつた。（菊池寛「話の屑籠」「文藝春秋」昭14・9）

・真正面を切らぬ文学、といふ名目で、民衆の智恵が軽んぜられた頃には、彼の名もその黙殺から免れることは出来なかつた。時が経つた。

　民衆の智恵を軽んじた者が退くべき時が来た。井伏鱒二の名を圧してゐた名が、一つ二つ、小さくなつて行つた。その時である。再び新しい姿で立ち現れたのは。『多甚古村』は、再び民衆の智恵の明るさを、前よりもしつかりした腰つきで我々に示すことになつたのである。伊藤永之介のプロトタイプのやうなものが息も切らさずに笑ひを漂はせながら歩み出た。(匿名「文学的人物論　井伏鱒二」「文藝」昭14・11　匿名だが、筆者は河上徹太郎と推定される。)

「へんろう宿」小論——作品の奥行について

かつて太宰治は、井伏鱒二の生活と文学における「不敗」の理由を「旅上手」にたとえたが、井伏文学は多く旅の所産である。初期作品にかぎっても、「寒山拾得」「岬の風景」（以上、大15）「谷間」「朽助のゐる谷間」「炭鉱地帯病院」「シグレ島叙景」（以上、昭4）「丹下氏邸」（昭6）などは、いずれも語り手の「私」によるその土地への「訪問記」という体裁をとっている。旅それ自体がプロットを構成する「集金旅行」（昭10～12）はもちろん、いわば川そのものの旅を書いた「川」（昭6～7）も、平家の逃亡記である「さざなみ軍記」（昭5～13）も旅の文学だといえる。ところで干潟にさざら波の打ち寄せる「多甚古村」の風景を書いた井伏は、その旅の途中で脇道にそれたかのように、岬の先端にある行きどまりの寒村の奇妙な宿にたどりつく。「へんろう宿」（「オール讀物」昭15・4）は、昭和十五年二月、田中貢太郎の病気を見舞った土佐旅行の副産物である。田中は井伏にとって無名時代に援助してもらった恩人だが、作中に出て来る「安芸町」の小松屋旅館で吐血して倒れたのであった。井伏は、それ以前にも田中の主宰する「博浪沙」同人とともに何度か土佐を訪れており、「ジヨン万次郎漂流記」（昭12）をはじめ、土佐に関わる文章も多く書いていて、土佐はすでに親しい土地であった。

「へんろう宿」は土佐の宿屋で書いた。バスで室戸崎へ行く途中、「右、へんろう道」といふ道標をみて、遍路さんのことを「へんろう」といふのだと気がついた。「へんろう宿」といふ宿は見なかつたが、遍路の泊る木賃宿はバスで通りすがりに見た。私はその木賃宿に泊つたものと仮定して、この短篇を書いた。私はたいていこのやうに自分がそこにゐたものと仮定して短篇を書く、……（『井伏鱒二集』〈新日本文学全集10〉「解説」）

バスの車窓からみた「へんろう道」という道標と木賃宿が作者の旅情と空想をそそり、それがこの原稿用紙十三枚ほどの名品となった。「自分がそこにゐたものと仮定して」書くのは、井伏が好んで用いる方法であって、そう「仮定」することで、この作家の想像力は生動しはじめ、作品の細部も鮮やかに喚起される。この「私」はいわば井伏的感性のフィルターであって、対象はこの濾過装置を通して読者に伝えられる。「へんろう宿」は、旅先の土佐で「私」が一昨日泊った宿の印象を語るというかたちをとっており、わずか一夜の物語ではあるが、少し大仰にいえばそこには悠久の時間さえ内包されている。場所は「遍路岬村字黄岬」という一本道の寒村で、宿屋は一軒しかない。「へんろう宿、波濤館」というのである。地名や宿の名にすでに作者の旅情あるいは抒情（作者はこの作品を「抒情で書いた」とも語っている）がかすかににじんでいる。

「私」が泊ったその宿屋は、客間は三部屋しかないが「意外にも女中が五人ゐる」。「女中」とは極老のオカネ婆さん、六十ぐらいのオギン婆さん、五十ぐらいのオクラ婆さん（三人の婆さんの「豪華な」名前に注意）、それに十二ぐらいと十五ぐらいの女の子二人だが、彼女たちの外に「宿屋の経営主に該当する人がゐない」奇妙な宿屋である。しかも五人とも「嬰児のときこの宿に放つちよかれて行かれ」た棄て児で、成長してもそのままこの宿の女中として暮しているのだという。

旅商人風の男の酒の相手をしながら、その話を三番目のおクラ婆さんがするのを、「私」は隣の部屋に寝ていて襖ごしに聞くわけである。この作品において「私」は、一貫して傍観者であり、女中たちとも必要最低限のことばしかかわさない。この局外者的傍観性が作品における「私」の姿勢であり、作品そのものの基調である。旅が本来そういうものなのだろうが、この傍観する「私」なしには、この作品における飄逸な辛口の抒情は成立しないのである。

まず「私」の目にうつるこの宿の貧弱な印象が語られる。「波濤館」と名のみゆかしいが、それは「漁師屋をそのまま宿屋にした」のと変りなかった。狭い土間に立つと、障子の中がすぐ居間で、その奥に三つの客間が並んでいるのだが、いずれの部屋に行くにも隣室を通り抜けなければならないので、五人の従業員たちの暮しぶりも、隣りに泊っている「大きな男」の客の様子もまる見えだし、話もつつぬけである。入口の居間に続いている部屋は「客間兼自家用の居間」らしく、通りぬけるときみると、女の子が二人同じ机に向きあって書取りをしており、「私」をみると「黙つて私にお辞儀をした」。二人とも「なかなか利口さうな子供」だが、それが棄て児であることは、まだ「私」にはわからない。しかし、後述するように作品の中で、この二人の可憐な少女の描写がまことに効果的なのだ。部屋にお茶をはこんで来た二番目の婆さんは「私」に向かって「百石積みの宝船の夢でも見たがよございますらう」という「豪華な愛想」をいったが、与えられた蒲団は、「雑巾を大きくしたやうな蒲団」で、豪華な「宝船の夢」をみるにはふさわしくない。

天井には梁がまる見えで、その黒くなつた梁に千社札のやうなものが何枚も貼りつけてある。「讃岐××郡××村××××」と書いた札や「大願成就」と書いた札があつた。こんな薄ぎたない宿に泊つた人にさへ、成就したい大願があるものと思はれた。壁に貼りつけた定価表にも、矢張り千社札のやうなものが貼つてあつた。定価表には「御一泊一人前、三十銭。御食事はお好みによります」と割合ひ達筆に男の筆蹟と見える字で書いてあつた。誰か宿泊人が書いてやつたものにちがひない。部屋の隅には脚のない将棋盤が置いてあつた。これがこの部屋の唯一の装飾品になつてゐて、却つて物悲しい気分を唆るのである。

ながい間に、この宿に泊ったであろう無数の「へんろう」たち。「薄ぎたない宿」の光景と「大願成就」の千社札の対照が見たこともない漂泊の人々への思いを誘う。彼らはおのれの力ではいかんともしがたい不幸な宿命を背負い、あるいは身のほど知らぬ「大願」を抱いて、ここを一夜の宿とし、四国八十八ケ所霊場めぐりの旅を続けていったであろう。井伏はのちに「虎松日誌」（昭24・1）という作品の中で、苛酷な年貢をとりたてられ、乞食をしながら四国遍路の旅に出て、帰国の途中で行き倒れになって死ぬ寛政年間の一百姓を書いているが、幾人もの虎松がここを通り過ぎていったはずである。彼らのうちの何人かは、遍路の途中で幼いわが子を棄てなければならぬほど窮迫していたであろう。この宿のたたずまいはそういう想像を刺激する。この作品は、眼前の情景の背後にある不在のもの――過ぎ去った時間の深さによって支えられている。

定価表は「割合ひ達筆」な「男の筆蹟」で書かれているが、宿の女中にたのまれて達筆をふるったのはどんな境遇の男だったのか。その「筆蹟」からしのばれる男の教養と、今やこのような宿に泊まらねばならない境涯との微妙な落差。「脚のない将棋盤」を囲んで無聊を慰め、束の間でも憂いを忘れようとしたであろう遍路たち。もとより彼らがどこの誰であったかは知るすべもない。ただひとつ確かなことは彼らが決して幸福な人たちではなかったであろうことだけである。しかし、作者は「私」にそれについて何の感懐ものべさせない。右の引用文中「物悲しい気分を唆る」とあるのが唯一の例外である。表現は十分に抑制されている。その淡々とした語り口からわずかにこぼれ落ちるものを読みとることが、この作品を翫賞するための第一要件である。

それにしても、この棄て児の婆さんたちの何という屈託のなさであろう。自分たちの運命を所与として受けとめ、不幸を不幸としない明るさである。「たいがい十年ごつといに、この家には嬰児がほつたくられて来ました」というから、女の棄て児を育てるという「この宿の風習」は、はるか以前から存したであろう。彼女たちはその理不尽な「風習」を風習として疑うことなく受け入れている。

> オカネ婆さんのその前にをつた婆さんも、やつぱりここな宿に泊つたお客の棄てて行つた嬰児が、ここで年をとつてお婆さんになりました。その前にゐたお婆さんもやつぱり同じやうな身の上ぢやつたといふことです。おまけにこの家では、みんな嬰児の親のことは知らせんことになつちよります。代々さういふしきたりになつちよります。

オクラ婆さんは、そのような「しきたり」を当然のことのように「あたりを憚るところがない」声で語る。男の子は成長すると「縮尻（しくじ）」るから、女の子だけが戸籍もないまま育てられる。彼女たちは「恩がへし」に最初から「後家のつもり」で嫁にも行かず、「浮気のやうなこと」も決してしないという。ここに捨てられ、ここで老婆になって死んでいったであろう幾人もの不幸な女たちの群像が浮かびあがる。（その間に流れたであろう悠久の時間を思え！）老婆の語りが不可視の存在、不在の時間へと導く。しかも、語り手は棄て児の女中たちの内面には一切たち入らない。「私」も傍観する旅人であるがゆえに、襖ごしにこの哀切な話をききながら、「妙な一家もあるものだ」と思うだけで、それ以上何の感想ものべずに「ハンカチでまた顔を覆ひ、その上に蒲団をかぶつて眠ることにした」のである。しかし、読者のまなかいには、白装束の遍路の列が浮かんで消えず、陰々たるご詠歌と鉦の音が耳についてはなれないはずである。

同じように「私」がそこに「泊つたものと仮定して」書かれた「丹下氏邸」には、半世紀以上も前に丹下家に迷い込んで来たまま居ついているエイと呼ばれる「不遇な老僕」が出て来る。しかし、「へんろう宿」の婆さんたちとちがってこの迷い子（棄て児）の男衆は、自分の身の上について「私らはどのやうにも、なるやうにしかならんでありませう。所詮は、屁はカゼですがな！」と自嘲し、丹下氏はこの男衆の「来歴」を語って「あ、はや、かういふ子は、不憫とや申さねばならないでありませう！」といいつつ「何かの発作に迫られたらしく、目に涙をうかべた」りする。客人の「私」もまた男衆の処遇について、丹下氏に「非難の質問」を発するのである。同じく不幸な老人を描きながら、両作の間にある差は明白であろう。井伏の読者としては「丹下氏邸」の意識的に造型された土俗性や飄逸味も捨てがたいが、「へんろう宿」には前者にない象徴的な彫りの深さがある。そこに井伏の約十年の間の作家的成熟、抒情詩人から真の意味の散文作家への深化をみることも許されよう。それは、陳腐ないい方ながら、人生を旅と観ずる作家の人間認識の深まりでもあった。へんろう宿の人々が特別に「妙な一家」なのではなくて、それが庶民一般の生のありようと重なって見えて来るところに、この作品の象徴的な味わいがあるのである。人は誰でも運命という名の神によって、不条理なこの世に置き去りにされた「棄て児」ではないか。先に抒情詩人から散文作家への成熟といったが、書かれなかった行間に無限のものがみえて来るという意味では、これはむしろほとんど詩に近い作品だともいえる。

さて、結末がまた秀抜である。翌朝出がけに宿の戸口をみると「遍路村尋常小学校児童、柑乃オシチ」という名札と「遍路村尋常小学校児童、柑乃オクメ」という名札が「二つ仲よく並んで」いる。女の子たちの姿は見当らない。「文字其物が已に或意味に於て一種の技巧である」といったのは泉鏡花だが、この二つの名札の文字だけでもすでに無限の詩的哀感がただようではないか。いや、名札だけだからかえって、というべきであろう。二人ともすでに学校に出かけたという。ここにも描かないことによってかえって鮮やかに浮かびあがらせる不在の方法が使われている。作の前半で二人の少女の可憐な姿を点描しておいたのが、ここでみごとに生きて来るのである。あの「なかなか利口さう」にみえた二人も実は誰の子とも知れぬ棄て児だったのだ。ちなみに二人の少女のうち一人は「十五ぐらゐ」とあり、尋常小学校児童の学齢としては、少し高すぎるようだが、それもおのずと彼女の生い立ちの事情を想像させずにはいない。三人の婆さんもかつてはこのように可憐な少女であったろうし、この女の子たちも、ここで成長し、嫁にも行かないまま老いて、それぞれ「オシチ」婆さん、「オクメ」婆さんとなり、この宿の「女中」として死んで行くのであろう。「私」を戸口まで送って出た極老のお婆さんは「どうぞ、気をつけておいでなさいませ、御機嫌よう」と、丁寧に「お辞儀」をしたが、その「お辞儀」は、昨夜二人の少女が「私」に向かってした「お辞儀」を想起させずにもない。ここでは、すべてが重層的にうつる。

最後は、「その宿の横手の浜砂には、浜木綿が幾株も生えてゐた。黒い浜砂と葉の緑色の対照は格別であつた」という、さりげないが、しかし深い詩情を感じさせる自然描写で結ばれている。これは「オール読物」（昭15・4）の初出時にはなかった。単行本『鶉鶏』（昭15・5）に収められるときに、他の部分のわずかな字句の訂正とともにこれが加筆され、以後踏襲されている。宿を出た

「私」が何げなく目を注ぐこのささやかな自然の意味はもはや明らかであろう。この宿でくりかえされて来た愚かしくも悲しい人間の営みは、悠久の時間からみれば、「浜木綿」によって代表される自然と変りないのである。これはいわば主題にそって、それを際立たせるためになされた改訂である。僅々五十字足らずの加筆によって、この作品はいっそう深い陰翳と余情をたたえることになった。「推敲の魔術」と呼ばれた絶妙の修訂というべきである。

この作品がすぐれているもうひとつの理由はいうまでもなく三人の老婆が活写されていることであろう。簡潔な筆で描きわけられた極老・中老・初老の婆さんの姿が、この宿に流れた時間の堆積を巧まずして暗示する。井伏鱒二は老人を書いて失敗することのない作家である。「朽助のゐる谷間」以来、井伏は不幸な生を生きる頑固な老人を好んで書いて来たが、おそらく井伏にとって古いもの、老いたものこそ、信用に値するものなのである。老人は、自然の秩序と同じく堅固なところがあって、人を裏切らないからである。井伏の骨董好きもそれと無関係ではない。

ちなみに、この作品の発表された昭和十五年四月の「オール読物」は十周年記念特大号で「花形作家総動員」として、吉川英治から菊池寛に至るまで二十二名の主として大衆文学系の作家が動員されている。井伏はこの雑誌に戦前にかぎっても、「おらんだ伝法金水」(昭8・5)「素性吟味」(昭12・9)「ねられんしや騒動」(昭13・4)「お濠に関する話」(昭14・11)「円心の行状」(昭15・6)「隠岐別府村の守吉」(昭16・9)「吹越の城」(「文藝読物」と改題　昭18・10)など主として歴史小説の佳作を多く発表している。雑誌の性格が、かえって筆を伸びやかにしているといえようか。

「悪夢」としての戦争——流離と抵抗

一

井伏鱒二が真の意味で井伏鱒二になるのは戦後になってからである。そのすぐれた作家的稟質はすでに処女作「幽閉」に明らかであり、また、初期作品にあった過剰な抒情性や極端な戯画的方法もおおよそ昭和十年ごろを転機にしだいに克服され、井伏鱒二は真の散文作家としての相貌をそなえて来るのだが、それでも戦後の飛躍的な成熟と深化は強調してもしすぎることはあるまい。仮りにこの作家の文学的生涯が敗戦前で終っていたとしても、その独自な個性は文学史に記録されるに値するであろうが、今日、井伏文学の総体が与える鬱然たる印象には比すべくもない。昭和三十九年、井伏鱒二は自らの仕事を全十二巻（のち二巻追加）の全集に集成するにあたって、戦前の作品の多くを捨て、全集全体の六割以上を戦後作にあてている。しかも、厳選された戦前の作品ほどその面目をほとんど一新するような大幅な斧鉞が加えられ、詠嘆性や諧謔性など過剰なものを削ぎ落とそうとつとめていることがわかる。昭和三十九年、「黒い雨」を書き始めようとする地点に立った作家が、それまでの自己の全業に対したときとったこの処置は、自己の文学における戦前と戦後の差を誰よりも彼自身が明確に認識していたことを物語るものである。これは敗戦によって便乗的に転身した文学者たちが戦前の仕事を抹殺・隠蔽しようとする場合とは、はっきり区別されなければならない。いうまでもなく井伏鱒二の基本的な文学姿勢は戦前戦後を通じて一貫しており、その点でも昭和文学史上稀有の存在なのだが、戦争をくぐることで、その散文的な認識の目が一層深まり、ゆるぎない作家精神を確立するのである。その飛躍をもたらしたものとして従軍と疎開という一種の流離の体験が考えられる。

太平洋戦争開戦直前の昭和十六年十一月、井伏鱒二は突然、徴用令状を受けとった。十一月二十二日に入隊、行先も任務も知らされぬまま、南方に向かう船中で開戦の報に接する。タイのシンゴラに上陸、マレーを経てシンガポールに行き、そこで最初は「昭南タイムス」発刊の仕事に携わり、のち昭南日本学園に勤める一方、小説「花の街」（のち「花の町」と改む）を書き、内地の新聞に連載した。そして、十七年十一月、徴用解除となり、サイゴン、マニラ、台北経由で、同月二十二日に帰国するまでの満一年の従軍生活であった。この戦争体験の意味するものについてはかつて「井伏鱒二素描」（「日本近代文学」5　昭41・11）という拙文で少しふれたことがあるが、ここであらためて再考してみたい。

大正末年にわずか数か月出版社勤めをしたほかはまったくの自由人として過ごして来た、この繊細な神経をもつ作家にとってこの一年の体験は「悪夢」（昭22・12）と呼ぶにふさわしいものであったろう。作家的出発以来、幽閉（「山椒魚」「冷凍人間」）、死（「炭鉱地帯病院」「生きたいといふ」）、洪水（「川」「中島の柿の木」）、戦争（「さざなみ軍記」「山を見て老人の語る」「お濠に関する話」）、漂流

（「ジヨン万次郎漂流記」「オロシヤ船」）、噴火（「青ケ島大概記」）などを通して、彼が作品の中で好んで書いて来た一種の極限状況を、今度は自ら体験することになったのである。漂流・流離は井伏文学の重要なモチーフであるが、従軍とそれに続く三年余の疎開生活はまさに作家自身の流離の体験であった。流離とは、理不尽な運命の力に強いられ、安住の場所・なつかしい故郷を失って、生の不安に耐えながら異郷をあてどなく彷徨することであるが、そこで人は平常時には見えない、人生の種々相をその深みにおいて見ることになる。つまり、流離の文学においては日常と非日常を交錯させることによって、人間存在の不安定な基盤を象徴的に浮彫りにすることができるといってもよい。井伏鱒二はこの流離による視点の移動によって人間の極限状況を描き出すか、逆に「多甚古村」や「本日休診」「駅前旅館」のように視点を固定し、その前を通過する種々の人間たちを写しとろうとする。この二つの方法は日常と非日常の落差、その裂け目にあらわれる人生の相貌をとらえようとする点では結局同じ認識法だともいえる。

ところで、昭和十六年、太平洋戦争前夜の井伏鱒二はいかなる時代認識に立っていたのであろうか。従軍に先だって書かれた「隠岐別府村の守吉」（昭16・9）という作品には、この時期における作家の時局への姿勢がうかがえる。これは明治二十七年、ラフカディオ・ハーンが隠岐の島を訪れたときのエピソードである。島民たちはこの「碧眼紅毛の旅人」の出現に驚き、文久三年露国船来航のときの「殊勲者」別府村の守吉という老人をこれに対決させようとするが、もはや往年の勇気を失った守吉は一言も発しない。文久三年の事件のときには、藩の役人や代官が「畏懼逡巡」するのみでまったく無策であったのに対し、隠岐農兵の一員であった守吉は率先して異国船に乗り込み「ぺらぺらぺらぺら」という鴃舌（げきぜつ）を発してこれを追い払ってしまったのである。この話をきいた

「淋しさうな人間」ハーン洋人は日本語でたった一言「おお、そのなつかしの物語」といったという。

作家は戦後、この作品を歴史小説集『まげもの』（昭21・10）に収めるに際し、その「あとがき」で次のように書いている。

「隠岐別府村の守吉」は太平洋戦争になる直前の頃に書いた。私は隠岐の島に行つたこともある。隠岐島史を読んで面白いと思つた。ことにラフカデイオ・ハーンの旅行記から抜萃してある部分が面白いと思つた。それはよほど以前のことである。そのうちに、新聞や雑誌に愛国の精神についてよく論文が掲載されるやうになつた。しかし私は勇ましい気象の人物を書きにくいので、ごつた返しの国家艱難なときの一人の純朴な百姓を書いてみることにした。一方、幕末の地方役人の無能とだらしなさを下積みの地方の庶民たちがカヴアーしてやつて、それで漸く世の中が保たれてゐるといふ有様にもちよつと触れるつもりであつた。

この作品において作家は、文久三年ないし明治二十七年の隠岐の島を、「碧眼紅毛」の米英に対立して「非常時」が叫ばれ、戦争体制に突入しつつあった昭和十六年の日本列島に擬しているのだ。ようやく盛んになりつつあったファナチックな「愛国」論議への抵抗をひそませながら、国家総動員体制の中での指導者層の「無能とだらしなさ」を批判するとともに、いつの時代にあっても国家艱難のときにそれを底辺で支え、真に「愛国」的であるのは「下積みの地方の庶民たち」だという思いがこの一見ユーモラスな短篇小説にこめられている。これが井伏鱒二流の「抵抗」である。

そのような時代認識をもった井伏鱒二は従軍に際して「僚友の仕事の邪魔をしないやうに心がけ、なるべく遠慮することを専一とした」（「南航大概記」昭18・12）のであった。別のところでも「戦地にはいつてからの私は、僚友に対して遠慮するやうに心がけ、この気持で終始することにした。

戦地においては各自の性格がはっきりと現はれる。無理にでも功をあせるやうなことにもなる。私は自分の無力の程度を自分で査定して、人に対して可能の限り遠慮した。」（「旅館・兵舎」昭18・2）とのべている。この「遠慮」は、いわば現実から一歩退いた地点に立って純粋な観察者ないしは認識者として終始しようとする決意を物語るものであろう。このような対現実姿勢を持続することによって、初期作品にあった詠嘆的な抒情性、極端な諧謔的文体、過剰な言葉の粉飾などが削ぎ落とされ、作家は作品の背後に用心深く姿を隠して、ひたすら正確な言葉による対象の領略を目指す真の意味の散文作家に成長して行くことになる。のちにもふれるが、この戦争体験によって井伏鱒二は「黒い雨」の作家になりえたのである。ちなみに記せば、彼は昭和十七年から十八年にかけてマレー、シンガポール従軍に関わる次のような文章を発表している。すなわち記録・随筆としては「マレー人の姿」（昭17・4）、「アブバカとの話」（昭17・4）、「昭南市の大時計」（昭17・6・27）、「親子かうもり」（昭17・6）、「昭南風物」（昭17・9・1〜7）、「昭南日記」（昭17・9）、「十七年七月下旬ころ」（昭18・1）、「ゲマスからクルーアンへ」（昭18・1）、「昭南タイムス発刊の頃」（昭18・1）、「マライの禁札」（昭18・2・16〜18）、「旅館・兵舎」（昭18・2）、「或る少女の戦争日記」（昭18・3、4）、「待避所」（昭18・3、6）、「マライ・昭南の出版物」（昭18・5・8、9）、「防諜」（昭18・10）、「昭南人の趣味」（昭18・10）、「南航大概記」（昭18・12）、小説としては「花の街」（昭17・8〜10）、「紺色の反物」（昭18・5）、「借衣」（昭18・6）がある。そして、小説を含めてこれらの作品に一貫しているのは平常心に支えられた冷静な観察者の目であり、それを支える柔軟にして堅固な文体である。

二

入隊からシンガポールに入城するまでの日記「南航大概記」は帰国後、単行本『花の町』（昭18・12）に収められたものだが、第二次大戦中に書かれた日本人の従軍記の中でも、おそらくもっともすぐれて冷静なものの一つであろう。これは、いわゆる報道班員とか従軍作家による戦意昂揚のための時局的文章とは対極にあるものである。気負った使命感や愛国的言辞など一切なく、また一方、主観的な感懐もできるだけ抑制されていて、この異常な体験の中で、その客観的な記録者としての目は一貫してくもりがなく動揺していない。彼は宣伝班員という公人としてではなく、まったく私的な一個の散文作家として戦争を見ようとしている。観察の対象はトリビアルなまでに日常的なことが多いが、この平常心への執着による現実相対化が、観念やファナチズムの陥穽を免れさせているのだ。たとえば、集英社版『昭和戦争文学全集4』（昭39・8）には代表的な「報道班員の記録」として尾崎士郎「戦影日記」、今日出海「比島従軍」、井伏鱒二「南航大概記」、高見順「ビルマ戦場の草木」、北原武夫「ジャカルタ入城日誌」の五篇が収められているが、その中にあって井伏鱒二の文章だけが明らかに異質である。他の四篇に共通する「皇軍」ということばやそれを絶対視する表現、「大東亜共栄圏」思想を称揚することばが「南航大概記」にはまったくない。

「南航大概記」の冒頭、入隊当日の十一月二十二日の項に「夕方、隊長○○中佐の講話中、印刷関係の人たちの班に一人卒倒するものがあつた」とあるが、「犠牲」（昭26・8）によれば、これは輸送指揮官の栗田中佐が大阪の連隊に集結した徴用員に向かっての第一声として「ぐずぐず言ふと、ぶつた斬るぞ」といったので、興奮のあまりに卒倒する人が出たのであった。この退役中佐は輸送船のなかで日本軍快勝のたびに、徴用員を「甲板に集めて東方を遥拝させてゐた」し、また、ことごとに徴用員を「反戦主義者」「非国民」と罵倒した。マライ上陸後、徴用員の一人は、州政府の司政長官になっていたこの指揮官を訪ね、「戦争といふものに疑ひを持つて来たと告白して」自殺したという（「犠牲」）。井伏鱒二は「怖い指揮官だと思つてゐた」ので、その腹心の徴用者にも用心して「なるべく口をきかないやうに警戒した」（「私の万年筆」昭23・12）というが、のち「遥拝隊長」（昭25・2）を書くとき、遥拝が好きで、反抗するとすぐ「愚図々々いふと、ぶつた斬るぞを」という恐しい言葉を浴びせかける主人公岡崎悠一の性格その他はこの指揮官から得ているという。このおぞましい体験を名作「遥拝隊長」に結晶させたということは、彼が現実に対して一見臆病すぎるくらいに身を処しながら、実は鋭く辛辣な目をもつ端倪すべからざる作家であったことを証明している。勿論、「南航大概記」には直接書かれていないが、輸送船の中では人間のエゴイズムがむき出しになり、その「軋轢」がたまらなかったともいう。その不愉快さの一端は「犠牲」（前掲）「戦死・戦病死」（昭38・4）に書かれているが、この仲間同志の軋轢は、のち「漂民宇三郎」（昭29・4〜30・12）において漂民同志の船内での陰湿な対立の場面に生かされる。すなわち、作家は「漂民宇三郎」のモチーフについて「徴用で戦地に行くときの、仲間の軋轢がたまらなかった。その気持の憂さばらしをしたいつもりで書きました」（「昭和十年代を聞く」「文学的立場」昭45・9）と語っている。これも、戦後の井伏文学の飛躍と深化に従軍体験が決定的な影響を与えたことを証明する一挿話だ。

十二月八日の太平洋戦争開戦は香港沖の船上できいた。その日の「南航大概記」の記事は次の通りである。

朝六時、西太平洋で日・英米陸海軍、交戦状態にはいつたと報ぜらる。無電がはいつたのである。

甲板で宮城遥拝の式が挙行された。砲の心得のあるものは、船首の大砲のところに集まつて練習をはじめた。

午前十一時、空襲警報、間もなく解除。香港沖、百数十浬。今日一日が危険の峠と○○少尉が各班に通告してまはつた。

御詔勅が下つた。

ラヂオでニュースをききながら、みんな万歳を叫んだ。○○部隊長から、本船は明夕、海南島西南の○○港に寄航、待期(ママ)する予定と発表があつた。


国民大衆は勿論、多くの知識人もあの開戦を一種のカタルシスを含んだ強い感動と熱狂的興奮をもって受け入れたのだった。そのような雰囲気の中にあって、文学者が書いたおびただしい「十二月八日」の記録のうち、この「南航大概記」のそれは、簡潔ではあるが、もっとも冷静かつ客観的なもののひとつだといっていいだろう。しかも、魚雷や敵機に脅かされながら戦場にむかう緊迫した船中での記事であることを考えればその沈着な平常心は一驚に値しよう。もっとも、井伏鱒二とて完全に冷静でありえたわけではなかった。「私の万年筆」(前掲)によれば、開戦当日、船内で発行していた「南航ニュース」に回答文を求められ、当日は、激しい発熱と腹痛とのため、何も感じることが出来なかったという意味のことを書いた。その実「当日は底しれぬ大きな恐怖感にとらはれたが、そんなことを書くと物議をかもすにきまつてゐる」からであった。開戦後たちまち近眼がすすみ、白髪がふえたほどの「底しれぬ大きな恐怖」に耐えながらも、彼は作家としての自己を失わなかったのである。ただし、十七年二月十五日の項には「記念すべき吉日である。シンガポール陥落。午後七時十五分、敵は無条件降伏。内地のみんなの喜びが直ぐ近くまで追ひかけて来てゐる」とあり、「南航大概記」中ほとんど唯一の例外ともいうべき、戦果に対する感懐の表白がある。しかし、これとても、たとえば志賀直哉の「シンガポール陥落」（昭17・3）の熱狂ぶりには比すべくもないだろう。

さて、一行はタイのシンゴラ港に上陸、ついでマライに入り、日本軍進撃の直後を追うようにして半島を南下して行くのだが、その途上ではなまなましい激戦のあともしばしばみるのである。「南航大概記」の十七年一月十八日の項には次のようにある。

> 午前九時出発、ジョホール州境のゲマスに到着。小さな町である。町の入口に激戦の跡、歴然としてゐるのを見た。路傍の小高い崖の上に戦没将兵の墓標が並んでゐた。路の両側には芝生とコンクリートの境のところに、布切れや手拭や木の葉が綿のやうになつて風に吹き寄せられてゐた。擬装の椰子の葉も紙のやうに薄く踏みくだかれてゐた。乱闘の跡とうなづかれる。人が踏みしだき戦車が押しつぶし、あらゆる物質がまるで灰色の綿となつてゐる。（引用者註・この場面はよほど印象的であったと見えて、「ゲマスからクルーアンへ」にも、戦後の「戦死・戦病死」にも同様の記事がある。）

マライでの見聞は、「遥拝隊長」にもっとも多く使われている。たとえば「南航大概記」十六年十二月二十八日の「湿地や草原にも砲弾の跡があつた。或る湿地に一つ大きな砲弾の跡があつて濁れ水（ママ）がたまり、それに水牛がつかつて頭だけ出してゐた」という風景は、「遥拝隊長」のマレー戦線の場面で生かされ「ところどころ、原つぱに爆弾の落ちた跡が大きな穴ぼこを拵へ、それに濁り水がたまつて、不図した池をつくつてゐた。その濁り池の一つに、水牛が二ひき仲よく浸かつて首だけ現はしてゐた。その片方の水牛の角に、白鷺が一羽とまつてゐるのが見えた。水牛も白鷺もじつとして、これらの鳥獣は、工兵部隊の架橋工事をうつとりして眺めてゐる風であつた」となっている。「南航大概記」の砲弾の跡と水牛との対照は、「遥拝隊長」においてはいっそう意識的かつ象徴的に、水牛が「二ひき仲よく」砲弾池に浸っており、しかもその角に「白鷺」までそえて、それらが、爆撃でこわされてその日二度目の「工兵隊の架橋工事」を「うつとりして」眺めているというように文学的な浮彫りが加えられていることがわかる。一方、十七年一月八日の項には「沿道所見―郷土部隊に逢ふ―」という随筆が挿入されている。爆弾あとの瓢箪池の傍らで二人の兵隊が「こりや、大きな池ぢやのう。ちつぽけな橋を毀すのに、五十キロの爆弾を雨あられと落しとる。まるきり、贅沢なことをするやつぢやのう」「いや、必ずしも贅沢ちゆうわけではないからのう。なぜかといへば、兵隊の撃つ一発の弾丸は金高から云ふと、なかなか高いものについとるからのう」「それなら、尚ほさら贅沢なことをしてをるわけぢや」というようなのんびりした、見方によっては反戦的とも厭戦的ともとれる会話をしているところをスケッチしたもので、「ゲマスからクルーアンへ」にもこれとほぼ同内容の記事がある。ただし、後者では宣伝班一行の車の助手台にいた兵隊が「五十キロぐらゐの爆弾を、十発近くも落してゐるでせう。溝川の橋を毀すにしては、ずゐぶん贅沢なやりかたですね」といったことになっている。それが「遥拝隊長」においては、友村という上等兵が原っぱの爆弾池をみて「贅沢なものぢやのう、戦争ちゆうものは」といったために主人公の岡崎隊長から殴られ、そのとたんに乗っていたトラックが動いたので川に落ちてあっけなく死ぬのである。戦争は「贅沢」だという、きわめて素朴な庶民的反応が、ここでは期せずしてそのまま反戦的な言辞としてうけとられている。実際、これは戦争中に一般的であった国家主義的意識からまったくはみ出す発想というべきであって、その部分に引続いて、負傷した遥拝隊長を運ぶ担架兵が「あれを見い。マレー人が、わしや羨やましい。国家がないばつかりに、戦争なんか他所ごとぢや。そのうのうとしてムクゲの木を刈つとる」といって「無茶、こくな。重営倉ぢや、すまんぞ」と、その相棒にたしなめられるところがある。それはさらにその後の「黒い雨」では被爆死体処理の担架兵が「わしらは、国家のない国に生まれたかったのう」と嘆くことばにつながっている。マレーでの戦争体験が「黒い雨」の力業をなしとげる原動力になっていることの一証左である。こうしてみると明らかに戦争批判の意図が秘められていたはずの「沿道所見」というエッセイを、井伏鱒二は十七年二旬上旬、クルーアンで陣中新聞「建設戦」（未見）に投稿している。これとほぼ同文と考えられるものが、新全集第十巻に「敵弾が作つた池のほとりにて」（「写真週報」昭17・3・11）として収録されている。用心深いがしたたかな抵抗精神というべきであろう。とぼけた表現の中に潜められた面従腹背的抵抗意識はマレーやシンガポールの現地民たちが日本軍に示したそれとほとんど同質のものでもあったはずで、その意味でも井伏鱒二は戦地においてもつねに被害者の庶民の位置に身をおいていたのだ。

三

「南航大概記」を読むものは、この日記が「さざなみ軍記」（昭5〜13）に似ていることに気づくにちがいない。これは井伏鱒二自身を主人公にした一種の「逃亡記」である。敗走するものと進攻して行くものとの相違はあるが、そこに働く作家の目はまったく同質であるといってよい。戦乱という異常事を自己抑制のきいた平常心で描いている。現地の民衆に接する態度も決して彼らを支配しようとする加害者のものではない。そして、また、瀬戸内海の土民もマレーやシンガポールの住民も、力ある者に対しては一様に恐懼し、時には卑屈に阿諛するようにみえてその実決して心から服従することはないのだ。

「南航大概記」は、戦争のなまなましさの記録よりも、異国の風俗や自然の観察に特色がある。それは、本国において作家がこれまでしばしばみせた山村避地の風俗や自然への興味の寄せ方とまったく変らない。「南航大概記」の井伏鱒二は、新しい土地に移動するたびにまずその山川草木を観察し、記録している。そうすることによって自己をとりまく状況を相対化し、平常心を保持しようとするかのように。「南航大概記」のシンガポールにおける十七年三月七日の記事を引いておこう。

朝から雨。珍らしく朝から雨が降る。宿舎の雨漏りがひどいので、同じ濡れるなら戸外で濡れる方が不自然でないと思つたので、防水の上着を着用し、英語辞書を持つて植物園に行く。ブツサウゲのいろいろの種類の花が咲いてゐた。赤、桃色、白、絞り、八重、風鈴ブツサウゲ。印度ソケイは、赤い花と白い花と二種類ある。いつかシンゴラの街路で見た大きな木は菩提樹であることがわかつた。大阪天王寺にある菩提樹はリンデンバームのリンデンであらう。もし事実さうだとすれば、シンゴラや昭南の菩提樹はシユーベルトのではなくてお釈迦様の菩提樹だらう。辞書で見ると、印度菩提樹と訳がついてゐる。葉の先きが細く糸のやうに突き出して、見る目に爽やかな感じである。そのことごとくの葉の先きから雨滴が落ち、何ともいへない風情を見せてゐた。雨にぬれてもデング熱にさへかからなかつたら、先づ大清遊をしたといへるだらう。

異郷の自然は作家の渇ききった心にしみとおる。やがて、このシンガポールで書き始める小説が「花の街」と題されるのも自然のなりゆきであった。

「昭南日記」は現地から送られて、「文学界」に掲載されたもので、昭和十七年六月十七日から七月九日までのうちの十日分の日記である。冒頭に「余談の範囲内で終りたい」とあるように、この日記でもつとめて公務以外の日常の瑣事や現地の風俗に観察の目を限定しようとしているふしがある。一方また「純文学の孤城を守るつもりである」という太宰治からの便りや、七月三日、長兄の死の知らせを受けとったときなど一部の例外をのぞけばやはり私的感情の表白も抑制しようとしていることがうかがわれる。「十七年七月下旬ころ」の七月二十三日の項には「今日は二人の甥と姉から手紙が来た。しかし内地から来る手紙のことは、もう日記には書かない方がいいやうに思ふ」などとあって、できるだけ心の動揺を避け、平静な観察者に徹しようとしていることがわかる。

さて「人に対して可能な限り遠慮した」はずの井伏鱒二が従軍中に犯した失態が「悪夢」（前掲）という文章に書かれている。彼は宣伝班の事務所を巡察に来た山下奉文将軍に敬礼をしそこなって散々叱咤されたのである。「悪夢」にはその時のことを次のように書いてある。

> 山下氏は地団駄を踏み「徴用員も軍人だ。宣誓式をすませた上は軍人だ。軍人は礼儀が大事だ。無礼者。のそのそとして、その態度は何だ。これだけ云つても、わからぬか。わかつたか」と怒鳴った。私は一度に途方にくれ、ただ許してもらひたい一心で「はい」と答へた。山下氏は私を擲ることだけはしなかつたが、ちようど上等兵が新兵を叱りとばすときのやうに、癇癪だまをまる出しにした形相と弁舌で、ながながと私を叱りつけた。ときどき私は「はい」と答へてゐたが、その自分のなさけない声は私の長男の声にそつくりであった。私が長男を叱りつ

けるとき「はい」と云ふその声である。さう思ふと尚さら私はなさけなくなつた。

これが満四十四歳の作家の体験であることを思えば「悪夢」としか呼びようのない惨めな思い出であろう。理不尽な権力によって遠い異国に拉致されて来て、かかる「悪夢」のような屈辱を強いられた彼は、まさに彼自身の小説中の庶民たちの運命を生きつつあったといってよい。しかし、同時にやはり彼は作家であった。右の文に引続き「後日、私は「二つの話」といふ髷物小説を書く際に、このときの山下氏の態度と云つた言葉をそのまま借用した」とつけ加えている。戦後いちはやく発表された「二つの話」（昭21・4）は甲州疎開中の「私」が泣き虫の疎開児童二人を連れ「過去の歴史のなかをそこかしこ漫歩して、せめて二人のものに、秀吉や新井白石の風貌を、垣間見にでも見せてやらうといふ仕組みの物語」で、苛酷な現実からの離脱の願望を秘めた自由奔放な空想小説である。山下氏の言葉と態度を借用しているのは、秀吉の時代に逆行した「私」が聚楽第に奉公していて不用意に禁を犯し、関白秀次とおぼしき「堂々たる態度の人」に散々に叱責され、斬罪に処せられそうになる場面である。

果して、堂々たる態度の人は、蛮声を張りあげて私を叱りつけた。よく駄々つ子が泣き喚くときのやうに地団駄を踏みながら喚くのである。

「無礼ものめ。武人は、礼儀が大切だ。軍規を重んずることが、大切だ。それを知らぬか。卑賤の分際をもつて、この有様は何ごとか。（中略）」

その声は部屋ぢゆうに反響を起し、かへつて明白にききとれなかつた。これは確かに私の大失態であつた。まだ私は武人とまでは行かないが、きつと斬られるのだと思つた。卑賤のものを叱るのに、地団駄を踏むやうな大将には、寛容の心など期待できないのである。（中略）

「武人は、礼儀が大切である……」

その人はまた同じことを怒鳴つた。この人はこの言葉が好きなのだらうと想像されたので、私はまた怒鳴られるのを警戒して「はい」と答へた。ところが「はい」と云つた私の声色が、恰度、弁左が私に叱られて「はい」と泣き声で答へる声にそつくりであった。私はそれが情けなかつた。

これは井伏鱒二という作家が体験をいかに文学化するかを示すひとつの例である。単に「山下氏の態度と云つた言葉をそのまま借用した」だけの問題ではない。一見空想を楽しんでいるように見える作品の背後にある作家の苦い現実憎悪をのぞきみる思いがする。現実から逃亡して過去の世界に逆行してみても「無礼者」と地団駄踏んで喚く声はどこまでも聞こえて来るのである。

以上とりあげた文章のほかにマレーのクルーアン郊外における挿話「アブバカとの話」と「昭南タイムス発刊の頃」を加えるとほぼ入隊以来の井伏鱒二の従軍生活の全容を知りうるのだが、それらに共通しているのはできるだけ距離をおいて戦争を対象化しようとする観察者の態度であり、平常心に徹することで冷静な認識者たろうとする姿勢であるといっていいだろう。そのことを可能にしているのは、井伏固有の文体にほかならない。それはのち創作集『侘助』（昭21・11）の後記において敗戦前後の混乱の中では「自分の貧弱な空想でまとめた物語などよりも、庶民の一人として経験する実際の記録の方が、文字として幾らか価値があると思つて」絵入りの日記だけを書き続けたといっているのと同じような決意の実行であったろう。「或る少女の戦争日記」と「待避所」は日本軍空襲下における現地人少女の日記の抄訳で、これも被害者の側に立とうとする意志のあらわれであるにちがいない。そしてこの少女の運命はやがてそのまま日本国民の運命となるのである。

四

小説「花の町」ははじめ「花の街」という題でシンガポールで執筆、昭和十七年八月十七日から同年十月七日まで、「東京日日新聞」と「大阪毎日新聞」に五十回にわたって連載して、十八年十二月、文藝春秋社刊『花の町』に収められるに際し、現行のように改題された。主として、井伏鱒二自身を思わせる木山喜代三ほか日本軍宣伝班の人々と昭南日本学園生徒ベン・リヨンの一家とののどかな交渉を描いたものである。おそらくは考えられうる最悪の非文学的条件のもとで書かれたものであるが、戦争のもたらす荒廃の影がまったく落ちていない点で稀有の佳作である。寺田透は「この作品には、これが、戦争中書かれたすべての文学作品のうちでもつとも堅固で、もつともいさぎよいものではないかと思はせる、情感の統一といふものがある」（「井伏鱒二論」昭23・3）とのべている。ベン・リヨンの母である中国人寡婦アチヤンの危うい心の傾斜を描き出す作者の手つきが「恐ろしく清潔」（寺田透）であるのは、作家のきびしい自己抑制によるものである。占領地での従軍生活というものはおそらくいかなる人間にも一種の精神的頽廃をもたらさずにはいないものだろうが、井伏鱒二はついにそのようなものとは無縁であった。マライ人や中国人の風姿を描く作家の態度はかつて「朽助のゐる谷間」の谷本朽助や「丹下氏邸」の丹下亮太郎氏や男衆を描いたときとほとんど変らない。実際にはまだなまなましい空襲の跡も残っていたはずの占領地を舞台にしながら、それとはまったく逆に「花」によって象徴されるような平和がこの作品の基調になっている。新聞連載に先だっての「作者の言葉」には「私はこの市内における或る長屋の或る一家族の動きを丹念に描写して、疑ひなくこの街の平和を信ずる市民のあることを知る一つの資料としたい」

と漲るアジヤ民族興隆の姿を描破した従軍作家の最初の巨弾」という大仰な表現と対照的である。勿論、この作品に戦火の跡が描かれていないわけではない。作中、木山と日本の軍曹が寡婦アチヤンとともに日本軍の砲弾跡の穴に投げ込まれた「屈託なささうな、あどけない感じの匂ひ」をもつチヤパカという花を見るところがある。アチヤンは薄明のなかに楚々たる姿を見せて立ち、折り取った花の枝を木山の鼻の先に近づけていう。

「この花の匂ひ……そしてこの地面の穴は、砲弾の跡でございます。日本軍が二月十四日に、ブキテマからカセイ・ビルを撃ちました。しかし今日は、誰がこの穴にこのチヤパカの花を投げ込んだのでございませう。」

穴の中には、底の方に溜り水が見え、木の枝をどつさり投げ込んであつた。なるほど、あまい強烈な花の匂ひがする。栗の葉のやうな形の葉の附根に、白魚みたいな花弁を持つた花が咲いてゐる。それが幾つも幾つもほの白く見えてゐた。

荒涼殺伐たる砲弾跡と甘く匂う白い花との組合せは、先に見た「南航大概記」の砲弾池と水牛の取合せを思い出させるが、作家が意識的技巧的に戦争と平和を対照させたというよりは、むしろこの作家に固有の資質が、戦場においてさえ、いやそのような非日常的な場所であればあるほど山川草木、鳥獣虫魚、庶民的風俗におのずから目を向けさせるのだといった方が正しいのかもしれない。その意味では「花の町」は占領下のシンガポールの忠実な写実とはいえないだろう。井伏鱒二自身は日本軍によるシンガポールにおける大虐殺も随所で目撃しているのである。のち、シンガポールでいちばん印象に残ったことを問われて、「植民政策ということにぜんぜん考慮がはらわれていなかったことです。（中略）日本のやりかたでは、あれじゃもちこたえられないですよ。」（前掲「昭和十年代を聞く」）と強く断言しているのを見ても、シンガポールに「平和」だけを見ていたのではないことがわかる。「花の町」執筆の動機について「徴用で外地へ来てしまったので、内地で心配している家人に、呑気にやっていることを知らせたかった」（伴俊彦「井伏さんから聞いたこと　その四」『井伏鱒二全集』月報6　昭40・2）と語っていることも意図的に「呑気」で「平和」なシンガポール風景を描いたことを裏付けるものだろう。かくして「花の町」は戦地で執筆されたにもかかわらず、井伏鱒二の戦争に対するみごとな不在証明になりえている。その他「紺色の反物」と「借衣」は帰国してから、シンガポールの体験に潤色を加えて書いた軽い短篇で、いずれもやはり現地風俗の観察を基調にしている。

五

昭和十八年には他に小説として「ひかげ池」（昭18・5・13〜7・31）「御神火」（昭18・6〜8）「猿」（昭18・9）「吹越の城」（昭18・10）「布山六風」（昭18・12）「鐘供養の日」（昭18・？）がある。それらを一瞥しておこう。

ところで、井伏鱒二には先にのべた漂流・流離（「ジヨン万次郎漂流記」「さざなみ軍記」「漂民宇三郎」）への興味とともに、孤島（「言葉について」「シグレ島叙景」「青ケ島大概記」「隠岐別府村の守吉」「薬師堂前」）や辺境（「へんろう宿」「南島風土記」）、そして谷間（「山椒魚」「谷間」「朽助のゐる谷間」「増富の渓谷」「山峡風物誌」「柴芽谷部落」）などの住人への根強い関心がある。おそらくは中央の文化から隔絶された辺土での生活に庶民的な生の本質的なあり方を見ているのにちがいない。創作集

『丹下氏邸』（昭15・2）の「序」には「外国人が日本人を知る近路は、日本の小さな島を見物することだといふ人がある」ということばが書きこまれている。「御神火」は昭和十八年六月十三日から同年八月一日まで「週刊少国民」に連載された。昭和十五年七月十二日の三宅島噴火に取材した作品で、古くからの知人浅沼悦太郎氏から得た資料によっている。井伏鱒二は早くから三宅島に興味を持っており、すでに「三宅島タイメイさん」（昭12・7）、「三宅島所見」（昭12・10）、「三宅島噴火の当日」（昭16・5）などのエッセイがあり、戦後も三宅島を舞台にした歴史小説「薬師堂前」（昭27・5）を書いている。

「御神火」は堅固な文体を持った作品である。すでに井伏鱒二は「青ケ島大概記」（昭9・3）で数度にわたる大噴火の下で「ただ虫のごとく素直に辛抱づよ」く生きる庶民を書いているのだが、「青ケ島大概記」の場合と同様に、この「御神火」に描かれている、噴火という巨大な天災の下で右往左往して逃げまどう島民たちの姿は、歴史の波動に翻弄されて生きることを強いられる庶民の象徴であり、それはそのまま、やがてはじまる本土空襲下の日本庶民の運命を予告しているばかりでなく、「黒い雨」に描かれる原爆の「阿鼻叫喚地獄」の予兆にさえなっている。特に噴火の描写は質的にほとんど「黒い雨」の原爆の描写に直結していると思われる。

五六人で抱へてもまだ余るやうな火の柱が、何十丈もの高さに立ちのぼつてゐる。

「これは、噴火だ。おういおうい、広瀬、ここへ逃げて来いよう。」

泰明さんが叫んだ。その声を消した地鳴りは、火柱の噴き出す光景に一層の凄みを添へてゐるやうであつた。また大きな地響きがして、火柱の根元から黒い煙が噴き出した。同時に、もう一本の火柱が噴き出した。これは、斜に噴きあげる火柱であつた。

爆音がまた轟いた。藤五郎は口惜しさうに地だんだを踏みつづけ、海岸の方を指さした。その方角には、赤場暁湾の海面に電光がひらめいた。ちやうどガソリンが爆発したやうに海面に火焔がひらめいて、黒煙が立ちのぼつた。赤場暁の岬の端が崩れ落ちた。

「黒い雨」のそれにも連なるこの描写に先のシンガポールでの体験が投影しているのはほぼ確実だと考えられる。「或る少女の戦争日記」（前掲）のあとがきの部分に、シンガポール陥落の日、日本軍の攻撃によって英軍の石油タンクが燃上するのを遠望したことが書かれている。私見によれば、「青ケ島大概記」の噴火の記述とともに、この光景の記憶は「御神火」の爆発の描写（「ガソリンが爆発したやうに」という表現もみえる）、ひいては「黒い雨」のそれの原型となるものである。

ジヨホール水道を隔てた対岸に、三箇所から石油タンクの燃える煙りが立ちのぼつてゐた。左手のセレタ軍港の石油タンクの煙が最も壮大であつた。煙りの巨大なる塔が空の黒い雲を突きぬけて、それよりも高く立ちのぼつてゐた。富士山が雲表にそびえる、それよりもまだ高いやうに思はれた。風に流されることもなく、上層に至るにしたがつて左右に大きく拡つてゐる煙りであつた。夜になるとその煙りの根元から、めらめらと火柱が立つてゐるのが見えた。ときたま鈍い爆音がきこえると、新しく大きな火柱が立ちのぼり、忙しく煙の渦が巻きあがるのであつた。

「黒い雨」における爆発の瞬間や原子雲の描写はもはや引用するまでもなく凄絶をきわめるものであるが、主人公の姪矢須子の日記に「煙は上空たかく昇って、上になるほど大きく広がっていた。私はいつか写真で見たシンガポールの石油タンクの燃える光景を思い出した。日本軍がシンガポールを陥落させた直後に写した写真だが、こんなことをしてもいいのだろうかと疑いを持ったほど恐ろしい光景であった。」と書かれており、青ケ島の爆発も含めて、シンガポールの石油タンク燃上、三宅島噴火、広島の原爆が作家のイメージの中で重なり合っていることは間違いないだろう。しかも、このうち井伏鱒二自身が実際に目撃したのはシンガポールの石油タンクの燃上だけであるはずだから、「青ケ島大概記」でいわば想像的に描いた爆発をシンガポールで実地に体験し、ついで帰国後執筆した「御神火」にまずその体験が文学的に形象化され、その「御神火」の文学的達成が、やがて「黒い雨」の描写を生み出す一素因になったとする推定は根拠のないことではあるまい。日本軍の空襲におののくシンガポールの民衆も、噴火に脅える三宅島の島民も、原爆の犠牲になった広島の庶民も、作家は同様に内に深い同情と痛恨の思いをひそめながら描いているのだ。戦争という人災も噴火という天災も無知無力の庶民にとっては如何ともしがたい御神火のごときものであって、ただ「御神火様。どうぞお助け下さい」「勘弁してくれ」と地に伏して祈るしかない。「御神火」の最後は次のように結ばれている。

「や、また山が弾ぜます。」

と炭焼きがいつた。押しつまつていくやうに連続的に地鳴りがきこえ、それに続き、はたしてまた大きな爆音がとどろいた。

「旦那、まだ地面の底は、勘弁してくれないんでせうか。もういいでせうになあ。」

と炭焼きがいつた。泰明さんはその炭焼きの心ぼそげな様子を見て、もし誰かが「祈れ」と号令をかけるなら、この炭焼きは地に伏して祈るかもわからないと思つた。

戦後の「二つの話」の中でも、疎開者が東京目黒の大空襲を甲府から遠望して「おや凄い、また光つた。頼む、勘弁してくれ、もう勘弁してくれ。」と叫ぶところがある。「黒い雨」では一人の女の被爆者が両手をクラゲ雲の方に突きだして「おおい、ムクリコクリの雲、もう往んでくれえ、わしらあ非戦闘員じゃあ。おおい、もう往んでくれえ」と繰り返して金切声を張りあげているところがあった。いずれも「御神火」の発想や表現と通い合うものである。以上のことから、次のように断じることが許されるだろうか。戦後の四十余年を貫く井伏の堅固な文体と、現実認識の方法・姿勢は、戦争と疎開という流離の体験によって確乎たるものになったと。

このように「御神火」には、巨大な運命の下に苦しむ庶民一般の象徴を読みとることができるが、作家は果してどこまで意識的であったのだろうか。問うまでもなく彼は意識的であった。たとえばここに「吹越の城」という作品がある。「戦ひの意義を悟らぬ大将といふ評判」の武田勝頼のために、吹越の城に孤立させられ、窮地に陥りながらも、最後まで悠揚として迫らず、いさぎよく死地に赴こうとする流浪の侍たちの姿を鷗外を思わせる簡潔な筆で描いた佳作で、これも一種の流離の文学といえる。そして、この流人たちのあり方には、戦争の犠牲になった兵卒や庶民のことが仮託されている。戦後、井伏鱒二はこの作品の意図について次のようにのべている。

そのころ私は甲州へ疎開する準備にそろそろ着手してゐたので、甲府へ連絡に行つたついでに甲斐史料誌や武田の軍記類などを古本屋で買つて来て読んでみた。その結果として私は、武田勝頼のがむしやらと焦躁の犠牲になつた兵卒足軽に同情の念を感じるやうになつて来て、その思ひは時代こそ違つてゐるが戦争の犠牲にされて行く無数の生命人格に対する哀惜の情に通じるものがあると考へた。私はこの哀惜の情と詠嘆を、吹越城内の流人たちの起居行動を写すことに託し、しかし現はすよりもひそめておくやうな心持で書いた。(『まげもの』あとがき)

作家は、シンガポール従軍のときの輸送指揮官や山下奉文将軍に「武田勝頼のがむしやらと焦躁」

と同じものを見ていただけでなく、おそらく無謀な戦争をおしすすめる日本の指導者や権力者一般を「戦ひの意義を悟らぬ大将」と思っていたはずである。井伏鱒二はそのような時代批判や「戦争の犠牲にされて行く無数の生命人格に対する哀惜の情」を、いつも「現はすよりもひそめくおくやうな心持で」書くので、よほど注意深く読まないと作品にこめられた批判や諷刺の意図は見落してしまう。この方法自体が、庶民が権力に対するときの常套である面従腹背的抵抗につながるものである。

戦争下の日本には真の意味で抵抗文学の名に値するものは存在しなかったかもしれない。仮りに存在したとしても、「大東亜戦争」が単なる日本の一方的な侵略戦争でなかった以上、国家存亡の危機にあって「抵抗」だけが唯一絶対の作家的誠実のあり方であったとはいえないかもしれない。しかし、便乗的な国策的御用文学の横行する中にあって、彼流の「現はすよりもひそめておく」やり方ではあっても、井伏鱒二はともかくも「抵抗」と呼ぶに値する姿勢を示した少数の作家の一人であると考えざるを得ない。彼はそれを歴史の被害者である庶民の側に身をよせることによってなしとげたのだが、彼はまた、自分がついに庶民ではありえぬという心の痛みも感じていたはずで、その痛みを逆に根強い抵抗のばねにしていたといえるだろう。そこに描かれる「庶民」は、もはや「朽助のゐる谷間」の庶民でも「多甚古村」のそれでもない。

六

「鐘供養の日」は、戦後、花田清輝・佐々木基一・杉浦明平編の『日本抵抗文学選』（昭30・11）に収められた。この作品はほかならぬ軍隊慰問雑誌「陣中読物」（昭18・11ごろ・未確認）に発表されたものであり、作家が果して明確な「抵抗」の意識をもって書いたかどうかは、一読してにわかに判定しがたい。しかし、一方この作を虚心に再読するなら、素材そのものの戦争協力的内容にもかかわらず、結果として戦争への無言の「抵抗」になっていることも否めないのだ。もっとも、この作品は、戦後の『井伏鱒二選集』第四巻（昭23・11　筑摩書房）で、大幅に改稿されており、右の書もその本文を用いている。本論では『御神火』（昭19・3）所収本文（新全集）によった。

備後の竜禅寺では梵鐘供出にあたってその供養の式を行なうことになり、当日は式順に従って住職の読経その他が終ると、檀徒総代の高田さんが、次のような「祝辞」を朗読した。

今や大東亜戦争ますます苛烈を加へ、忠勇無比の皇軍将兵はるか遠征羇旅の空にありて苦闘奮迅す。御稜威のもとその武勲いよいよ燦然光輝あり。銃後の民また全能を動員し、前線将士の敢闘に応へんと期す。このときにあたり竜禅寺の梵鐘ならびに仏具、軍事機材の資たるべしと晴れて応召す。梵鐘仏具、ひとしく吾人の同志なり。今、これの勇躍義に赴くや、去つて再び帰らざるなり。吾人その壮挙を祝し、朝に夕に聞き慣れたる鐘声に別れを告ぐ。すなはち供養の式を荘厳し、最後に響く鐘の音を耳にとどめんとす。梵鐘仏具、もとより霊なきにあらず、往きて国難に殉ぜよ。

これだけでは、いかにも型どおりの銃後の敢闘精神を鼓舞する格調高い祝辞であるが、さて最後の打鐘の段になってみると、住職をはじめ参列の人々の顔に「当惑の色が現れ」るのである。前日に勤労奉仕した人々の手落ちですでに鐘は取りおろすべく井桁に固定されてあり、余韻をひいて鳴るべき鐘は「コツンコツン」と音がするだけだった。それは「最後に聞く鐘の音として残念なものにちがひなかつた」が、鐘声を聴く参列者はみんな「寧ろ感動の色を顔に浮かべて」をり、「コッンコツン」とくりかえされるたびに「嗚咽の声」さえ拡がって行った。格調高い「祝辞」とこの鐘の音との落差に注意したい。雁字搦めにされた鐘の発する無慙な音は、見方によれば戦争体制に縛られた庶民の苦悶の声にも似ている。「朝に夕に聞き慣れたる」鐘は、いわば庶民の平和な日常生活そのものの象徴のようなもので、「霊なきにあらず」ともいえよう。だからこそ、参列の檀徒の顔には「感動」の色が浮かび、「嗚咽の声」はしだいに拡がって行くのだ。これをしも、戦争協力の感動的逸話とするには、手がこみすぎている。ここに作家の「抵抗」を読みとるのはおそらく誤りではあるまい。平常心という堅固な感情の次元に認識の根を固定することで、きわめて戦争協力的素材を無言の戦争批判に逆転している。作家は反戦をモチーフにこの小説を書きはじめたのではなかったかもしれない。発表誌が軍隊慰問雑誌「陣中読物」とされていることをもういちど想起しておこう。作家としてはもっと素朴に子供のときから、朝な夕な親しんだものが「国難に殉」ずるためとはいえ、縛りあげて猫車にのせ「寺の裏門から曳き出されて行」くような時代の侘しさを書こうとしたのかもしれないが、そのような庶民の日常的生活感覚に密着しようとする姿勢そのものがおのずと作家を「抵抗」に導いたといった方がより正確であろう。だからといってこの作家が「抵抗」という点で無意識であったとするのはあたらない。井伏鱒二という人が、従軍中、陣中新聞に投稿したエッセイを「遥拝隊長」の中に反戦的モチーフをもって復活させ、シンガポールでの日本軍による石油タンク爆破を「黒い雨」にまで昇華せしめ、従軍中の「悪夢」のごとき体験を「二つの話」に諷刺的に生かし、「吹越の城」の流人に、無能な指導者の下で無意味な戦争を強いられる民衆の姿をひそかに仮託することをやってのける作家であることを思えば、「鐘供養の日」という作品の意図が単なる感傷的挿話を滑稽めかして書くことにあったとはどうしても考えられない。井いるのである。

伏鱒二が「幽閉」というきわめてすぐれた寓意小説で出発した作家であることもわれわれは知って

この作品の後半で、高田さんと住職が駅に集められた梵鐘の銘や願文を読んで行くところがある。「法弘寺大梵鐘」とある鐘には「末代に若し一朝国難ありて干戈調達の要あらば、当梵鐘、緊急その奉公に応ぜしむべし。以て違背することとあるなかれ」という願文があった。この「鐘供養の日」にもっとも早く着目し、「戦争の非人間的効果を人情の側面からではあるが、暗示している作品」としたのは沼田卓爾（『井伏鱒二作品集』第二巻「解説」昭28・3）であったが、沼田はこの鐘銘は作家の用心深い擬装であり、「この結末の甘さは、今日的な目からみれば、明らかに妥協であり、一つのきずとなっている」と評している（沼田文も戦後の改稿本を用いている）。正しい指摘であろうが、この結末にさえ、一種の時代諷刺を読むことができるとも考えられる。この鐘の鋳造された明和年間について、高田さんは「幕府の田沼意次が、失政を重ねてゐた時代でして、賄賂と饗応が大流行、寄合芸者といふのが盛んで、世を挙げて野卑に成りさがつてゐた時代です。田沼意次は、明和四年に老中になつてゐますから、漸く彼に失政の油が乗らうとしてゐた時代ですね。」と説明する。この高田さんのことばは戦争末期の日本の悪政や異常な世相を暗に示していないだろうか。明和年間、すなわち「後の天明調といふ下司な趣味の生れる下地をつくつてゐた時代」の作であるにもかかわらず、この鐘が「古雅」で「素朴な風韻」をもっているのは、「鐘の鋳型師がその時代の当世流行に感染しなかつたのかもしれませんね。それとも、鋳造を依頼した人に、一見識あつたのでせうか。」と高田さんは語る。ここに、世を挙げての熱狂的な戦争体制の中でひたすら自己を失うまいとする作家のひそかな願望をみるのは、それほど不当なことではないだろう。野卑な「当世流行に感染しなかつた」鋳型師や、世俗に超然として「一見識あつた」依頼者に引き比べて、高田さんと住職が自分たちは「面目ないことだといふやうにお互に頭をかいた」のは、いうまでもなく今日の鐘供養のなさけない始末を恥じているわけであるが、おそらく作家はこの「結末」に、戦争下の悪気流の中でそれに超然とできない己れの卑少さへの自嘲を含んだ嘆きとともに、ある意味で「野卑に成り下がつてゐ」る戦争下の「当世流行」思想への精一杯の皮肉をこめている。戦後の「侘助」（昭21・5、6）では、「生類憐みの令」の時代をはっきりと戦時下の日本に擬して批判的に描いていることをこの際想起すべきだ。なお、井伏にはつとに「鐘の音に関する研究」（「あらくれ」昭8・5〜7）のような文章があるように、鐘の音への関心があったようで、この鐘供養のエピソードは、奥多摩の養魚場を舞台にした「ひかげ池」にも出て来る。

「ひかげ池」と素材に重なるところがある「布山六風」は、語り手の「私」が、今は奥多摩檜原村に隠棲し、虹鱒の養殖をしている小学校時代の旧友で画家の六風に再婚をすすめに行く話である。寺田透はその「井伏鱒二論」（前掲）の冒頭でこの作品をとりあげ「人間の生活を、なんらかの自分の心懐に調和するやうに写しとり、それを、しひてひとの微笑をさそふやうな言葉の綾を用ひて、追究と批判をさけつつ技巧的な話術によつて語らうとしてゐる点で」一種の高級落語であるという「不満」をのべている。たしかに身につけた技術の範囲で、無難に井伏流の芸をみせたもので凡作といってよいかもしれない。ただし、この作品が昭和十八年末に書かれたということを考慮に入れるなら、戦争の影などまったく落ちていない時局離れした小説であるが、それだけにかえって、中央画壇から去って奥多摩の山中に隠遁している画家六風によせられている関心と同情は、作家自身の戦時下の心境ないし願望の反映であるとみてもさしつかえないだろう。井伏鱒二もこの作品を発表すると間もなく甲州に隠棲（疎開）することになるのである。

七

井伏鱒二は昭和十九年五月二十八日（本人は七月から）から二十年七月八日まで甲府市外甲運村の岩月方に疎開し、ついで広島県深安郡加茂村粟根の生家に再疎開して、そこで敗戦を迎え、引続き二十二年七月まで滞在した。生家もまた真に安住の場所ではなかったはずだとすれば、まさに三年余にわたる疎開という名の流離生活であった。十九年には三月に短篇集『御神火』を出したほかは、十数篇のエッセイの他に小説としては「防火用水」（7月、のち「防火水槽」と改題）があるのみである。この短篇は十九年五月の甲州疎開前後の挿話で、決して傑作というようなものではない。しかし、防火水槽などという家庭における戦時体制の象徴のようなものについて書きながら、戦争による生活の荒廃に対する作家の悲しみと孤独感がにじんでいるような作品である。まず井伏家の防火水槽代用品で林芙美子から洋行の「お土産」という奇妙な名目で貰った鉄砲風呂を、妻が甲州に疎開させてしまったいきさつにふれ、「風呂槽のなくなつた私のうちの風呂場には、横倒しになつた脚つきの簀のこが残り、セメント張りの流しは白く乾いて見る目にも味気なかつた」と書かれている。そこでその風呂場にやはり防火水槽代用にしていた水甕を運び入れ、その中に一ぴきの鯉を入れる。この鯉は妻が妊産婦用として配給をうけたもので、料理するのをためらっているうちに目に見えて痩せて行った。そして、今、この通風の悪い風呂場でついに死んで行く「不憫」な鯉は戦争下の大衆の姿に似ていないとはいえまい。また、この鯉が初期の短篇「鯉」（昭3・2）における青木南八の形見の鯉の後身だとすれば、鯉の死は井伏鱒二の文学的源泉が戦争によってついに枯渇してしまつたことを物語るものかもしれない。家族が疎開してしまって「残つてゐるのは私ひとりだけ」の家に、息子のなかよしの八百屋の子が「大助ちゃん、大助ちゃん」と息子の名を呼ぶ声がする。「もう大助のゐないことは八百屋さんの子供も知つてゐる筈なのに、急に遊び仲間の名前を呼んでみたくなつて呼びに来たのかも知れなかつた。私は鯉を掬つた手網を持つたまま、自分が風呂場の外に走り出て立ちすくんでゐるのに気がついた」のである。十数年来の隣人である上泉さん一家が疎開していなくなってしまった今の「私」の気持もこの八百屋の子供と変らない。さらに水甕をくれた鳶職のことや井戸浚えのときの思い出などが語られ、最後は「いま私は、もう一つの水甕と樽についてその説明をする時間がない。そんな説明をするひまに、水甕や樽に水をどつさり入れておくべきだといふ見方もある。」と、慌しい時勢への諷刺とも、感傷にひたっていることへの自嘲ともとれることばで結ばれている。落着きのない空襲下の現実は防火水槽にまつわる思い出にひたっている「私」の平常心をかりたて、疎開へと追いやる。結果としてこれが戦争末期の疎開・防空体制下の荒涼たる非日常的な世相への批判になっていると見るのは深読みに過ぎるだろうか。積極的な戦争批判の意図があったとまではいわないが、今ここでは、防火用水というきわめて時局的な、それ自体非文学的な素材を取りあげても、平常心に固定された井伏鱒二の感受性は、その水槽による防空体制の宣伝協力へと向かわずに、必然的に物そのものとしての水槽の手ざわりやそれをめぐる思い出へと赴かずにはいないていのものであることを指摘すればたりる。これまでも「抵抗」といってしまえば誤ることになるかもしれないが、抽象的スローガンや観念を決して信用しない即物的で日常的なリアリズムといってもよい。

先にもその一部を引いたが、戦後、井伏鱒二は創作集『侘助』（昭21・11）の後記で次のようにのべた。

敗戦の年――昭和二十年度には私は五枚の随筆を一つ発表しただけで、但し日記だけは殆んど毎日つけてゐた。その頃は、自分の貧弱な空想でまとめた物語などよりも、庶民の一人として経験する実際の記録の方が、文字として幾らか価値があると思つてゐたからである。しかし、私の日記は「絵入り日記」と自称するもので、いろんな出来ごとをたいていは絵に描いて少量の説明を加へておく記録である。

毎日つけていた記録が「絵入り日記」であったということは興味深い。「絵入り日記」は自筆スケッチの図版が付された「疎開日記」(「FEMINA」昭23・3)などにその一端をしのぶことができよう。ところで、右の文の「五枚の随筆」に該当するものは未確認である。二十年には前年からの連載である「九百三十高地」(「少国民の友」昭20・2)、マレー時代の思い出を書いた「ボタあたま」(「満洲公論」昭20・3)やある駅の疎開風景をスケッチした「ムカゴ」(「東京新聞」昭20・3・18)のほか、「文藝」の昭和二十年五・六月合併号に「里村君の絵」というのが掲載されているが、これは四百字詰原稿用紙にして二十二枚ほどのもので、目次には「小説」とあり、井伏流の随筆的小説である。他に「五枚の随筆」にあたるものが存在するかも知れないが、少なくとも「昭和二十年度には私は五枚の随筆を一つ発表しただけで」あるというのは井伏鱒二の記憶ちがいである。もっとも昭和二十一年一月の「新潮」に五枚ばかりの「消息」というエッセイが載っており、河盛好蔵はこれをその「五枚の随筆」にちがいないといっている(『井伏鱒二全集』月報7　昭40・3)。「里村君の絵」というのは、昭和二十年三月五日の「戦時版よみうり」に載った「作家里村欣三氏戦死」の記事を読み、かつての陸軍徴用員の同僚で、いろいろ世話になった里村の実直な人柄を彼の二枚の絵にことよせてしのんだもので、単行本には収録されていない。戦死の報に接したのは疎開先の甲州においてであったはずだが、「里村君の絵」によれば、井伏はたまたま猩紅熱に似た高熱の中でこの記事を読んで強い衝撃をうけ、発病後三日目には意識不明に陥って譫言に「海潮音とセブロクと、どちらが悲しいか……」と何度もくりかえしていったという。里村の「絵」とは、南方へ行く船上で彼が描いた「海潮音」という題の絵と、現地で描いた「セブロク」というあだ名の支那娘の似顔絵のことで、この二枚の絵をめぐって里村の風貌を浮かびあがらせている。痛恨の気持を秘めながら、感情に流されぬ飄々たる筆致である。

とにかく、二十年は右の四篇の文章以外に発表していないのであって、その点では、同じように二十年四月から七月末まで甲府に疎開し、ついで生家のある津軽に再疎開した太宰治が、二十年には前年執筆の『新釈諸国噺』（一月刊）をのぞいても、短篇一つと書きおろし単行本二冊（『惜別』『お伽草紙』）に加えて「パンドラの匣」を新聞連載しているのと対照的である。正確な月日は不明だが、終戦直後と推定される太宰治の井伏鱒二宛書簡には「御教訓にしたがひ、努めて沈黙し、人の話をただにこにこして拝聴してゐます。心境澄むも濁るも、てんで、そんな心境なんてものは無い、といふ現状でございます。まあ一年くらゐ、ぼんやりしてゐようと思つてゐます。」とある。これによれば、やはり生家に疎開して「庶民の一人として経験する実際の記録の方が、文字として幾らか価値がある」という考え方から作家としては一切沈黙し、「日記だけは殆んど毎日つけてゐた」井伏鱒二は、この愛弟子に対しても努めて「沈黙」し、心境の澄むのを待つようにという意味のことを書き送っていることがわかる。この意識的な「沈黙」は重要である。従軍体験とそれに続くこの「流離」の時期の現実凝視が二十一年以降の多くのすぐれた作品を生み出す源泉になるのだ。二十一年に入ると井伏鱒二は満を持していたかのように、「病人の枕もと」（1月）、「契約書」（2、5月）、「経筒」（4月）、「二つの話」（4月）、「侘助―波高島のこと」（5、6月）、「追剝の話」（7月）、「橋本屋」（11月）、「当村大字霞ケ森」（11月）などを次々に発表しはじめる。そして、読者はそこに、敗戦前まではその飄逸な温顔の裏に秘められていた井伏鱒二の苦々しい表情を含んだ素顔をみることになる。今や、彼はその辛辣な現実批判も「ひそめておくやうに」ではなく、はっきりと「現はす」ように書く。

敗戦までの井伏鱒二の歩みは、ナンセンス文学作家という不当な名称で文壇に登場した彼が、その粉飾と仮面をかなぐり捨てて真の自己自身になる道程であったといってよい。そして「二つの話」「侘助」「橋本屋」などの達成から「遥拝隊長」「黒い雨」へはもはや一筋の道であった。

戦後の変貌――太宰治の死まで

一

井伏鱒二と太宰治は、ともに昭和二十年八月十五日を故郷の生家で迎えた。しかし、その前後の両者の作家的姿勢は、太宰の多産、井伏の沈黙とまったく対照的である。太宰は、昭和十九年、二十年という困難な季節に、多くのすぐれた仕事を残した点で記憶されるべきだ。十九年には「津軽」と「新釈諸国噺」を書き、二十年は七月までに「惜別」と「お伽草紙」を完成している。彼の文学的生涯の実質的な頂点はここにある、とさえいえるかもしれない。この時期の太宰の特色を一言でいえば、根所としての故郷や伝統への回帰志向であろう。また、「パンドラの匣」（昭20・10～21・1）で出発した敗戦後の彼は、「便乗思想」的な民主主義論や戦争責任追求、あるいは「サロン思想」的文化国家論議などに対して、最も早く、最も激越な批判を加えた一人であった。同時に、戦後の太宰は、「倫理の儀表を天皇に置」いた「アナキズム風の桃源」（「苦悩の年鑑」昭21・6）を夢想する。これは、おそらく津軽の自然と共同体を背景に夢みられたものであり、「すべてを失ひ、すべてを捨てた者の平安」である「かるみ」の思想（「パンドラの匣」）が具現するはずの場所であった。しかし、そのロマン派風の回帰の夢も、所詮冬の花火のように滑稽で空しいものであることを思い知らされた彼は、「落ちるところまで、落ちて行くんだ」という「冬の花火」（昭21・6）の主人公数枝とともに上京し、「人間失格」への急坂を一気に駈け下ることになる。

敗戦直後と推定される太宰の井伏宛書簡（昭20・月日不詳）によれば、そのころの井伏は、この愛弟子に対して、混迷と饒舌の時期にあって努めて「沈黙」して過ごすようにという意味のことを書き送っていることがわかる。太宰は、この師の「教訓」に必ずしも忠実であることはできなかったわけだが、井伏自身は、敗戦前後の昭和二十年をほとんど「沈黙」して過ごす。井伏は、十九年五月から二十年七月まで甲府市外甲運村に疎開し、ついで広島県深安郡加茂村の生家に再疎開して、そこで敗戦を迎え、引続き二十二年七月まで滞在した。一方、太宰は、二十年四月、甲府に疎開し、同年七月末に津軽の生家に再疎開して二十一年十一月まで滞留する。太宰に比べて、井伏の疎開はほぼ一年早く、東京転入は八か月おそい。ここにも井伏の気質がよくあらわれている。十六年十一月から一年間、徴用で従軍し、「悪夢」のような体験をした井伏は、戦火をみこしたかのように、東京の初空襲（昭19・11）より半年も早く東京から離れ、かねてから親しんでいた甲州の自然の中へ退却したのである。彼は、この未曾有の混乱の時期を、田舎の自然の中にあってひたすら自己を「見る人」に化することでやりすごそうとしたのであって、安閑とした田園生活を楽しんでいたのではなかった。井伏の詩に「峰の雪が裂け／雪がなだれる／そのなだれに／熊が乗つてゐる／あぐらをかき／安閑と／莨をすふやうな恰好で／そこに一ぴき熊がゐる」（「なだれ」昭11・10）というのがある。それにかこつけていえば、「安閑」としているようにみえて、実は自分をのせて動くもの（自然や歴史）を見るもうひとつの目が井伏には備わっているのだ。

井伏にとって、敗戦前後の世相は、昭和初年のプロレタリア文学興亡期と二重うつしになって見えていたのではなかろうか。よく知られているように、昭和二年、彼の属していた同人誌「陣痛時代」の同人が井伏を除いて全員左傾し、彼だけが孤立するということがあった。仲間の再三にわたる説得・勧誘にもかかわらず、「左傾することなしに作家としての道をつけたいと思つてゐた」（「雞肋集」）井伏は、ながい間の不遇に耐え、自分の文学的資質が認められるのを辛抱強く待ったのである。このように右往左往の時代をくぐって来た彼は、観念的なものの危うさも、過剰な自意識や感覚的なものの脆さも知りつくしていたといえる。

戦後、創作集『侘助』（昭21・12）を出すに際して、井伏はその「後記」に次のように書いた。

敗戦の年――昭和二十年度には私は五枚の随筆を一つ発表しただけで、但し日記だけは殆んど毎日つけてゐた。その頃は、自分の貧弱な空想でまとめた物語などよりも、庶民の一人として経験する実際の記録の方が、文字として幾らか価値があると思つてゐたからである。しかし、私の日記は「絵入り日記」と自称するもので、いろんな出来ごとをたいていは絵に描いて少量の説明を加へておく記録である。（補記参照）

二十一年に入ると、「経筒」（4月）「二つの話」（4月）「波高島（「侘助」前篇）」（5月）「侘助」（6月）「追剝の話」（7月）「橋本屋」（11月）「当村大字霞ケ森」（11月）等の佳作群が次々に発表される。いずれの作品にも戦争と疎開の体験が色濃く影を落している。「二つの話」と「侘助」は、井伏のいわゆる「髷物」であって、上林暁によれば「「侘助」は戦争中から、「二つの話」は戦争前から、想を練つてゐたもの」（『井伏鱒二選集』第八巻「後記」昭24・4）だという。二作とも甲州を背景にしており、やはり戦争と甲州疎開を抜きにしては成立しなかった作品である。その他の作品は、戦後における郷里での疎開生活から生まれたもので、「庶民の一人として経験する実際の記録」の文学化といえよう。戦後の井伏が、時流に逆行するような歴史小説と、農村の戦後的現実を観察する風俗小説で出発したことは記憶されていい。それは、異常事を凝視することによって相対化し、書くことによって平常心を保持しようとする努力であった。総じて、この年の作品は、それまであった諧謔味が薄れ、抑制はきいているが、どこか苛立たしげな批判精神が、作品に一種の苦味を加えて来ている点で、戦前の作品とは一線を画すべき作風の深化がある。敗戦前後の一年間の「沈黙」が単なる沈黙でなかったことの証左である。

二

先に引いた創作集『侘助』後記によれば、戦後最初に書いた作品が「侘助」であるらしい。青野季吉は、この作品について「作中に作者自ら遊ぶといつた余裕のある戦前の作品の感じが稀薄で、何か執拗にからんで行き、無慈悲に摑み出すことに熱中してゐる作者を感じないではをれない」（『現代日本小説大系』別冊第二巻「解説」昭25・9　河出書房）と評しているが、「侘助」は諧謔的な見せかけにもかかわらず、この年に書かれたもののうちでも、その本質においてもっとも暗いといってよい。戦時下の「沈黙」の中で鬱積していたものをはらしている観がある。これは、副題に「波高島のこと」とあるように、山梨県西八代郡波高島村の富士川にあった中洲にまつわる話である。その島は、宝永四年の大地震で忽焉として水中に消え去るまで、「生類憐みの令」を犯した罪人を収容する場所になっていたという設定になっている。そのような流刑の島が実在したかどうかは定かでないが、波高島という土地のことは、すでに昭和九年四月執筆の「富士川支流」（「読売新聞」昭9・6・18、19）という随筆に書かれている。富士川流域は、井伏が早くから釣で親しんで来た土地であって、その間に波高島という「島」についての空想がふくらんでいったとみるべきだろう。

　話は将軍綱吉の下で柳沢吉保が勢威を得ていた時代のことである。生類憐みの令という希代の悪法に庶民が苦しめられていたこの時代が、戦時下の日本に見立てられていることは一読して明らかである。ここでは、まず役人たちの無意味な形式主義、勿体ぶった事大主義、権力への追随と庶民への理不尽な迫害が徹底的に諷刺されている。たとえば、波高島の島役人が罪人を打擲するときの「粋な所作」や口のきき方、鬚のひねり方など、すべてかつての上役の真似であり、その上役はまたその恰好を井戸家御側御用人頭から真似ており、さらに、その御側御用人頭は今をときめく柳沢吉保から真似たものであるという具合である。禁令の愚劣さや支配者・大分限者たちの退廃も細かに書き込まれている。餌差の侘助は、この禁令が出てからは「たいてい甲府の大分限者のごく内々の注文で、もちつと気のきいた鳥をとつてゐた」のだが、それらの鳥は「江戸から偉いお役人がお忍びで見えるお茶の会で、振舞の本膳といふのに使ふのだ」そうであった。久奈土村のオスギという女囚は、「数匹の狸の死体を自分の持ち山で野ざらしにさせておいた罪は、万死に値する」というので波高島に流刑になった。また、竜王村のオモンという女の家は、代々鵜飼をしていたが、鵜を飼う者は生き餌を与えるので禁令にそむくといって、役人が鵜をつれていってしまった。そのとき、役人は「禁令にしたがふのは、みなお国の為ぢや。お国の為を思ひ、必死になつて、そこをよく考へてみよ」という「わけのわからぬこと」をいった。ここでは、戦時統制下の「お国の為」という空疎な掛声が暗に皮肉られていることはいうまでもない。その他、「公方様がところのお犬の贅々

尽し」をはじめ、鳥類の被害がひどいので親鳥を摑まえてもらうために、生類憐みの令を思いつい
た江戸の隆光大僧正に幾重もの伝手を頼って懇願する「まはりくどい陣上の策」の愚劣さや、捕え
た雀や鳥を江戸に運送する「御苦労千万な手順」などが語られる。話は滑稽めかして語られてはい
るが、底には怒りを抑えかねているような作者の苛立ちが感じられる。
竜王村のオモンは、「埒もない女の一つの見本」のような韮崎代官の屋形にいる女の行状につい
て噂する。この女は、つれあいの代官のために柳沢家への忠勤ぶりをみせるべく、将軍が柳沢家に
おなりになった喜びを人民に知らせるためと称して、近在のお大尽に命じ、盛装した娘を三十人ず
つ連れて代官所に出頭させた。娘たちの歓呼の声に応対する「埒もない女」の気取った態度は、島
役人の綾をつけた「粋な所作」同様、庶民の冷笑を買う。こうしたほとんど揶揄に近い執拗な権力
批判は、戦前には勿論、これ以後の井伏文学にもみられない。気どったものや権威主義への反撥の
仕方は、それが主として外形的な「所作」態度への嘲弄であるだけに、次元が低いといえば低いが、
それはいわば装われた幼なさのようなものであり、このように意識的に低位置に据えられた庶民的
な目と発想が、かえって同時代に氾濫した声高な戦争批判にみられたような観念的硬化を免れさせ
ているともいえる。それにしても、作者の戯画的諷刺は執拗だ。「侘助」と「二つの話」は、とも
に一種の幽閉と流離が描かれているわけだが、その背景には作者自身の従軍と疎開という幽閉・流
離の体験があることは確実である。たとえば、「私の万年筆」(昭23・12)「犠牲」(昭26・8)など
には、井伏が徴用で南方に行く船中で、何かというと「愚図々々いふと、ぶつた斬るぞ」という輸
送指揮官の手先になって、徴用仲間の「反軍」的行状を報告する卑劣な三人の徴用員のことが書か
れているが、「侘助」における権力に追随するものへの厳しい戯画的批判には、そのような苦々し

い体験もこめられているにちがいない。

　このように辛辣なものを含みながらも、全体として作品の印象をぎすぎすしたものにしていないのは、それが歴史という濾過装置を通して形象化されているからであり、さらには波高島周辺の自然や鳥刺その他の庶民的風俗の瑣末なまでに細密な描写が基調にあるからである。対象の質感がそのまま伝わるような描き方で描かれる自然や庶民生活の不変性・連続性・日常性が、逆に不自然に硬直したものの異常さを照らし出しているのである。激しい怒りと憎しみは、自然と歴史がもつ平衡感覚回復機能によって幾重にも濾過され、洗練されて、文学としての自律性と普遍性を獲得することができたのだといえよう。

　結末が劇的だ。徒刑人全員が開墾山に駆り出されている間に、天変地異が起り、島役人や六人の見張番は、沈没する島もろとも行方知れずになった。ここで作者はほとんど鬱憤晴らしをしているようにさえ見える。この「前代未聞の大椿事」を「市川大門の代官所届書」なる古記録（歴史そのもの）に語らせているのも効果的だ。いかなる異常事も巨大な歴史の流れによって相対化され、瑣末な記録の中に閉じこめられるのである。この終末は、敗戦による日本帝国の壊滅を連想させる。そして、「川の高波がをさまると、島のなくなつた川は、のつぺらぽうで間が抜けてゐる風景のやうに見えた」という結びは、あの敗戦直後の虚脱感と興覚めな風景を暗示しているようだ。しかし、「島」（日本帝国）は消えても、「川」（自然）は永久に流れ続け、庶民は歴史の中で生き残り、連綿として生き続ける。むしろ、自然が人間の反自然的行為に復讐したのだ。この自然の復元力に対する信頼が井伏文学をその根底において支えているものである。

「二つの話」は、甲府疎開中の「私」が、宋三と弁三という泣虫の疎開児童をつれて歴史の中を漫歩する話である。戦後の現実へ背を向けたような歴史への遡行が、当時の歴史否定の風潮、「現代至上主義」に対する批判を含むものであったことについては佐伯彰一が『日本を考える』（昭41・7 新潮社）の中で周到に論じている。最初に突入して行くのは新井白石の時代で、「侘助」とほぼ同時代の生類憐みの令のころの江戸である。井伏の歴史好き、考証癖が自在な想像力を発揮しており、白石の風貌姿勢やいわゆる元禄時代の風俗が生生しいほどの臨場感をもって描かれる。作者自ら歴史的空想の中に遊んでいるような趣さえあるが、空襲と疎開という戦争下の現実から、歴史的時間の中へ逃亡してみても、庶民にとってはそこも生きにくい世界であることに変りはないのである。「私」は鎌髭の男に「江戸で一番か二番かといはれる偉いお殿様の新しい方の奥方のお邸」の前に拉致され、大勢の人々と竹竿で沼の水面をたたく使役につかせられる。大邸宅では連歌の宗匠が逗留していて奥方に連歌の指南をしているので、邪魔になる蛙の声を封じるためである。生類憐みの令に触れるから蛙を殺さぬようにして打たねばならない。この奥方は、「侘助」における代官所の「埒もない女」と同類であって、やはり人々のひそかな嘲笑の対象になっている。「私」が拉致されて苦役に従わされるところは、作者自身が徴用令で南方につれて行かれた体験と重なる。水面をたたく場面で「百日髪のやうな頭の男」が、「私」に自分の領分を守って無理をしないように忠告するところがあるが、この部分などは、たとえば「戦地にはいつてからの私は、僚友に対して遠慮するやうに心がけ、この気持で終始することにした。戦地においては各自の性格がはつきりと現はれる。無理にも功をあせるやうなことにもなる。私は自分の無力の程度を自分で査定して、人に対して可能の限り遠慮した」（「旅館・兵舎」昭18・2）というような、従軍のときの対人関係における自己抑制の苦労が下敷きになっているのではなかろうか。井伏の生涯にわたる文学的精進は、自然や歴史の指し示すところに従い、いかに無理なく自己限定するかにあったといってよい。

茶の湯の宗匠や、「古今伝授の押し売りして、今でも俄か分限者」になっている連歌の宗匠など、秘儀めいたものを押し売りして生きる存在が批判的に書かれているが、これについては、つとに中村光夫が「古今伝授というような無意味な権威をかさに着、自分だけ特別な顔をして、世人を瞞着する連歌師は、氏の目には「文化人」の象徴と映ったのです」(『井伏鱒二集』〈日本文学全集32〉「解説」昭35・5　新潮社)とのべて、そこに戦後の便乗的文化人への批判が寓意されていることを指摘している。その意味でも、この作品は、後退した位置からではあるが、戦中戦後を通じ一貫して、現実を批判的に見て来た作家の柔軟にして辛辣な精神が生み出したものであるといえる。太宰治も、たとえば「大戦中もへんな指導者ばかり多くて閉口だつたけれど、こんどはまた日本再建とやらの指導者のインフレーシヨンのやうですね」(「冬の花火」)というように書くが、それが主人公のおしゃべりを通して直接的・概念的に語られているところが井伏の場合とちがう。

第二話の「聚落第の章」では、三人で桃山時代に逆行し、「私」は秀吉の聚落第でお茶道具出納の仕事をすることになる。ある日、「私」は城中の「禁断の場所に入りこんで、上長に対する敬礼まで疎かにし」たため、「堂々たる態度の人」(関白秀次)に「地団駄を踏みながら」蛮声をはりあげて「無礼ものめ。武人は、礼儀が大切だ」と散々に叱責され、斬罪にされそうになるのである。「悪夢」(昭22・12)には、従軍中に井伏が山下奉文将軍に敬礼をしそこなって叱咤されたことが書かれている。将軍は「地団駄を踏み」ながら、「癇癪だまをまる出しにした形相」で「軍人は礼儀が大事だ。無礼者」とながながと怒鳴ったという。注目すべきは、井伏が「後日、私は「二つの話」といふ髷物小説を書く際に、このときの山下氏の態度と云つた言葉をそのまま借用した」といっていることだ。また「戦死・戦病死」（昭38・4）によれば、井伏が山下将軍に叱られているとき、宣伝班長の阿野中佐がそばに来て「軍人は礼儀が大事だ」と物静かに、低音でいったというが、この班長の立場は、「二つの話」では、おそらくお茶道具衆支配の谷隼人之助という侍に置きかえられている。これらのエピソードは、井伏が体験を（あるいは怒りを）いかに虚構化し文学化するかの一つの見本であり、井伏作品の背後にはこのような例が無数に隠されていると考えるべきだろう。聚落第でびくびくしながら、お茶道具出納の筆録役をつとめる「私」は、シンガポールでなれない新聞発行の仕事や日本語学校の教師をさせられる井伏自身に重なり合う。「戦死・戦病死」は、従軍中に知った人々のうち異常な死に方をした人たちのことを書いたものだが、その中で井伏は「私は徴用時代の自分を回顧して、山下将軍をはじめ（中略）戦死、戦病死で亡き数に入つた人に対し、自分がまだ生きているからと云つて、寝ざめの悪い思いをするようなことはない。（中略）私は自分で自分への点数を辛くしたらやりきれないと思う」といいきっている。めったに感情を生まな形で表現することのない人の言葉であるだけにあの飄々たる温顔の裏に秘められているものを覗き見る思いがする。寺田透は、「戦後のかれの作品は、すべて八ツ当りの芸術だ」（「最近の井伏氏」昭28・12）といっているが、怒りの情念は歴史の目にさらされ、虚構の中に注意深く転移されることによって「芸術」になりえているのである。

「二つの話」は、突然、インクと原稿用紙がなくなったので「この章の続きを書くのはそれから後のことにしたい」として結ばれる。一見、安易な結末のつけ方のように見えるが、しかし、この唐突で興覚めな打切りは、「侘助」の結びに通じるものがある。歴史的空想を楽しんでいた読者は、突如として「のつぺらぽうで間が抜けてゐる」戦後の「物資不足」の現実につれもどされるのだ。

こうしたそっけない作品の終り方の裏にあるのは、戦後現実に対する作者の腹立たしさの感情のようなものであるにちがいない。津軽疎開中の太宰治が、昭和二十一年四月十九日付井伏宛書簡で「御作を拝読し、いよいよ佳境にはひらんと致しましたら、原稿用紙の不足、実に惜しい気持でした。原稿用紙がございますか。紙質が悪くてもかまはなければ、こちらに少しございますが、もしお困りでしたら、電報ででも御知らせ下さいまし」と書いている。もし太宰がこの結末のエピソードを真にうけているのなら、井伏は大正十二年以来の読者もみごとに煙に巻いてみせたわけである。

三

井伏の郷里疎開中の詩に「魚拓（農家素描）」（昭22・1）というのがある。

明日は五郎作宅では息子の法事／長男戦死　次男戦死　三男戦死／これをまとめて供養する〃仏壇にそなへたお飾りは／どんぶりに盛りあげたこんにやくだま／その一つ一つがてらてらに光り／その色どりに添へたのは／霜に焦(や)けた南天の葉〃五郎作は太い足をなげ出して／踵の大あかぎれを治療中である／おかみさんが木綿針に木綿糸で／その大あかぎれを縫ひあはせてゐる〃枕屏風には嘗て次男三男が競争の／魚拓が二枚貼りつけてある

戦争のもたらした悲劇が井伏流のユーモアにとかしこまれているが、いたましい犠牲と「こんにやくだま」や「霜に焦けた南天の葉」のように素朴で自然なものとの対照の中に、作者がこめようとしているものは明らかであろう。「大あかぎれ」のある「太い足」をもった五郎作への作者の同情と共感がにじみでているような詩である。井伏は「朽助のゐる谷間」（昭4・3）以来、頑固で不幸せな老人を好んで書いて来たが、郷里での疎開生活に取材した作品にも虐げられた老人が多く登場する。井伏は古くて自然なものへの親和をもっている作家である。彼にとって、老人や庶民はおそらく自然や歴史に近い存在なのだ。彼は、いかに無知蒙昧に見えようとも庶民の生活の知恵を信じ、いかに頑冥であろうとも老人の堅固な生き方を愛するのである。

「経筒」は、「私」が疎開して来てから「昵懇」になった留三郎という老人が、終戦間際に開墾地で経筒を掘りあて、その処置に困って埋めもどすまでの経緯を書いたものである。留三郎の話の聞き役兼相談相手である「私」は、経筒や葛の蔓について古い文献にあることを留三郎に教えてやったりはするが、おおむね、この老人と彼をめぐる農村風俗への同情ある傍観者の位置に自分をとどめておこうとしているように見える。この作品に出て来る闇屋の花岡という小悪党は、戦前の井伏作品には決して登場しなかったタイプの人物だといってよい。葛根掘りの元締になりそこねた花岡は、「村ぢゅうで気の弱いといふ定評のある人たちのうちを訪ね、葛の蔓を買ふ工場があると吹聴して、葛根掘りを妨害する「謀略」をしたため、留三郎もその「悪質のいたづら」の被害を受けた。また、花岡は、留三郎が処置に困って埋めもどした経筒のことを聞きつけて「骨董税の脱税をする量見」だろうと脅迫し、経筒を埋めた場所を聞き出すのだが、そのような場合、以前「特高」をしていた花岡は、いつも「革表紙の小型の法律本」を持っていて、それを「器用に片手でめくつて、素早く必要な条文を見つけ得るため」に、人から恐れられているのである。「私」は、花岡のあくどいやり方についての「話をきいてゐるうちに、まだその本人を知らないが、花岡といふ人間に対して、何ともいへない不快な気持になつて来た」ことを、もはや隠そうとはしていない。傍観者たろうとしつつ、傍観者の位置にとどまることができないのである。これも戦前の作品にはみられなかったことであり、これ以後もこうした「私」の感情の強い表出はしだいに姿を消して行く。留三郎にいわせると、「花岡のやうな人間はたいていどこの村にも一人はゐるもので、この手合ひを征伐することは誰にもでき得ない」のである。「法律本」に象徴されるごとき権威をかさに着て、「気が弱くて律気」な庶民を苦しめる「愛嬌に乏しい人間」の出現も、平和であるべき山村に戦争がもたらした荒廃を示すものであるといえよう。現実の農村が初期の「朽助のゐる谷間」や「丹下氏邸」におけるように、牧歌的抒情的な世界ではありえなくなっていることを、井伏は疎開生活の体験を通して知らされたにちがいない。

ところで、この作品に出て来る「長元庚午三年」（一〇三〇）と刻まれた経筒は、いわば歴史そのものの象徴であり、「私」がその「重みを手で楽しんでゐる」のは、歴史の重みであり手ざわりであるといっていいのではなかろうか。だとすれば、「ざつと九百年」ぶりに発掘されたこの経筒は、小さな山村にまでおしよせた戦争の余波を、この村に流れた長い歴史的時間によって相対化する役割を期せずして果していることになる。そのことは、「私」が留三郎に葛に関する記述を読んで聞かせる「詩経」という「三千年も前の支那の本」についてもいえる。井伏にとって、歴史は究極的にはほとんど自然に近いものなのである。高橋英夫は、自然と歴史の融解に井伏文学の本質をみているが（「井伏鱒二論」「群像」昭50・11）、土中深く眠る経筒こそまさに自然と融解した歴史である。この作家は、何ごとも自然の秩序のように堅固なものを好む。それは、いわば農民的な気質であり叡智であろう。留三郎の結論は、「慣れぬことは、せぬことですなあ」というのである。開墾山で何かを掘りあてても、「たいていは、成程なあといふやうに、どこかへ首尾よく収ま」るのが、こういう山村の自然な掟なのだ。また、留三郎にいわせると、「平凡なやりかたに倦きるのが百姓には禁物で、何十年も大根をつくつた経験のあるものでも、はじめて大根をつくる気持が肝心」なのだそうである。これは自然を相手にする農民の哲学であり、井伏はこういうものを愛する。それだけに、「何十年」も続けられて来た「平凡」で自然な生活を破壊するものに対する憤りを禁じることができないのだ。

「橋本屋」の磯松老人も、戦争の犠牲者である。釣宿の橋本屋に泊っていた「私」は、戦死の公報が来て村葬までしていた磯松の息子が突然復員して来たのを目撃する。磯松には二人の孫娘があるが、嫁は亭主の戦死の公報がある前に「大滝さんといふ村夫子と妙なことになつて男の子をこしらへ」て家を出てしまっていたのである。事情を察した息子は、帰るなり家を出て行方をくらましてしまった。この大滝という「薄ぎたない性根の村夫子」は、「経筒」の花岡と同型の人間である。大滝は、多量の牛の密殺や「落屋」や農地改革に乗じた用地の仲買などをして「荒稼ぎ」している「悪者」である。しかも、「途方もない威張り屋で癇癪もち」であって、村人に恐れられている。橋本屋の世話をしている女は、「もともと大滝さんは、この村ぢゆうのものが、仕様がなしに飼つてをる、厄介な野良猫みたやうなものですらあ」というが、語り手はここでも大滝を露骨に「悪者」「横暴屋」「威張り屋」と呼び、反感をあらわにしている。それは、大滝の手先になって鮎の買い出し屋をしている軽薄な青年に対する「私」の態度にも示される。一方、川で出会う一本竿の釣師とは「いかにも徐々に知りあひになつてゐる仲といふやうな気持がして、何だか気楽な心地」なのだ。

この作品は、「山峡風物誌」「白毛」など佳作の多い釣小説の系譜に属するものだが、釣宿で寝る前に砥石で鉤を研ぐ楽しい手仕事や、「逸走する囮の鮎に「さあ、しつかりやつてくれ」と云ひたい気持」になる友釣りの醍醐味について語る部分などは、まことに風韻豊かで、あたかも川の流れる音が聞こえ、鮎の香が匂って来るようである。井伏は川の好きな作家である。それも名もない渓流を好む。佐伯彰一は「ゆるやかに流れゆくもの、また流してゆくものに対する井伏の根深い親近感」(「井伏鱒二の逆説」「新潮」昭50・3)を指摘している。それをひと口に自然への親和といいかえてもいいだろう。そして、釣りはその自然との交感であり、釣竿に伝わる手ごたえは自然そのものの感応にほかならない。したがって、囮が一ぴきもいなくなった橋本屋の生簀は、磯松老人の素朴な日常の中に息づいていた自然が一人の「横暴屋」によって破壊され、死滅したことを物語るものである。それだけに、その生簀に鮎を入れておいてくれといって、「私」に鮎を託す一本竿の釣師の「心意気」はすがすがしく、「鮎の匂ひが私のからだにしみ込」むようなのだ。

磯松は、いつの間にか家の裏手を通る汽車から孫娘たちに桃を投げる「奇病」にとりつかれ、それが嵩じてついには町で銭をばらまくようになった。それは、大滝に対する精一杯の「当てこすり」なのだが、村人はそれを表向きは「奇病」と呼びつつ、内心では一種の「清涼剤」と感じているのだった。「侘助」も「二つの話」もいわばこの「当てこすり」の方法によって書かれているといえなくもない。

亭主の出征中に女房が村の顔役と「妙なことにな」る話は、「山峡風物誌」(昭23・3)にもある。この作品は、「山のぬし」ともいうべき米山という老人からの聞書きという形をとっている。井伏作品には、この聞書き的構造をもったものが多いが、それは井伏の現実に対処する際の自己抑制の姿勢にかかわるものであろう。その米山さんは、「私」に甚作という不幸な老人の話をする。甚作老人は、先に引いた「魚拓」の五郎作と同様に男の子が三人とも戦死した。長男の嫁は、亭主の出征中に実家に帰っていて、村の顔役二人が「云ひ寄つて無理やりのことで妙なことにな」ったが、長男は戦地でその噂を聞き、「棄鉢になつて戦死してしま」ったという。この「顔役」は、やはり「経筒」の花岡や「橋本屋」の大滝と同類の「野良猫みたやうな」人間である。米山さんは、「どうもこんな顔役のゐる村は困ります。村の不幸はこの人たちから絶えず生れます。おとなしい者は泣き寝入りです。」と語る。こうした人物への嫌悪は、「侘助」や「二つの話」における封建的なものへの辛辣な諷刺と同じ根から出ているもので、井伏が受けた戦争の傷あとの根深さを思わせる。甚作の嫁は、また出稼ぎ先の工場でも渡りものの道楽者と仲よくなって赤ん坊をはらみ、医者である米山さんに「しりつ」（引用者註・手術即ち堕胎）をしてくれといって来る。この山峡では貧しさゆえに昔から間引きが行なわれて来た。米山さん自身、生まれるとすぐ谷川に流されかけた人間である。よその土地の人には「仙境」ともみえるこの渓谷も現実には「およそ生き苦しい「仙境」」なのだ。谷筋の段々畑に植えられた茶の木は「しりつしたものを埋めた趾」である。不幸な歴史は自然と一体化し、今や自然が「死人の墳墓と同然」になっている。井伏は「山峡」（自然）を愛するが、太宰のようにそこに「桃源境」を夢みたりはしない。たとえそれが「仙境」のように見えても、「およそ生き苦しい」場所であることを知っているからである。しかし、いかに「生き苦し」くても、釣りと同じく何事も「無理は邪道」なのだ。井伏には、自然を相手に生きる田舎の人間に対する根本的な信頼がある。それは「山川草木」に対する信頼に通じている。そして、それこそ太宰に欠けていたものであった。井伏は、昭和十三年、御坂峠にやって来た太宰に「煙霞療養」というのを勧め、栗拾いなどにつれて行ったが、「太宰君は山川草木には何等の興味も持たない風で、しよんぼりとしてついて来た」（「御坂峠にゐた頃のこと」昭30・12）と語っている。

四

先に書いたように、二十二年七月に、井伏は三年余の疎開生活に終止符をうって東京荻窪の自宅に帰った。そして、翌二十三年の最大の事件は、何といっても太宰治の死である。これは、従軍体験とともに、井伏の作家的生涯の中で最も深刻な出来事であったにちがいない。知られているように、戦後、津軽にあった太宰をとらえたのは「罪」の自覚の欠如した戦後の日本人——とりわけ文化人に対する絶望であった。その認識は正しかったし、その文化人批判は痛烈をきわめたが、それは余りにも性急で十分な文学的形象化を経ないまま、主として作中人物の口をかりて饒舌に抽象的に主張された。「パンドラの匣」「冬の花火」をはじめ太宰の戦後の作品は、文学的形象化が不足しており、痩せて概念的だ。太宰にも「阿Q正伝」のようなインチキ文化人の活動を書くつもりの「大鴉」の構想があったようだが、書き出し二枚半で中絶してしまった。モチーフの文学的発酵を待つ余裕もないまま、戦後社会全体に向かって一気に、自己のデカダンスと破滅を対置しようとしたのである。そこに「侘助」や「二つの話」という、戦争や戦後の文化人への批判を寓意として内に含んだ歴史小説で出発した井伏の文学的成熟との隔たりがあった。加えて太宰の不幸は、故郷の津軽人にも幻滅しなければならなかったことである。「津軽」（昭19・11）におけるあの「甘い放心の憩ひ」とは逆に、「冬の花火」も「春の枯葉」（昭21・9）も「田舎」の人への絶望を含んでいる。「親友交歓」（昭21・12）は、親友と名のる田舎の百姓との間で「強姦」という言葉を思い出させるほど屈辱的な「交歓」をする話だ。結局、彼は井伏とちがって一人の留三郎（「経筒」）にも出会わなかった。かくして、故郷にかけた「桃源」の夢は無残に破砕される。「冬の花火」「春の枯葉」「斜陽」

など、戦後の太宰は、汚され衰弱して死んで行く「母」のことをくりかえし書いた。この母は、おそらく自己同一性・連続性を保証するものとしての故郷・自然・共同体的人間関係などの表象であって、その死はいわば生の根所としての自然の枯死を暗示しているのではなかろうか。ここに、土と民衆に根ざした井伏文学との決定的な違いがある。それは、明治以降の成上り地主である津島家と、嘉吉二年（一四四二）以来現在地に住む、文字通りの旧家である井伏家との、その土地に対する定着の度合の差にもつながるであろう。

戦後の太宰は、師のために筑摩書房に斡旋して『井伏鱒二選集』を企画編集し、その死によって四巻分までで終ったが、自ら解説まで書いた。東京に転入してからの井伏は、その選集編纂の打合わせを含めて、太宰とは三、四回しか会っていない。しかも、二人きりで会ったことはなく、太宰にはいつも何人かのとりまきがいた。井伏は「疎開して帰つてから後は、太宰は私を避けてゐた」（「十年前頃—太宰治に関する雑用事—」昭23・11）という意味のことをしばしば書いている。上京後の太宰は、たちまち流行作家になり、その生活は乱れ、健康は悪化して行った。井伏は何度も忠告の手紙を出したが、返事はなかった。井伏は「ことに最近に至つて、或は旧知の煩らはしさといふやうなものを、彼に感じさせてゐたかもわからない」（「太宰治のこと」昭23・8）といっているが、太田静子や山崎富栄とのかかわりができていた太宰にとって、誓約書まで入れてした美知子夫人との結婚の媒酌人であり、また決して家庭を破壊することなどない生活者であった井伏が、しだいに恐しくもあり、疎ましくもある存在になっていったことは想像できる。それが、「井伏さんは悪人です」という不可解な言葉の出て来た所以でもあろう。井伏は、筑摩書房主人の古田晁から、太宰の健康回復のために、「富嶽百景」のときのように、またいっしょに御坂峠の茶屋に行ってくれといわれて承諾し、古田がその準備をしている間に太宰は死んだ（「惜しい人」昭49・10）。太宰の二度目の自然の中での再生はならなかったわけである。

　大正末期から昭和初期にかけての井伏の中にも、太宰におけるような虚無と破滅への傾斜がなかったとはいえまい。第一創作集『夜ふけと梅の花』（昭5・4）一巻を蔽う憂愁の色がそれを語っている。ある意味で、井伏の文学的精進は、過剰な自意識と鋭い感受性によって太宰が陥ったような生の悪循環をいかにして断ち切るかに向けられていたといってよい。井伏は、いわば太宰のような反自然の生きざま・死にざまを回避すべく、庶民の論理に身をよせ、自然と歴史のサイクルに受身的に同化することで自己限定し、そのことによって自己を生かそうとした。一方、自己の感受性に忠実な太宰の生き方は、井伏の傍観者的人生態度にひそむ自己保身的なものにとってひとつの批判にもなっていたのではなかろうか。だとすれば、太宰の不自然な死は、単なる不肖の弟子の死にとどまるものではなかったはずである。井伏は、太宰の死後、彼についての多くのすぐれたエッセイを書いている。短いものまで含めると二十篇をこえる。いかに人物の風貌姿勢を描く名手といえどもやはり異常に多い。

　太宰君の作品は私は好きである。それにも増して太宰君の人がらが好きであつた。（中略）太宰君は四十歳で自分の生涯を閉ぢた。おしくてたまらない。痛恨事である。五十になつても六十になつても小説は書ける筈だ。よしんば一時的に行きづまりのときがあつても恥かしくない筈だ。書くために生きると太宰君は断言したことがある。また、小説のために入院してくれと私が頼んだとき、彼は別室にはいつて啼泣し、やがて入院する決意をしてくれたこともある。

「おしい人──太宰君のこと──」（昭23・8）の一節である。痛恨の気持を抑えかねたように、井伏の文章としては例外的な激しさがあらわれているが、これは自らの内側にもむけられていたにちがいない。「婦人客」（昭23・10）は、太宰の死にかこつけて保険の勧誘に来た女の話だが、井伏はその女性に向かって「いや、僕はまだ生きます。もし人が駄目だと云つても、仕切りなほして、まだ生きるつもりです」と決然たる口調でいう。太宰の死が他人事でなかったことを示すものだろう。「点滴」（昭24・5）という随筆は、甲府に疎開中、太宰と思われる「友人」と、水の「したたりの音」の好みについて無言のうちに対立する話で、太宰が「ちやぽ、ちやぽ……」と一分間に四十滴ぐらいの雫が垂れるのを好んだのに対し、井伏は「ちよッぽん、ちよッぽん……」と一分間に十五滴ぐらいを理想としたというのである。「生くることにも心せき、感ずることも急がるる」といいつつ、生き急ぎ、死に急いだ太宰と、つねに平常心を堅持し、文学と生活の平衡を失なわない、生き方の達人である井伏との対照がよくあらわれている。そのエピソードに引続いて「敗戦後、彼は東京に転入したが、結果から云ふと無残な最期をとげるため東京に出て来たやうなものであつた」とあって、その「無残な最期」が、あのせわしない点滴の音への好みと無関係でないことが暗示されている。また、彼は同じ文章に「彼の死後、私は魚釣りにますます興味を持つやうになつた。ヤマメの密漁にさへも行きかねないほどである」とも書いている。井伏の釣好きは、その文学姿勢に通じるものがありそうだ。やや大仰にいえば、釣りには個の意識を抑制して自然と同化する瞬間が要求されるのではあるまいか。少なくとも、ある種の自己限定の訓練が必要であるにちがいない。井伏の釣りの師匠であった佐藤垢石は「おい井伏や、釣りは文学と同じだ。教はりたてはよく釣れるが、自分で工夫をこらして行くにつれて、だんだん釣れないやうになる。それを押しきつて、まだ工夫をこらして行くと、だんだん釣れるやうになる。それまでに、十年かかる。先づ、山川草木にとけこまなくつちやいけねえ」（「恐るべき風月老人」昭23・10）と教えたという。これは、先に引いた「五十になつても六十になつても小説は書ける筈だ。よしんば一時的に行きづまりのときがあつても恥かしくない筈だ」という井伏の言葉と共通する教訓を含んでいる。太宰は、突き当った「行きづまり」を「工夫をこらして行く」ことでのりこえようとせず、自己の感受性だけを頼りに、デスペレートな反自然の道に身をまかせたが、井伏は、「山川草木」（自然）に対立・反逆するのではなく、垢石の教えの通りに、自然を信頼し、それを受け入れ、それに「とけこむ」ことで生きようとした。太宰の死後「魚釣りにますます興味を持つやうになつた」のは、彼が弟子の死に衝撃を受けながらも、それを冷静にみつめ、その死屍をのりこえることで、自己に固有の方法を一層確かなものにして行ったことを物語っていないだろうか。寺田透もいうように「太宰の死後の作品が特に凄い」（「最近の井伏氏」『井伏鱒二集』〈現代日本文学全集41〉昭28・12　筑摩書房）所以である。

「白毛」（昭23・9）は、おそらく太宰の死後あまり日を経ないうちに書かれた作品である。この作品にある一種の不機嫌の感情には、太宰の死に対する痛恨の気持が何ほどか反映しているにちがいない。疎開中の「私」は、ある渓谷で出会って釣りのあな場まで教えてやった二人の若者に、テグスがわりに白髪を無理やり抜かれる。この「垂らしワイシャツ」の青年に代表される、酷薄でなじみにくい戦後的なるものは、作者自身の中にも土足で踏み込んで来るのだ。「何ともいへない不快な記憶である。私の心づくしは散々に踏みにぢられたといつても云ひすぎではない」という述懐には、太宰に死を急がせた戦後社会への苦々しい違和感がこめられている。「追剝」のような青年に「羽がひじめ」にされながら見る周囲の景色は「いかにも平和らしい山村風景に見え、そのために自分がますますなさけない者のやうに思はれた」とあるが、この「平和らしい」釣場と「追剝」

のような若者との組み合わせは、ほとんど自然と反自然の対比に等しい。戦後的現実は、作者を「羽がひじめ」にし、自然の中で安息することを彼に許さないのである。留三郎や磯松や甚作らの運命は、今や作者自身にもふりかかって来ている。

「白毛」以後の井伏は、ますます作品の背後に身をひそめ、冷静な観察者たらんとする。すでに指摘したように、戦後の作品に登場する、不幸な庶民に対して同情的な「私」も、この「白毛」あたりを境にしだいに姿を潜めて行くようにみえる。そして、二十五年には傑作「遙拝隊長」が書かれる。この作品は、これまでのべて来た、従軍と疎開の体験にもとづく作品系譜の最高の達成である。この作品については他日を期すしかないが、ひとつだけいっておくなら、「私の万年筆」などに書かれた「愚図々々いふと、ぶつた斬るぞオ」という軍人も、ここでは戦争の犠牲者として描かれており、戦後五年を経過したこの作家の現実認識の深まりを端的に示している。ともあれ、このように井伏にも独自の「戦後」文学が確固として存在したことを確認しておかねばならない。

死の直前の太宰は、井伏文学を「旅行上手」にたとえて次のようにいっている（『井伏鱒二選集』第四巻「後記」昭23・11）。

旅行の上手な人は、生活に於いても絶対に敗れることは無い。謂はば花札の「降りかた」を知つてゐるのである。

旅行に於いて、旅行下手の人の最も閉口するのは、目的地に着くまでの乗物に於ける時間であらう。すなはちそれは、数時間人生から降りて居るのである。（中略）所謂「旅行上手」の人は、その乗車時間を、楽しむ、とまでは云へないかも知れないが、少くとも観念出来る。

この観念出来るといふことは、恐ろしいといふ言葉をつかつていいくらゐの、たいした能力である。

さすがに、井伏文学の「不敗」の本質をよく見抜いている。太宰には、時として井伏文学が自然そのもののように不動の存在に見える瞬間があったのではなかろうか。「旅行下手」の太宰は、人生から「降り」てやりすごすことも、「観念」して自己限定することもしないまま、人生という「旅」の途中で破滅してしまった。一方、「旅行上手」の井伏は、何度もやって来たであろう生の危機を身を低くしてやりすごし、「工夫をこらして」生き続け、今や羨むべき円熟境に到達しようとしている。

補記

「疎開日記」(「FEMINA」昭23・3)は『侘助』後記にいうような「絵入り日記」の一部であると思われる。この作品は、昭和二十年七月十日から八月十六日までの日記のうち十日分を摘記し、各頁下段には説明つきの「一筆画」四葉分が掲げられている。たとえば、その中に書かれている、終戦の放送を聴いた「マンデー屋の太郎さん」が、もっていた榊の束を「えい、つまらん」といって棄てるところは、「経筒」において、敗戦を知った留三郎老人が、「えいくそ」という掛声で「背中の榊の束を土地に抛り出した」という場面に生かされている。

聞書きという姿勢（スタンス）――「山峡風物誌」を読む

一

井伏鱒二は、作品ごとに素材はもとより、方法・スタイルに工夫をこらし続けた作家である。なかでも戦後になって目立つのは、聞書きのスタイルである。もっとも聞書き的作品が戦前になかったわけではない。「炭鉱地帯病院―その訪問記」（昭4・8）がそこへの訪問者である「私」による、三人の人物からの聞書きというかたちをとった特異な作品であることは、周知のとおりだが、昭和十年代でも「仏人マルロオ南部藩取調聞書」（昭13・7）などというそのものずばりの作品もあるし、「中島の柿の木」（昭13・10）や「川井騒動」（昭15・1）のような作品なども明らかに聞書き的スタイルをとっている。しかし、井伏文学における聞書き的作品は、戦後になって圧倒的に多くなるのである。戦後における聞書き形式の採用は、井伏における文学的姿勢――対象に対するスタンスのとり方の変化ないしは深化を示す指標だといえる。この変化は、戦中の徴用従軍、二度にわたる疎開などの戦争体験と関係があるであろう。はっきりと聞書きの形式をとっていないものも含めて、戦後の作品の大半が聞書き的要素を基調にしているとみていいのである。

　これまでもしばしば引いて来たように、井伏は戦後最初の創作集『侘助』（昭21・12）の「後記」に「敗戦の年――昭和二十年度には私は五枚の随筆を一つ発表しただけで、但し日記だけは殆んど毎日つけてゐた。その頃は、自分の貧弱な空想でまとめた物語などよりも、庶民の一人として経験する実際の記録の方が、文字として幾らか価値があると思つてゐたからである。」と書いている。「五枚の随筆を一つ発表した」というのは必ずしも正確でないが、「貧弱な空想でまとめた物語などよりも、庶民の一人として経験する実際の記録の方が、文字として幾らか価値があると思つてゐた」という証言は重要だ。聞書き的作品が書かれるようになる背景には、現実に対する右のような姿勢のとり方があったのである。右の「後記」にある「絵入り日記」というのも、聞書き的手法と無関係ではあるまい。

　ここでは試みに「山峡風物誌」（昭23・3）という作品をとりあげてみよう。井伏文学には谷間（山峡）小説の系譜とでもいうべきものがみてとれる。この作家には早くから谷間の住人への偏愛というべきものがあった。初期の「谷間」（昭4・1～4）「朽助のゐる谷間」（昭4・3）「丹下氏邸」（昭6・2）「川」（昭6・9、12、昭7・1、5）などがその典型である。多分に井伏好みのデフォルメもあるが、閉鎖的で貧しい谷間の住人（それも多くは老人）にありがちな頑迷で保守的な性格の型と、それが招く不幸な出来事を彼は好んで書いた。「山峡風物誌」も明らかにその流れに属している。しかし、不幸な老人に同情しながらも戯画風の韜晦のうちに、重要な問題をすりぬけようとする「朽助のゐる谷間」の「私」と、山峡の住人の悲劇を聞書きする「山峡風物誌」の「私」との間にみられる明らかな差異のなかに、困難な昭和十年代と戦争をくぐりぬけて来た井伏鱒二の文学の深化・

推移を測定することができる。

「山峡風物誌」は一種の釣小説という一面をもっている。井伏の作品に釣りから生まれた佳作が多いことは、あらためていうまでもない。釣をめぐる作品も戦後になって目立って多くなるのである。それは戦後に聞書き的作品が多くなることとも無縁ではないと考えられる。もとより、井伏にとって釣は単なる趣味や道楽などではなかった。井伏の釣りの師佐藤垢石は、「釣竿を持つには、先づ邪念があつてはいけない。自分は山川草木の一部分であれと念じなくてはいけない」と教えたという（「釣魚記」昭15・9）。また河津川のカワセミのおやじという釣師は「アユを釣るにはお前さん、川に喰らひつかなくちやいけねえ」と説いた（同上）。釣りの要諦とは何か。一本の竿を通して自然の手応えを感じとるわけだが、そのために求められる対象の凝視と自己抑制の工夫と修練。あくまでも自然の微妙な摂理を体感し、それに従うこと。邪念と無心、緊張と弛緩、能動と受動、それらの対立・振幅から調和へ、そして最終的には対象・自己一如の境地に至ること。「黒い雨」には「釣をしている間は人間の思考力が一時的に麻痺するので、釣は熟睡と同じように脳細胞の休養になるそうだ」とある。さらにいえば技をみがきつつも、一方でそれを超えること。垢石は「童心竿頭に宿る」ともいった。このような釣りの極意はどこか戦後の井伏文学の自在な境涯・姿勢に通底するところがある、といえばあまりにきれいごとにすぎようか。また、釣場は一見俗世間から超越した空間であるようにみえて、かえって生ぐさい裸形の人間が露呈するトポスでもある。しかし、対象が自然であろうと人事であろうと、それを捉える骨法に変りはないはずである。釣師の垢石はまた釣りも「文章道の修業と同じことだ」（「釣魚記」）とさとしたというが、聞書きに象徴される戦後の井伏における作家的スタンスと釣りの修練とを結びつけるのは、あながち牽強付会とのみはいえまい。かくして「侘助」（昭21・5、6）「橋本屋」（昭21・11）「白毛」（昭23・9）「コタツ花」（昭38・11）などの釣小説の傑作が生まれる。そして「黒い雨」（昭40・1〜41・9）こそは釣小説・聞書き的小説の至りついた極致といえるのである。そういえば、晩年の長篇歴史小説「鞆ノ津茶会記」（昭58・7〜60・8）も聞書き的作品だった。

二

「山峡風物誌」は、作者自身に似せて作られた語り手（書き手）の「私」が書店と約束した「甲斐風土記」を執筆するにあたって、甲州の「山峡風物」について書こうとするところから始まる。「風物誌」という駘蕩たる題名が、すでにこの作品のスタンスとそこから生ずるアイロニカルな含意を示している。甲州は山峡の国だが、山峡ごとの住人の風儀を「書きわけて行くためには、一つ一つの山峡のぬしに直接面談した上で、談話筆記でもして来て整理するのが便法である」（傍点・原文）と思案した「私」は、米山さんという旧知の医者で釣りの名人でもある老人に連絡して、かつて彼と出会った「ヤマメの宝庫」といわれる山峡の釣宿で落ち会うことにする。釣宿で落ち会いたいというのは米山さんの意向で、「私は米山さんの意中を察し、釣道具と餌にするイクラを用意して出発した」とある。これは「甲斐風土記」の取材の旅だが、最初から釣師同士の談話という自然体の枠組（スタンス）が定められる。周到な設定といわなければならない。その上で「次の文章は、翁宿の宿で米山さんの話したのを私が筆記したものである」という断り書きがあって、米山さんの話が一人称で記述される。つまり第一の語り手であり筆記者でもある「私」の語りの枠の中に、米山さんの話が入れ子になっているという構造である。

一般に聞書きといわれているものの第一の特徴は、ある出来事を体験した人物からの直接の聞き取りであるということから来る語りの臨場感と、それに支えられたリアリティにあるだろう。一方、それがいかに主情的に語られたものでも、いったん筆記者の筆を通して間接的に記述引用されたものであるという点では、常に一種の客観性を帯びることにもなるといえるのではないか。米山さんからの聞書きは、甚作という六十近い釣友達の話が中心になっているが、読者にとってこの甚作の話は米山さんの談話を通して伝えられるために、二重の意味で間接的になる。甚作が筆記者である第一の「私」の前に直接姿をあらわすことはない。なお聞書きの主体の人称は当然「私」だが、以下本論では便宜上「米山さん」というかたちで叙述する。

米山さんはまず、甚作が捕えた一匹の猿の運命から語りはじめる。その意味で猿の話はもうひとつの入れ子だ。猿を捕える前に米山さんが甚作方の裏手で猿の一群を目撃する場面は、この作品の中でも深山幽谷の巒(らん)気(き)を写しえて印象深い部分である。長くなるが、語りの文体の特徴をみる意味でも引用しておこう。

甚作の家は谷川のそばに御座います。夏の夜は河鹿が鳴いて煩さくて困りますが、甚作方の裏手には恰好のいい淵がありまして、私はよくそこの淵に出かけました。或る日、もうそのころは野苺の実の熟する季節をすぎてをりましたが、私がそこの淵のところで一ぷくしてをりますと、あたりが急に森閑としたやうな気配になりました。それに続いて、ざわざわざわと山から石を転がすやうな音がきこえました。何百何千もの石を、一度に転がすやうな音でありました。見ると、百ぴきもそれ以上もの猿の群れが、山からどろどろと降りて来てゐるのが目につきました。こんな大群の猿は、私も永くこの谷合ひに住んでをりますが、子供のとき二度か三度ぐらゐ見ただけでありました。御存じかもしれませぬが、猿の大群は猪や熊よりも怖ろしい。悪くすると人間に跳びかかつて来て、寄つてたかつて人間の腋の下を擽ぐります。あの毛の生えた手で、あの長い爪で擽ぐられると想像するだけでも、擽ぐつたくなります。

穏やかで律気な人柄を感じさせる折り目正しい語り口といえよう。続いて米山さんは五十年も前にこの谷で写生をしていた若い画家を、猿の大群が「擽ぐり殺した実話」を紹介し、その画家の恩師が、村の長老のところに挨拶に来て「この谿谷がこんなに深いところだとは想像もしなかつた」といったことなどを語る。自然の奥深さ、恐しさを予告する逸話である。

猿の大群をみた米山さんが甚作にそれを知らせたところ、甚作は鉄砲で猿を撃ち、そのうち一匹は確かに手応えがあったという。甚作は腕のいい猟師でもあるのだ。十日後に甚作は手の傷口に蛆虫のわいた猿を穽でとらえ、米山さんに治療させた上で「カイン」という名前をつけてもらう。米山さんがカインと名づけたのは「ただ外国風の名前といふだけのことで、もうずゐぶん以前に、さういふ名前の本を新聞の広告で覚えたことがありましたので、ふとそれを思ひ出したのでありました」というが、本の名は「カインの末裔」(有島武郎)をさすだろう。周知のようにカインはアダムとイブの長男で、弟を殺して神から楽園を追放された人物である。やがて群を離れて漂泊する「狐猿」となり、不幸な死をとげることになるこの猿が、カインと名づけられていることは暗示的である。この作品における山峡は、井伏作品における山間・山峡がほとんどそうであるように、「生き苦しい」人間世界のメタファだが、そこに生きることを強いられるものは、猿も人間もいわばカインの末裔にほかならないのだ。

猿の生態に加えて、ポーリという甚作の飼犬のことをはじめ、いろいろな猟犬の習性についても語られる。次から次へと話が本題から脇道にそれていくような語り方だが、本来、物語としての筋（ストーリー）を必要としないのが聞書きの特徴で、基本的には語り手の個性や語り口の一貫性が筋に代る機能を果すのである。しかし、甚作方におかみさんの件で「屈託ごと」があることはいち早く予告されながら、話がなかなかそこに及んでいかないのは、聞書きという自在な語りの形式のせいばかりではない。

甚作のおかみさんは、ちよつと拙いことがあつて里に帰つてをつたのですが、こんなことは山峡風物資料としては痛々しい話ですから、私はこのお喋りは後まはしにいたします。

とはいいながらも米山さんは、結果的に「山峡風物資料」としてはふさわしくない「痛々しい話」ばかりを語っていくのである。「不幸」な孤猿の話はやがて、甚作や甚作の家族の不幸、そして最終的に語り手米山さん自身の不幸な生い立ちにまで連なっていくのであって、「話が横にそれ」たわけでも脇道に入ったのでもないことがしだいにわかって来る仕組みになっている。

三

かくしてようやく、甚作の「不幸」や「屈託ごと」について語られる順番がやって来る。甚作方では三人の息子がすべて召集され、三人とも戦死した。猿のカインにとってこの山峡が楽園でなかったように、戦前は「仙境」とか「秘境」とか呼ばれたこの「ヤマメの宝庫」も、そこに住むものにとっては「仙境」などではなかったのである。長男は、出征中に里に帰っていた妻がその村の二人の「顔役」にいい寄られたり脅かされたりして「妙なこと」になったことを戦地で知り、自棄になって自殺的な戦死をとげた。甚作の長男こそまさに「仙境」という名の疑似楽園から罪なくして追放されたカインだった。米山さんはこの「顔役」について「どうもこんな顔役のゐる村は困ります。村の不幸はこの人たちから絶えず生れます。おとなしい者は泣き寝入りです」と珍しく強い口調で語る。敗戦直後の井伏は、このように悪辣非道な「顔役」的存在についてくりかえし批判的に書いている。話が横にそれるが、似たようなエピソードは、「橋本屋」（前掲）にもある。釣宿も兼ねる農家の橋本屋の磯松老人は、息子の出征中に嫁が大滝という「薄ぎたない性根の村夫子」と妙なことになり、そこへ戦死したはずの息子が復員して来たために、精神的におかしくなる。磯松老人は家の裏手を通る汽車から二人の孫娘に毎日桃を投げる「奇病」にとりつかれ、それが嵩じてついには家をあけて町で銭をばらまくようになってしまう。それは戦後の混乱に乗じて悪どい「荒稼ぎ」をする「野良猫みたやうな」大滝への精一杯の「当てこすり」なのであった。この作品も鮎釣りにいって橋本屋に泊った「私」が、村人や釣人からその事情を聞くというかたちをとっている。つまりここでの「私」は橋本屋の悲劇には一切立ち入らず、もっぱら傍観的な聞き手に終始する。その点では山峡の住人である米山さんとはいささか性格を異にする。ただし、米山さんの話の聞き手である「私」の方は、取材の目的で山峡の外部から来訪した者であり、「橋本屋」の「私」よりさらに作品世界から後退した位置に立っていることに注意しておきたい。

ついでにいえば「病人の枕もと」（昭21・1）には、夫の出征中にある男に「無惨なこと」をされて縊死をとげた女の話が出て来る。一説には、先の甚作の長男のように女房と男のことを戦地で知った亭主は「狂気沙汰になつて来て無暗に戦死してしまつた」ともいう。この作品は戦後第一作といっていいものだが、戦友は戦没したのに自分だけ復員したことを気に病んで自殺未遂をした男の枕元で、病人を元気づけるために村人たちが他愛のない村の噂話をするという内容である。「復員者の噂」（昭23・6）にも、戦死の公報が来て大きな墓も建てられた人物が、復員してみると、女房は戦傷者の男と同棲していたという話が出て来る。この作品はある戦死者の後家が、「復員者とその細君が、久しぶりに会つたときの模様」を、どうして知ったのか「見て来たやうに話す」その噂を書きとめるという形式で、やはり聞書きのスタイルをとっている。これらの素材は終戦前後の一年間、作品をほとんど発表せず「庶民の一人として経験する実際の記録」を絵入り日記のかたちで書き続けた作家による戦後農村の現実の観察がもたらしたものとみていいであろう。（戦後の井伏作品は、「黒い雨」における「池本屋の小母はん」に代表されるように、口達者でしたたかな「後家」をしばしば登場させ、その躍如たる言動を描くのが目立った特徴である。「遥拝隊長」の主人公岡崎悠一の母親もしっかりものの「後家」だった）。

さて、甚作の不幸は三人の息子の死にとどまらない。敗戦後になって甚作は寝言の中で身におぼえのない炭焼の熊浦屋の後家の名を口にするようになり、それがもとで女房と熊浦のおばんとの間に悶着が起って、とうとう女房は実家に引きとってもらう仕儀となったのだ。熊浦屋の後家は身の潔白を証明するという理由で、流れ者の老いぼれ職人を意地づくで亭主に迎える。この後家も一人息子を戦死させており、両家の争いも結局戦争がもたらしたものなのである。猿のカインの不幸も含めて、この山峡の不幸のすべてが戦争に端を発しているといえる。米山さんがいうように、よそ者には「仙境」とみえても「およそ生き苦しい」仙境なのであって、生活条件のきびしい「山峡」は、日本的現実の縮図にほかならない。しかし、生きがたさはいつの世も変らぬ「仙境」の現実であるとしても、このたびの戦争が山峡の住人にもたらした「不幸」は、それがまったく人為的なものであることによって、それ以前の「不幸」とは決定的に異なるのだ。甚作方の悲劇が示しているように、戦争はそれまで自然の秩序のように変わることのなかった山峡の村落共同体を崩壊に導いたわけである。甚作をはじめとする「不幸」な人々への同情をにじませつつも、戦争を声高に批判するようなことは一切しない米山さんの抑制のきいた穏やかな語り口が、「秘境」といわれたこの谷間にまでおしよせた戦争の悲惨をかえって浮彫りにする。ここでもまた聞書きという形が効果的である。

「甚作方の不幸は輪に輪をかけるやう」にして起こる。里に帰っていて二人の「顔役」との間に不始末があったために、実家を出て市川大門の紙漉工場で働いていた長男の嫁が、渡りもので道楽もの の職工と懇ろになって子供を孕ったのである。しかも、その男は同じ工場で働く熊浦のおばんの嫁とも内縁関係にあるという入り組み方である。これとても閉鎖的な日本的村落共同体の悲劇といえばいえるが、彼らの人間関係を破壊してしまうものが、流れ者や渡り職人に代表されるような外部からの侵入者であるのは、暗示的なことがらではなかろうか（甚作の嫁の里の「顔役」たちもこの山峡からみれば外部的存在であろう）。その最大の元凶が戦争であることはもはやくりかえすまでもあるまい。

四

米山さんはこの山峡に生れ育った人間であり、これまでも甚作一家と熊浦のおばんとの争いの調停をつとめるなど住民の不幸に傍観的であったわけではないが、甚作の嫁美代から「米山先生。私は間引きたいのです。しりつして下さい」（傍点・原文）と頼まれることになって、話は一転して彼自身にかかわって来る。しりつとはこの谷間では人工流産の手術のことである。以前にはこのしりつを商売としてひきうける婆さんが、この谷筋だけでも三人もおり、平気で間引き（しりつ）が行なわれた。特に次男三男に生まれた男の赤んぼはしりつするか、谷川に流されるかした。平地の少ない細い谷で「人間が殖えては困」るからである。また近親結婚の多いこの谷では「白痴や狂人」が多く、それも取上げ婆さんの鑑定によって処置された。つまり、この谷のしりつはきびしい自然条件が生み出した止むを得ざる掟のようなものであって、美代のしりつとは意味が異なることに、一応留意しておかねばならない。

ここまで甚作方の「不幸」を中心に語って来た米山さんが、話の終りに近くなって、美代の来訪をきっかけに自身の意外な生いたちを告白するにいたって、この作品は「風物誌」という牧歌的ニュアンスさえもったことばを決定的に裏切る色合いを帯びることになる。美代の来訪は「先月の末」のことで、聞書きの中の時間はまだ進行中であって完結していなかったわけである。米山老人は突如として「この私自身も、生れたときには頭が不自然に大きかつたので、この赤んぼは白痴に相違ないと見られて、谷川に棄てられたといふことでした」というのである。これまでの語りが、「いつたんは死んだも同然の人間」による語りであることが判明するに及んで、語り全体が反転し、微妙な翳りを帯びたものに変容をとげていくのだ。ましてやその当人が最初に会ったときに「無理は邪道です」という「釣の骨法」を説いた人物であるにおいてをや。今や「無理は邪道」ということばも、釣りの骨法のレベルをこえて、深刻な体験に裏打ちされた切実でヒューマンな叡知の声とさえ響くはずである。あの孤猿のカインの挿話も冗長な脇道などではなかったことがここで一層はっきりする。米山さんもまた「仙境」を追放されかけたカインにほかならなかったからだ。

この語り手はそもそも山峡風物の客観的な叙述者でもなければ、単なる資料提供者でもなかった。

あの不幸な孤猿にも深い同情を示し、甚作一家の悲劇にも心を痛める人間味あふれる語り手であった。いいかえれば、彼は山峡の風物と人間を、自らも現にそこに生きつつある存在として、いわば内側から語る人であったことに、読者はあらためて思い至るのである。ここにも単なる客観的叙述とちがって、つねに語り手の人格と肉声を表出させずにはいない聞書き的文体の特質があらわれているといいえよう。ただし、ここで注意しなければならないのは、山峡の住人であると同時に、インテリ臭などみじんも感じさせないとはいえ、医者という知識人的存在でもある米山さんと、甚作のような純然たる庶民との間の微妙な位相の差異が、彼を「山峡風物」の優れた語り手にするとともに、その語りの質を決定しているということである。限りなく庶民に近く、しかし、決して庶民そのものでないという位相は、聞書きのスタンスそのものであり、井伏文学のそれともパラレルだといえる。

米山さんが美代にしりつをたのまれて「心の動揺」を覚えつつもそれを拒絶したのは、「生れて直ぐに死ぬ運命に置かれた人間」であった自分を、救ってくれた人々に対する感謝の気持が「一生を通じて不変不動」だったからである。穏やかな語りのうちににじみ出るヒューマンな人柄と「無理は邪道」という信念とを根底において支えて来たのは、その原体験であった。

米山さんの原体験とはこうだ。両親は取上げ婆さんの「権威ある」鑑定によって「白痴」とされた彼を、下男に命じて谷川に流させようとしたが、下男は気が臆して淵に投げ込むことが出来ず、川岸において帰って来てしまう。赤んぼの泣き声は一時間も二時間も聞こえて、それを聞いた盲目の祖母に「大変に愛憐の情を催させる結果」となって米山さんは救われたのだった。

後年、私はその下男からききましたが、下男に向かつて祖母の云ひますには、あの赤んぼの泣声をきいてをると、とても不憫な気がして自分は眠れない。自分は目が見えないが、人の手を煩はさないで自分の手で育てる覚悟をした。人の邪魔にならないやうに自分は納屋のなかに別居して、自分の食べものであの赤んぼを育てたい。誰が何と云つても、あの赤んぼを抱いて来てくれ。さう云つて下男に頼んだといふことでした。

米山さんもまたあの猿のカインや甚作たちと同じ山峡の空気を呼吸し、谷間の住人の運命をともに生きる人物だった。彼を危うくこの世から消滅させかけた「間引き」と、美代のしりつとは同日に論じられないとしても、生まれて来る命に変りはない。美代を前にした米山さんの耳には、谷に谺する赤んぼの泣声の幻聴が聞こえなかったろうか。しかし、美代が他の医者に頼むというと、彼は自分を「ずるい」と感じながらも「思はず胸を撫でおろ」すのである。明らかに戦争の犠牲者である美代に対して満腔の同情を感じながら、最終的に彼女を救いえない無力を痛感しつつ「よいと思ふことは、してもよい場合がある。悪いと思ふことは、してもつまらない」などと、何の助けにもならぬ「悪く世慣れた自分の常套語」で美代だけでなく自身に対しても自己を韜晦する。自分を救ってくれた人々に対する感謝を忘れずにいながら、米山さんは自ら手を下さずとも美代の子が闇に葬られていくのを坐視せざるをえない。猿のカインや甚作を最終的に救いえなかったように、それはしりつをやむをえざる自然の掟のように受け入れて来た山峡の人々とて変わりはなかったにちがいない。「この谷筋では昔からの伝統で、三箇月以内ならまだ植物のやうなものだと云ふ慣はしになつて」いたとしても、しりつしたものを埋めた趾に茶の木を植えて、それを「死人の墳墓と同然」に神聖視する人々の心に痛みや苦しみがなかったはずはない。しかし、しりつの跡が茶の木になるように、時間は人間の悲しみも罪業も「風物」（風景）に化してしまう。米山さんはそのような茶の木が段々畑に点在するこの谷筋の風景全体を、自然そのもののように人為をこえた運命的所与として苦渋のうちに受容しようとしているようにもみえる。それが「山に生れ、山に暮し山で死ぬ」山のぬしの知恵というものだろうか。諦観というには余りに「ずるい私」「悪く世慣れた自分」を感じながらも、彼は眼前の美代からそむけた目を、茶の木のある山峡の風景に転じて行く。しかし、茶の木のあるかぎり、人々の記憶も完全に消滅することはないだろう。そこに「山峡風物誌」という題名にこめられた痛烈なアイロニーがある。戦争は谷間の住人としての米山さんの思想や生き方にも、変貌を強いたはずである。

かくして「無理は邪道です」という米山さんのことばは、複雑に屈折しつつ二重の意味を帯びて来る。戦争やしりつはもちろん、あらゆる反自然は「邪道」であるというポジティブな意味と、そのような反自然をも含めて、個人の力ではいかんともしがたい巨大な現実ないしは自然（それこそ「山峡」が表象するものである）に逆らうような「無理は邪道」だというネガティブな意味と。ここに初期以来井伏鱒二が抱き続けて来た「谷間の思想」の変容を見てもいい。しかし、井伏文学はここにとどまらない。米山老人はやがて「黒い雨」の閑間重松となって、巨大な現実を凝視し続けるであろう。そこに井伏鱒二における戦後の深化と成熟があった。

五

ところで「山峡風物誌」という聞書き的作品は、どのていどの事実にもとづいて書かれたのだろうか。今のところ、舞台になっている渓谷も、米山さんもモデルは特定できていない。ただし、「オール読物」（昭13・3）の「我が肉弾闘争記」という特集に出ている井伏の「猿と対峙する」という文章には、中国山脈の深い谿谷にある山野鉱泉で、猿が「石ころを転がすやうに山の上からばらばらと降りて来た」ことや、猿が人を擽ぐって笑い死にさせる話などが書かれている。同文には猿の叫び声の意味などについてふれた長尾宏也という人の「山郷風物誌」という書物もひかれており、米山老人の著書「山峡雑記」を連想させる。「山峡風物誌」という作品名も、長尾の書名から思いつかれたものかもしれない。猿が人を擽ぐり殺しにする話や、イモ畑を荒らす猿の大群のことは、「釣魚余談」（昭25・8）にもほぼ同様のことが、疎開中に高梁川支流の山野川で見聞したこととして書かれている。甚作のモデルも不明だが、「魚拓（農家素描）」（昭22・1）という詩に描かれる、長男・次男・三男を戦死させ、それをまとめて供養するための法事をする五郎作という百姓の風貌を思わせるところがある。また、伴俊彦の聞書き「井伏さんから聞いたこと その三」（『井伏鱒二全集』月報5 昭40・1）によれば、この作品における赤んぼを川に棄てる話は、井伏が戦前に水上温泉に出かけた際に、招待してくれた町長から彼自身の幼児体験として聞かされたものとほとんど同じであるようだ。その聞書きを引用してみよう。

> この町長が生れた頃、この辺では、食糧事情から次男、三男が生れると皆棄子してしまう風習があったため、この町長も生れて直ぐ、下男の手で谷川に棄てられた。ところが、この下男が、川に棄てるにしのびず、座ぶとんにくるんで、砂の上に置いて帰って来たところ、納屋に寝ていた祖母が、赤ン坊の泣き声を聞き、自分の食扶持を減らして育てるからと、また下男に連れ戻させ、それで成人できたのだという。自分は本当は死んでいた筈だから、町長になった今、何とか村のため尽したいと思い、村に駅を作ってもらおうと、鉄道省に何回も何回も、ワラジ履きで陳情に出かけたのに、全然相手にされず、挙句の果、腹を立てて、これだけ沢山の役人

がいるのに、承認の判こをつける奴は一人もいないのかとタンカを切ったら、その中の一人が、やっと判を押してくれて、駅ができるようになったという逸話の持主だったとか。

井伏の談話は「なだれ」という詩の成立事情を語ったもので、「山峡風物誌」との関係には言及していないが、作品の最後の重要なエピソードが水上の町長の幼児体験にもとづくものだとすれば、この一事をもってしても、「山峡風物誌」が単なる事実の聞書きなどではなく、当然のことながら全体が意図的に構成ないしは仮構された作品であることは明らかである。その意味でも、井伏好みに仮構された語り手の米山さんが「いったん死んだも同然の人間」として設定されていることは、この作品を読む上で決定的に重要なことである。作品では祖母が「盲目」に変えられていることに加えて、水上の町長の「何とか村のため尽したい」という願いと、米山老人の山峡の人々への思いやりとの微妙な差異も興味深い。

大急ぎで聞書きの書き手である「私」のことにふれておこう。聞書きは語り手の人格もさることながら、その話を聞いて書き取る書き手（この場合もちろん作中に仮構された書き手・作者としての「私」）の意味も無視できない。聞書きが聞書きとして成立するためには、たとえ一行一句でも作中に聞き手の存在を示すしるしが必要である。聞書き的方法を用いた作品にあっては、語り手の感性や思考態度によって話の内容が決定・統一されることはもちろんだが、その上にさらにそれを筆記し取捨しつつ引用する書き手の好みや美意識の膜によって、作品全体が覆われることにもなるはずである。そうでなければ聞書きという設定自体その効力を失なう。厳密にいえば引用される聞書きの文章にも、当然のことながら書き手自身の文章への好みや教養や感性の質が影を落とすことになるだろう。「山峡風物誌」の書き手の「私」は、今まで自分が会った「山のぬし」（傍点・原文）

とでもいうべき三人の人物の印象を語ることからはじめており、わずかではあるが、そこから書き手の好みについての情報を得ることができる。それは以後に引用される聞書きについての読みにも、多かれ少なかれ影響を及ぼすことになるであろう。

　三人の山のぬしのうちの一人は上高地の庄吉という人物。対談していると「いかにも山のぬしの謦咳に接してゐるといふ感じを受けた」という。もう一人は太宰治といっしょに登った三ツ峠の髯の爺さん。あいにくガスで見えない三ツ峠からの富士についての説明の仕方は「何か風格のありげなもてなしぶり」とみえた。三人目がこの作品の主人公である米山さんだ。いずれも老人であることに注意すべきである。先にものべたように、井伏鱒二は若いころから好んで老人を書く作家だった。老人はしばしば頑固で保守的だが、しかし、それだけに井伏にとって、彼らはいわば自然の秩序のように堅固で信頼できる存在なのだ。聞書き的作品の語り手も多くの場合老人が選ばれる。語り手はいわゆるインテリ臭さがなく、ひとつのことに徹して一種の風格をそなえるにいたったような存在でなければならないからである。こうした人格（タイプ）を偏愛するところに、すでに作者ないしは聞き手・書き手の好みがあらわれており、それがいち早く作品の基調を決定するのである。「山峡風物誌」における書き手の「私」は、実在の小山書店から「甲斐風土記」の執筆を依頼されていて、作家太宰治とも交遊があるなど、かぎりなく作者自身に近い存在である。作者その人といってしまうのは理論的にいっても誤りだが（聞書きの内容が虚構であればなおのこと）、読者はそこから作品を読む上での態度を大きく規定されてしまうこともまた事実である。

　最後に戦後の聞書き的形式の佳品を思いつくままにあげると、「当村大字霞ケ森西組部落」における「盗難対策提案緊急会議」の「談話筆記」というかたちをとった「追剝の話」（昭21・7）、小栗上野介を斬った人物と面談した男の聞書きという形式の「普門院さん」（昭24・5）、「左記の口書は、誰か物好きの人が、明治五年、七十何歳のお島といふ老婆の口述を筆記したものである」と書き出される「お島の存念書」（昭25・4、同26・4、7）、小畠代官所の「取調べの聞書」を語り手の「私」が「現代語になほしながら書きとめておいた」ものの引用と「私」のコメントからなる「開墾村の与作」（昭30・6）などがただちに思いうかぶが、すでにのべたように聞書き的形式でなくても、たとえば「駅前旅館」（昭31・9〜同32・9）や「珍品堂主人」（昭34・1〜9）のような作品でさえ、そのスタンスと語り口において聞書き的小説と実質的に変わらない。もういちどくりかえしていえば、「黒い雨」はそのような方法的試みのひとつの到達点だった。

「まげもの」の世界——鞆ノ津というトポス

一

一般に「まげもの」とは江戸時代に取材した通俗読物や芝居のことである。井伏鱒二は自分の歴史小説を好んで「まげもの」と呼んだ。井伏流の含羞の表現だが、生前の井伏はよく、困ったときには「まげもの」をやるといい、と後輩の作家たちに語ったという。井伏の「まげもの」はそのまいわゆる歴史小説をさしてはいなかったようだ。何ごとにつけても古いものが好きであり、歴史や書画骨董にも造詣が深かったが、井伏の「まげもの」の方法は、史料を使った場合でも、それによって時代を再現するような歴史小説とは趣を異にしていた。作品によっては時代はいわば借りもので、人物も髷をつけた現代人というようなところさえある。「二つの話」(昭21・4)や「侘助」(昭21・5、6)に代表されるように、とりわけ戦後におけるこの作家は現代ものよりはその「まげもの」において、かなり思いきった現実批判を、時として露骨なほどにこめるならわしであった。ある意味では「まげもの」の方が自由に筆が動き、生な現実への批判を仮託するのに都合がよかったのではなかろうか。困ったら「まげもの」をやるといい、というのはその辺の事情を語っているともとれる。

敗戦直後には「さざなみ軍記」を含む戦前戦中の歴史もの八篇を収めた、そのものずばりの『まげもの』（昭21・10）という作品集も編まれている。その「あとがき」で作品成立の事情にふれているが、たとえば開戦直前に書いた「隠岐別府村の守吉」（昭16・9）では、「ごつた返しの国家艱難なときの一人の純朴な百姓を書いてみることにした。一方、幕末の地方役人の無能とだらしなさを下積みの地方の庶民たちがカヴァーしてやつて、それで漸く世の中が保たれてゐるといふ有様にもちよつと触れるつもりであつた」とのべ、さらに戦中に書いた「吹越の城」（昭18・10）については「時代こそ違つてゐるが戦争の犠牲にされて行く無数の生命人格に対する（略）哀惜の情と咏嘆を、吹越城内の流人たちの起居行動を写すことに託し、しかし現はすよりもひそめておくやうな心持で書いた」といっている。あの飄々たる風貌の裏に隠されたこの端倪すべからざる作家精神を見よ。

井伏鱒二は歴史ものにおいて失敗することのない作家だった。全体の作品数に比して量こそ少ないが佳作揃いである。中でも逸品はやはり「さざなみ軍記」だろう。この作品は井伏が最初に試みた「まげもの」である。そして作家的生涯最後の長篇の「まげもの」が同じく一種の軍記ともいえる「鞆ノ津茶会記」だったのも、単なる偶然ではあるまい。そのことはのちに論ずるとして、すでにふれたのでくりかえしになるが、少し観点をずらしつつまず「さざなみ軍記」のことから始めよう。「井伏鱒二は恐ろしく仮定が好きである」といったのは、寺田透の炯眼だった（「井伏鱒二論」）。「さざなみ軍記」は帝都を追われた平家一門が旧都福原を経て瀬戸内海を放浪する八か月の逃亡生活を記録した少年の逃亡記を「現代語訳」するという「仮定」のもとに書き出される。背景と人物の一部は「平家物語」によっているが、もちろん「逃亡記」は架空のものだ。このやり方は現代語訳という形式とともに「鞆ノ津茶会記」に至るまで、「まげもの」における井伏の常套だった。作者は「さざなみ軍記」の執筆・発表の経緯についてくりかえし語っている。証言ごとに年月など多少の齟齬があるが、昭和二年前後の無名時代にその発端部分が書かれたことだけはまちがいないようだ。執筆時期はともかく、雑誌への発表は、全体の五分の二にあたる前半が昭和五年から六年にかけて、後半が昭和十二年から十三年にかけてなされた。昭和十三年四月に単行本『さざなみ軍記』として刊行される。執筆開始からすれば、十余年の歳月がかけられていることになる。このようにながい年月にわたって、執筆・発表したことについて、井伏はこの小説の主人公――平家の公達が戦乱のなかでの「有為転変」を体験することで急速に大人びてゆく姿を表すために、自分自身が「経験をつむのを利用して」書く計画だったという意味のことをしばしばのべている。日記体小説の性格上当然のことながら作品がそのまま主人公のエクリチュールだから、その成長はまず文体にあらわれる道理だが、虚構の作中人物の成長を作者自身の上に流れる時間や経験の蓄積を利用して書くということ、しかも最初からはっきりそのように意図して書いた例は、日本文学史にも他にないのではないか。かつて臼井吉見は完結まで十六年を要した「暗夜行路」という先蹤をあげてこの作品を論じたことがある（『集金旅行・さざなみ軍記』〈創元文庫〉「解説」昭26・10）が、よくいわれるように志賀直哉においては書くことと生きることとが不可分であり、その結果としてものごとの自然な収束までにあのような時間を要したのであった。井伏の場合は年月と経験は人生観を変え、文体も推移していくはずだという前提ないしは仮定のもとに（少なくともある時点からは）自覚的に書きすすめられていったのである。

いや事情は逆であったかもしれない。「無理やり自分の表現を持ちたいと焦燥した結果」(『シグレ島叙景』跋)生まれた翻訳調を含む初期のあの独特の文体(それは「さざなみ軍記」前半にも顕著にあらわれている)から徐々に脱却していこうとするもくろみの方が先にあって、「さざなみ軍記」における文体の実験が試みられたというのが真相に近いのではないか。そして、それは成功したといってよい。「さざなみ軍記」における試みはもとより、自身の新しい文体の獲得においても。

井伏鱒二は後年この作を読み返してみて「七月二十八日」の章あたりから「文章が少し平易になつてゐると思つた」(作品社版『さざなみ軍記』「跋」昭55・4)と語っている。七月二十八日は平家一門が旧都福原に火をかけて、船で瀬戸内海に逃れようとするあたり、まだ物語ははじまったばかりだが、この前後を境に、翻訳調が消えていくことは確かである。雑誌発表に即してみれば、「七月二十八日」の項までが、昭和五年三月の雑誌「文学」に「逃げて行く記録」として発表され、第二創作集『なつかしき現実』に収められた部分に相当する。どうやらこの部分だけは、少なくとも昭和三年以前に書かれた旧稿であるらしい。

執筆時期はともあれ雑誌発表にかぎっていえば、先にみたように昭和五、六年発表の前半と、昭和十二、三年発表の後半との間に六年の空白がある。この前半と後半の間には、たとえば前半の帝都を落ちて行く場面(七月二十五日)と、後半(二月七日)にそれぞれある、愛馬を見捨てて船で海に逃れるという似たような場面の対照的な表現などに端的にあらわれている、少年らしい感傷から、感情を抑制した正確な対象把握への推移に、主人公の成長と作者自身の文体的成熟の重なりをみてとることができる。つまり、六か月間の主人公の急激な成長を、作者は自身の六年余の成熟をかけて書いたというわけだ。

もうひとつだけ、主人公の少年が「戦乱で急激に大人びてゆく」姿が典型的にあらわれている例として室の津の少女との関係の推移をみておこう。その前に作者が河盛好蔵との対談（『井伏鱒二』〈日本の文学53〉「付録」昭41・11　中央公論社）の中で、昭和初年同人誌仲間がすべて左傾していくなかで自分だけ「左翼になれなかった」孤立感を、「最初あれに入れているわけです」といっているることはやはり注目せざるを得ない。つづいて井伏は「少年が室の津の田舎の娘に好かれると有頂天になる、それが自分と同じ階級でないものから愛情をもたれたいという、それはあのころの僕の気持でした」とも語っている。井伏鱒二の屈折したプロレタリア文学体験の真相は、「雞肋集」その他にやや韜晦的に書かれている以上にはわからない。しかし、前半の主人公がたびたび「今は私は私達の階級以外の人に厚意を示してもらひたい」（八月十九日）というような民衆志向をもらしたり、「彼等は私達の階級を支持するために、規則や制度によつて傷ついて、そして彼等自ら苦しむのである」（八月十七日）というような左翼風（？）の階級観を書きつけたりする一方で、しばしば部隊から「脱走したい本心」をのぞかせているところなどは、昭和初期の作者の複雑な心事とまったく無関係とはいいきれないだろう。主人公にとって成長とは、東西の名もない侍や瀬戸内の民衆に接し、そのたくましい力を発見していく過程でもあった。

さて、室の津の少女との出会いと別れ（八月十九日）は、「さざなみ軍記」が昭和文学有数の青春小説であることを保証する印象深い場面である。その数日後再び室の津に停泊したときにも、主人公は「もう一度あの少女に会ひたいと思ふ」が、実現しない。後半にもこの少女に関する記述が二か所出て来る。九月二十六日の項では、再び室の津に上陸し少女の家を訪ねて留守であることを知ると「私は衝動的に彼女の行方を尋ねたいと思つたが、それも断念しなくてはいけないことに気がついた」と記されるが、翌年二月二十七日の項に至ると、備後室の津を焼き払って凱旋した丹の季成という味方の侍の報告を聞いても「かつて私たちは太宰府に落ちるときその港町に宿営し、私はその裏山の中腹にある民家の少女と渚で密会したことがある。そのとき彼女は頭髪を六波羅風に真似てゐた。たぶん季成は彼女の家も焼きはらつてしまつたことであらう」と記すのみで何の感慨も示さない。のみならず巻末に近い三月二日の項では、土地の豪族大橋楠根の妹から「恋慕の素振り」をみせられると、それは侍大将たるものへの「礼儀作法」にすぎまいと考え、女の肩に手を置き「侍大将のたしなみとして、彼女のその素振りも無理はないと答へるやうな素振りをして見せた」のである。少年の心はまさに「急激に大人びてゆく」わけだ。とはいえその成長はいかなる成長であったろうか。主人公は別のところで「時と場合により世を韜晦することは男子のたしなみであるが、場合によつては大きな恥辱である」（九月二十六日）というある流浪の物識りのことばを書きとめているが、江藤淳風にいえば成熟とは喪失の別名であるかもしれないのである。少女のことは一例だが、武人としても「坂東武者の飽くことのない蛮勇と底ぢから」に震撼させられ、しばしば「脱走」さえ考えた少年も、後半になるにつれ、部隊を指揮し、兵士たちに「一場の訓辞」をたれるまでに成長する。作者自身「この物語は私の十年間の気持をところどころに貼りつけたアルバムのごときものである」（「自序」）といっているように、前半から後半への主人公の成長が、昭和初年から十年代初頭に至る作者自身の心境の変遷に対応していると読むのは、決して深読みではない。前半部をプロレタリア文学運動全盛期に書き始めた作者は、その後プロレタリア文学の解体から日中戦争へという変転を横目でみながら、後半部を書き進めていったのである。

「さざなみ軍記」には、十六歳の少年の初々しい感性によってとらえられた戦乱の世の「有為転変」が描かれるわけだが、その中にあって格別印象深いのは泉寺の覚丹という僧兵の沈着冷静ぶりと、宮地小太郎という地元因島出身の古武士の豪勇である。この二人が特に後半で活躍するようになるのは、暗示的であるように思われる。平家の滅亡は止むを得ぬ時勢の流れであると断定しつつも、平家一門に加担する文武兼備の豪傑覚丹は、主人公の民衆観とは逆に「民衆といふものが一ばんよく世の動きを感じる」（元暦元年正月三十日）といい、時勢の赴くところを達観して戦闘の傍ら「寿永記」と称する浩瀚な軍記を書き続けている。この学僧は作者によって「平家物語」の作者のごとき存在に擬せられているが、主人公が覗きみた「寿永記」の草稿によると、「覚丹自らは時勢と共に押しながされ自然の流れにしたがつて世をのがれるため、私たち一門に加はつてゐるにすぎないといふ口吻である」（二月二十日）。ここに時勢に流されつつ太平洋戦争前夜を生きる作者自身の境地を読みとるのは、読者の自由である。

宮地小太郎は古風一徹な老武者で、その逞しく「じつていな」風貌が好意ある筆で描かれている。それは彼が備後土着の水軍の侍であることとも関係があるだろう。作者はのちのちまでこの宮地小太郎を梶原景時との戦いで戦死させてしまったことを「最大恨事のひとつ」だと嘆いているが、あるいはそのことが作者に「さざなみ軍記」を書きつぐ情熱を失わせた一因だったかもしれない。ちなみに晩年の「鞆ノ津茶会記」では、宮地小太郎の同族とおぼしい向島水軍出身の「宮地左衛門尉」という武将が登場することを書きそえておこう。

二

「さざなみ軍記」という題名が語っているように、この作の隠された主題は、瀬戸内海、とりわけ備後の海を書くことであったのかもしれない。平家一門を地形なども知悉している自らの故郷に近い瀬戸内の海に導き入れたとき、作者はおそらく心おどりするような気持で作品を書きすすめていったにちがいない。備後の海辺でもとりわけあの梨の木の家に住む少女がいる室の津がくりかえし出て来る。室の津は播州のそれが有名だが、「備後室の津」とあるので架空の地名であろう。しかし前後の地形の記述からみて明らかに鞆ノ津（鞆の浦）を思わせる。改訂癖で有名な井伏も、先述したような成立事情もあって、初版以来この作品だけは、ほとんど手を加えずに来たのだが、昭和五十五年の作品社版にいたって、読者からの投書があったという理由で、突如「室の津」を「鞆の津」と改訂した。これは「さざなみ軍記」における特殊な文体実験からみても改悪だと思われたが、以後の新潮文庫版や自選全集ではもとにもどされている。

鞆ノ津――広島県福山市鞆町。鞆の浦ともいう。福山在の加茂村に生まれた井伏鱒二は、小学一年のときここではじめて海をみて「感慨無量」だった。以来この土地は愛着深い場所となる。『井伏鱒二画集』（平14・3）には福山中学時代に描いた「鞆」界隈の水彩画十点が収められている。最初の長篇歴史小説「さざなみ軍記」と晩年の「鞆ノ津茶会記」がここを主たる舞台にしている所以だ。ところで井伏は無名時代の昭和三年七月の「旅と伝説」という雑誌に「鞆の津とその附近」という文章を書いている。鞆ノ津付近の潮流・地勢や平家伝説にかかわる歴史の叙述に「さざなみ軍記」と重なる部分が多く、「さざなみ軍記」冒頭部の初稿が、昭和三年七月以前に成立していたであろうことをこの文章が傍証しているともいえる。さらにこの文章は鞆ノ津の西方にある「室浜」にもふれている。大伴旅人が「吾妹子が見し鞆の浦のむろの木は」と歌った室の巨木があったところで、「さざなみ軍記」の「室の津」という架空の地名は、この「室浜」と「鞆の津」を合成して作られたものであった（作品社版「跋」）。なおついでにいえば、初期の小説「祖父」（大13・9）の舞台は「T町」（鞆ノ津）という「避暑地兼海水浴場として有名なところ」であり、「雞肋集」には小学一年七歳のときに祖父につれられて鞆ノ津の「仙酔島」に行き、「初めて海をみた」とある。井伏には鞆ノ津の鍛治屋まちを素描した「鞆ノ津所見」（昭6・9）のような作品もあり、鞆ノ津にふれて書いた文章は、戦前だけでも大小十篇をくだらない。鞆ノ津は井伏文学の重要なトポスとして逸することができないのである。あの「珍品堂主人」でも、作者は珍品堂をして鞆ノ津に古い甕の買いつけに行かせ、前記「鞆の津とその附近」にも紹介されている、作者自身にとってもなつかしい対山館に泊まらせている。

昭和五十八年に満八十五歳になった井伏鱒二は、この年の七月から六十年八月まで雑誌「海燕」に断続して「鞆ノ津日記」（のち「鞆ノ津茶会記」と改題）を連載した。これが長い作家生活の最後の長篇となった。それに先だって井伏は「神屋宗湛の残した日記」を「海燕」（昭57・1〜9）に連載している。「海燕」の元編集長寺田博によれば、井伏は「「神屋宗湛日記」の口語訳をして、茶会記の形式を勉強して、しかる後に想像による茶会記を書いてみよう、と遠大な計画を述べ」たという（「井伏鱒二先生三回忌」「すばる」平7・9）。「神屋宗湛の残した日記」は、信長・秀吉と同時代に活躍した博多の豪商で茶人の神屋宗湛の日記が素材。宗湛日記は茶道史上の貴重な史料であるばかりでなく、そこに記録された茶会に秀吉以下の武将たちが登場することでも知られる。「かるさん屋敷」「安土セミナリオ」をはじめ作者がこの天正前後の時代に格別の関心を持ち続けたことは、井伏文学の読者ならよく知っていることだろう。作品はこの大部の日記を読み進めながら、興味のあるところだけを抽出して「口語訳」(「さざなみ軍記」以来の常套)し、それに作者のコメントを注記するという形式の、いわば読書ノートふうの書き方である。しかし、その抽出や注記の仕方の自在さがおのずと作者の関心の方向をしのばせる仕組みになっている。なかでも作者は秀吉の言葉づかいに興味があったらしく、特に後半ではほとんど秀吉の出て来るところのみを摘記している。茶の湯に関心のないものにはいささか退屈な茶室のたたずまいや茶道具類の羅列的な記述の中にあって、時として差し挟まれる秀吉の肉声や「死の商人」でもあった茶人たちのせわしない動きが不思議な生々しさで浮かびあがる。

ここでの「勉強」が生かされてひきつづき「鞆ノ津茶会記」が書かれるわけである。その「序」には「茶会の作法や規則なども全く知らないが、自分の独り合点で鞆ノ津の城内や安国寺の茶席で茶の湯の会が催される話を仮想した」とある。ここでも「仮想」からの出発である。「鞆ノ津茶会記」には神屋宗湛の名や日記のことなどが、何か所か出て来るが、「神屋宗湛の残した日記」の方の舞台は京・大阪か博多周辺に限られており、もとより鞆ノ津のことなどまったく出て来ない。かつて「さざなみ軍記」において、主人公たちを備後の海に導き入れることによって、作品が生動しはじめたように、茶会と鞆ノ津が結びつけられたとき、老作家の想像力は生き生きと発動しはじめたであろう。何よりも備後鞆ノ津への方位をもっている点で、両作は共通した基盤の上に立っているのである。加えて「鞆ノ津茶会記」もまた茶会における談話の聞書きというかたちを借りた軍記と見られなくはない。それもどちらかといえば時流に取り残された敗者の側の軍記という性格をもっているのである。

作品の時代は秀吉が九州征伐ののち聚楽第を完成した翌年の天正十六年から、七年にわたる朝鮮出兵を経て秀吉死後の関ヶ原合戦前夜に至る十年余り。鞆ノ津やその周辺で行なわれた十四回の茶会の記録である。参加者のうち「同好の士、二人または三人四人が代り番こに、別室に持ち込むか自宅に持ち帰るかして、思ひ思ひの文章で書いてゐる」と仮定した記事で、出席者の歴史や時事に関する放談の聞書き的「要約」が主な内容である。聞書きのスタイルは、対象との距離のとり方を象徴的に示すもので、とりわけ戦後の井伏文学のきわだった特徴である。茶席に連なるのは小早川隆景麾下の武将たちで、安国寺恵瓊をのぞけば、多くは小さな山城の城主や水軍の将とされる「架空の人物」たちである。

作品は内容の反復や形式的な不整合もあり、完成度は必ずしも高くないが、寄合の芸能といわれる茶の湯を生かした架空の茶会記という発想はさすがに大胆で独創的だ。一見地味な作風のように見えるが、「山椒魚」(「幽閉」)以来井伏鱒二は一作ごとに趣向をこらす方法家だった。「仮定」とはその趣向のことにほかならない。「さざなみ軍記」をはじめ「丹下氏邸」「川」「冷凍人間」「集金旅行」「二つの話」「本日休診」など思いつくままにあげても、井伏が同世代の誰よりも独創的な——時として奇想といっていいほどの手法を駆使する作家だったことに思いあたるにちがいない。その作家も「黒い雨」以来、小説的仮構には興味を失ったかのように、主として随筆的作品を書き続けていたが、米寿を目前にして体力の衰えとたたかいながら、いわば最後の力をふりしぼって書いたのが、「鞆ノ津茶会記」だった。そこには戦前・戦中・戦後の激動期を身を低くしながら頑固に自己を貫いて来た老作家の史眼のようなものもにじみ出ているはずである。「さざなみ軍記」の作者はしばしば、最後に主人公を播州生野の棚田に隠遁させる構想だったと語っているが、「鞆ノ津茶会記」の世界を、隠棲して老年にさしかかった平家の元公達の境涯になぞらえてみるのも一興ではなかろうか。

舞台を鞆ノ津に「仮想」したのは、すでにのべたように作者の郷里への愛着にもとづくものだが、海上交通の要衝とはいえ、中央の政争や戦乱から遠く離れた僻陬の地での茶会という設定は、「黒い雨」における広島と小畠村を思わせるスタンスのとり方である。時代は秀吉の専制が定まりつつあった時期で、話題も基本的には完結した出来事の回想が多く、しかもそれについての書記言語的記録からなっている点でも「黒い雨」の構造に似ているといえる。そのような時間的空間的な距離のとり方は、執筆時における作者自身の姿勢にも対応しているであろう。「さざなみ軍記」の作者は、自らの上に積み重ねられる時間と経験を利用して主人公の成長ぶりを表現したが、「鞆ノ津茶会記」の井伏鱒二は、その人生を収束させようとする地点に立ってこの作品を書いているといえようか。非日常的な逃亡記から、日常的な炉辺談話的世界へという推移も興味深い。

井伏はディテールを大事にする作家である。茶室の作りや道具類は基本的に宗湛日記から学んだであろうが、「梨田入道斎の云ふこと（その要約）」というような参会者の発言が記録の大半を占めていて、そこでは奔放といっていいほどの想像力ないしは空想力が発揮される。茶会での話柄としては佐々成政の没落や高松城水攻めをめぐって生じた悲劇など戦乱の世の離合集散にかかわるエピソードがいくつも語られるが、それらの出来事の背後には陰険な策略家秀吉の影がつねにみえかくれする。特に高麗出兵のことが中心になる後半では茶会のたびに秀吉のことが話題になる。秀吉はこの作品の影の主人公といってもよいのである。

ところで茶席では清談が作法である。千利休の高弟で秀吉にさからって耳鼻をそがれた上で斬刑に処せられた堺の茶人山内宗二は、肖柏の狂歌「我仏隣ノ宝聟舅天下ノ軍人ノ善悪」を引いて茶席における「世間雑談無用也」といっている(「山内宗二記」)。もとより井伏もそのことは知っていたはずだが、「神屋宗湛の残した日記」には「宗湛は秀吉の云つた言葉だけはその通り書いてゐるやうだが、秀吉の心情については何も書いてゐない」という不満を記している。そこで逆に大いに悪口をいう「鞆ノ津茶会記」のアイロニカルな発想が生まれた。井伏は前記寺田博に「武将たちは茶席では人の悪口を言わなかったそうだ。うんと悪口を言うような茶会記を書いたらどうだろう」といったという。「鞆ノ津茶会記」はまさに「世間雑談」そのものの世界である。

三

この作品の茶会では振舞いの料理に加えてきまったように「大いに食つて、大いに飲めや」といって茶碗酒(それも濁酒)が次々に注がれる。茶会は懐石を伴うから酒も出るが、その酒にもおのずから「千鳥の盃事」のような作法があったはずである。しかし、「鞆ノ津茶会記」では「客一同、飲みながら食べながら聞く。茶の湯の作法など無視、飲み且つ腹いっぱいに食べる」という流儀で、酔った勢いの放言というのも少なくない。この「濁酒を次から次に注ぎ足す茶碗酒」の趣向は、酒好きであった作者による意図的な仮構のひとつとみてよいだろう。お上品にとりすました作法など「無視」して、大いに飲んで腹蔵のない「悪口」を展開するのである。この時期の茶会の流行が、北野の大茶会や黄金の茶室に代表される天下人秀吉の好みとも関係があったとすれば、地方武人らしい茶碗酒の豪快な茶会という発想自体、秀吉的なるものへの反語になっているわけだ。

ここに集まる武将たちは総じて秀吉嫌いである。安国寺恵瓊をのぞけば、彼らはすべて地元の備後及び安芸の出身者で、負け戦を承知で悠然とたたかって死んだ「さざなみ軍記」における土着の老雄宮地小太郎の末裔たちだといってもよい。かつて宮地小太郎を戦死させたことを悔いていた作者は、今ここにその子孫たちを登場させることで彼を蘇らせたわけである。なかでも、同じように宮地を名のる尾道向島の水軍出身の宮地左衛門尉や同じく水軍の村上左門は、とりわけ「秀吉ぎらひ」である。

彼らの間では秀吉の黄金をばらまく「執拗な切崩し策」が非難され、万事派手好みで見てくれや世評を気にする秀吉の性向は「入婿」気質だとしてくりかえしこきおろされる。その「せつかち」な性格と覇権への欲望がひきおこす戦争への嫌悪と反感が、どの茶席にもみなぎっている。たとえば備後神辺城主の息子が秀吉の謀略にかかって兄とその幼い子供たちの首を刎ねたことが、何度も茶会の話題になるが、その陰惨な行為については「狂つた戦争が生み出す罪だ。御祝儀は金子銀子か、領地か、それとも美女か、官位か、いづれかきまつてをる」（鳥居兵庫頭）といった調子で語られる。特に高麗出兵については参会者そろって徹頭徹尾非難している。「一つの国が一つの国を倒さうとすれば、ろくなことは起らない」（村上左門）、「高麗出兵の噂では、秀吉の評判が大失墜やないか。（略）せつかく千成瓢簞の馬印が、夜泣きをやり始めたらうな」（宮地左衛門尉）、「関白になつたり、太閤殿下になつたりで、人間が日に日に淪落し、茶の湯の同朋として口をきくのも面白うない」（有田蔵人介）、「秀吉といふ人物、つくづく戦争騒ぎが好きらしい」（栗原四郎兵衛）というように、「黒い雨」をもうわまわる激越な戦争批判のことばが次々に発せられる。秀吉が高麗の陣にいる諸将に配った二十六綱目の朱印状の「常人には思ひも寄らぬ大風呂敷の出まかせに近い」内容については、さすがの恵瓊も「秀吉は早くもぼけ老人になつたと云ふ者がゐた。欲ぼけか、または色ぼけか、とにかくぼけてしまつたと云ふ人がゐた」と評している。

慶長三年七月、秀吉の死によってようやく愚劣な出兵は終ったが、「戦争は七年間も空しく続いたわけで、高麗の壮丁は軍務に駆られ、婦女子は逃亡に日を送つた。田畑は荒れた。（略）この戦争は誰が誰に仕掛けたのか思ふだに怖ろしい」と武将の一人は語る。源平時代の戦争とは規模も性格も異なるとはいえ、いつの世も犠牲になるのは底辺の民衆である。それにしてもこのようなほとんど文学的形象化の手続きも経ずになされる戦争への直接的な批判は「さざなみ軍記」にはなかったものだ。作者のいわゆる「まげもの」の表現について、その背後にいちいち現代への批判を読もうとするのは作品翫賞上の邪道であるかもしれないが、「一つの国が一つの国を倒さうとすれば、ろくなことは起らない」という述懐などには、最後まで核廃絶にこだわった老作家の現代への痛烈な批判が重ねられているのはほとんど疑う余地がない。敗戦前の「まげもの」では、愚劣な戦争の犠牲になっていく「無数の生命人格」に対する哀惜の情を「現はすよりもひそめておくやうな心持で書いた」井伏鱒二も、自らの「悪夢」のような徴用員生活でみた侵略戦争の悲惨さに加えて、故郷広島への原爆投下という事実を通過することによって、戦後の「二つの話」「侘助」などの「まげもの」になると、権力者の極悪非道を直接「現はす」ように書くようになり、そしていま「鞆ノ津茶会記」の秀吉批判に至りついた。

八十五歳の作者にとって、歴史はどのようなものに見えていたであろうか。たとえば漂流記という形式は早くから井伏鱒二にとってなじみ深いものであった。それは人間が漂う存在であるという人生観と無関係ではなかったろう。「さざなみ軍記」はまさに明日知れぬ生を漂泊しつつある平家の公達の日記として書かれたが、長い人生の終り近くになって書かれた「鞆ノ津茶会記」は、備後鞆ノ津という定点から眺め返された漂う人間たちの歴史であった。それが何がしか晩年の作家の眼にうつった昭和の歴史に似ていたであろうなどと忖度するのは、不遜の誹りを受けようか。

井伏鱒二と甲州——釣りと文学

一

筑摩書房版の新しい『井伏鱒二全集』全二十八巻別巻二が完結したとき、全集の校異調査に従った早稲田の若い仲間たちと『井伏鱒二全集索引』(双文社出版)を作った。新全集に出て来る人名と作品名(自作を含む)についての索引である。その際、いわば旅の作家でもある井伏作品については、ぜひ地名索引を作りたいと考えたが、いざとりかかってみると、それがなかなか難題で、ついに断念するに至った。井伏の足跡は、北は津軽、南は九州宮崎、さらにはマレー、シンガポールに至るまで広範囲にわたるが、そのときのおおざっぱな予測では、もっとも多いのが郷里の備後加茂村を含む瀬戸内周辺、さらに荻窪を中心とする中央沿線から早稲田界隈にかけては当然として、次に来るのは、やはり甲州であろうと考えた。

甲州を題材とする作品は、数え方にもよるが、初期から晩年まで主要なものだけでも百五十篇は下らない(二百六十篇を超えるという報告もある)。井伏の甲州行がいつごろからはじまったかは、井伏自身の証言が、必ずしも一定していない。甲州について書かれたものとしては、古沢安二郎との合作（後半井伏筆）の形をとった「甲州街道ある記」（昭4・1）を嚆矢とする。ただし、これは「文藝都市」同人九名とともに列車で四方津まで行き、そこから甲州街道を大月の手前の鳥沢まで歩いたことが書かれているにすぎない。井伏と甲州とを結びつけたのは、その風土もさることながら、主として釣りであったろう。井伏にとって釣りはその文学と深いところでつながっているのだが、それは後述するとして、井伏が甲州について本格的に書くのは「増富温泉場」（昭9・2・18）からである。もちろんこれも釣りに関わっている。同じ素材を使ったものとして「山家の温泉と小学校」）（昭9・3・31）がある。「山の宿」（昭12・9）も増富の宿のことを書いた作品であり、のちの「増富の谿谷」（昭16・1）は、井伏には珍しく怪談風の味わいのある小説だ。

郡内地方をのぞく甲府盆地の河川は、大小の谿谷をはじめ笛吹川も釜無川もすべて富士川の支流で、最終的に富士川をへて太平洋にそそぐ。「富士川支流」（昭9・6・18、19）は、「下山波高島」という「富士身延電気鉄道線」の小駅におりたつところから書き出される。周知のように波高島は戦後の佳作「侘助」の舞台である。また、「富士川支流」では、近くの下部温泉に「四角な木製の湯槽が四つ、そしてその十倍くらゐなタイル張りの浴槽が四つ」あって、その混浴の外湯に入る場面が書かれている。下部が井伏の甲州ものの一大拠点になることはいうまでもない。下部からは身延山も近い。身延山地の七面山に取材したものとして「七面山所見」（昭11・8）、「夏日お山講」（昭11・8・2）、「七面山のお札」（昭12・5）などがあり、戦後は、「伊之助の短文」（昭30・5）もある。ちなみに下部の湯のことは「四つの湯槽」（昭13・11・6〜27）の題で「週刊朝日」に四回連載され、のちに「かんざし」と改題されるが、さらに十六年八月には「簪」の題で映画化（松竹）もされる。

井伏作品の映画化は、「多甚古村」（東宝、昭15・1）についで二番目だが、さらに同年九月には同じく甲州ものの「おこまさん」（昭15・1〜6）も「秀子の車掌さん」（南旺映画）のタイトルで映画化される。ながい不遇時代をへて直木賞も受賞し、昭和十五・六年ごろには、作家井伏鱒二にもようやく陽があたりかけていたのだが、十六年十一月には甲府滞在中に陸軍徴用令書が届いたことを知るのである。

ところで「甲州の話」（昭10・1・22〜25）には、「私は昨年の四月から富士川の各支流の研究に興味を覚え、四月から十月にかけて前後十回あまりは甲州に出かけた」と書かれている。昭和九年前後から本格的な甲州行が始まったとみてよい。それも「富士川の各支流の研究」として。「近県旅行」（昭9・9・22〜28）も増富温泉や下部温泉を拠点とした富士川支流研究の一環である。もっとも井伏の関心は、川ばかりではない。甲府の町や甲州盆地を交叉する街道筋を舞台にした作品も少なくない。しばしば作品に登場するのは、青梅街道と甲州街道が合流する酒折・差し出の磯・塩山一帯である。そこには酒折宮・琵琶塚・恵林寺など名所・旧跡がある。のち『七つの街道』（昭32・11）の一篇として書かれる古道「甲斐わかひこ路」（昭31・12）も酒折を起点としている。井伏は戦時中、近くの市外甲運村に疎開して、笛吹川や平等川は格好の釣場となった。「甲州の話」では特に「甲州の人の気つぷと街道のことに」も着目し、富士川「各支流の流域における人気を比較して、笛吹川と平等川の流域―甲運村ならびに万力村から塩山にかけて一帯の土地は、特に殺伐な気風のところであるのに気がついた」として、黒駒の勝蔵以下オカネ祐海に至るまで「一篇の侠客史」を編纂できるような「濃厚な個性」を輩出したとのべている。この作品には鰻屋の甲運亭や千登世などにもふれられているが、市内の旅館「梅が枝」や「東洋館」も含めて、井伏文学の読者にはなじみの店である。

甲州ものがもっとも多く書かれるのは、昭和十三年から十四年にかけてである。先にのべたように、井伏は十三年二月に第六回直木賞を受ける。四十歳というおそい受賞であったが、作家としては期するところがあったであろう。昭和十三年には、「ミツギモノ」（昭13・1）以下「四つの湯槽」（前掲）まで甲州に取材した作品を大小十八篇も発表している。十四年には十二篇、十五年には七篇を数えることができる。井伏は十三年八月四日ごろから九月十九日まで、山梨県南都留郡河口村の御坂峠天下茶屋に滞在し、九月十八日には太宰治と石原美知子との見合いに立ちあった。その間の経緯については太宰の「富嶽百景」（昭14・2、3）にもくわしい。御坂峠のことはまず「さしでの磯」（昭13・2）に出て来る。ついで「フジンタの滝」（昭13・8・12）には「私は九月上旬までここに滞在したいと思つてゐる」とある。以下十四年にかけて「山に行く」「峠の茶屋」「山上風景誌」「御坂上」「腹の虫」「山上通信」「二百十日」「九月十三日」「山村風物記」「山籠り」「サイキの根」「猟見物」「甲斐路」「園有桃」「大空の鷲」「蛍合戦」など、御坂峠を舞台にしたもの、あるいはその地に言及した作品が書かれる。「富士には月見草がよく似合ふ」の碑で知られる太宰治以上に、井伏にとって御坂峠・天下茶屋は、重要な場所なのだ。さらにつけ加えておけば、「おこまさん」は、甲府から御坂峠をこえて富士吉田までの旧八号線を運行するバスの女車掌を中心とする物語で、井伏自身をモデルにした甲州好きの作家井川権二が登場する。

井伏は他に「山を見て老人の語る」（昭14・1）をはじめ「川井騒動」（昭15・1・1）「円心の行状」（昭15・6）など甲州の歴史に取材した作品も書いている。日米開戦直前の十六年十一月には徴用でマレーをへてシンガポールに赴くが、十七年十一月に帰国し、韮崎にある武田の出城を舞台にした佳作「吹越の城」(昭18・10)を発表している。十九年五月には、家族が八代郡甲運村岩月方に疎開(本人は七月)、翌年四月には太宰一家も甲府市内に疎開して来たので、戦後の東京では疎遠になる二人が親密な交際をしたのは、それぞれの郷里へ再疎開するまでのこの三か月が最後となった。

二

ここで甲州のことから少し離れるが、天下茶屋滞在前後に書かれて発表された「薬屋の雛女房」(井伏)「姥捨」(太宰)という二つの作品をとりあげてみよう。

戦後、いちはやく上京して流行作家になった太宰治は、おくれて二十二年七月下旬に帰京した師井伏鱒二のために、『井伏鱒二選集』全九巻(筑摩書房、当初は全七巻の予定)を企画し、全巻の後記も引受けたが、その死によって、後記は四巻までで終った。太宰が残した遺書らしきものの反故の中に「井伏さんは悪人です」と書かれてあったことはよく知られている。井伏「悪人」説については、これまでさまざまに論じられて来た。その中でも重要な問題提起として、篤実な太宰治研究者である川崎和啓の「師弟の訣れ　太宰治の井伏鱒二悪人説」(「近代文学試論」第二十九号、平3・12)をとりあげてみよう。川崎は太宰が「井伏さんは悪人です」ということばを書き残すきっかけになったものとして、井伏の「薬屋の雛女房」(昭13・10)という作品に着目する。これは船橋の麻薬中毒時代の太宰をモデルにしたもので「婦人公論」十三年十月号の「ユーモア読物特集Ⅱ」の一篇として発表された。パビナール中毒になり、薬を求めて狂奔する夫に苦しめられる妻の姿を、主として薬屋の若い女房の目から描いた作品である。発表年月からみて、井伏の天下茶屋滞在中かその直前に書かれたものと推定できる。川崎は、太宰が井伏選集編集にあたって、小説集『禁札』（昭14・3）収録のこの作品に初めて接し、強い屈辱と不信感を抱いたことが、井伏「悪人」の意識が生じるきっかになったのだとほぼ断定している。「薬屋の雛女房」の分析や「如是我聞」など死の直前の太宰の言動をふまえての論証は周到で手がたく、反論の余地はないようにも思える。ただし、太宰が選集編纂時にはじめて「薬屋の雛女房」を目にしたという前提については留保しておきたい。

「薬屋の雛女房」は、太宰の天下茶屋滞在中の十三年十月に雑誌発表される。実際は前月の中旬ごろに発売されたと思われるその雑誌を太宰が読んだかどうかはともかく、この作品は前述のように次の年に刊行される井伏の創作集『禁札』にも収められるので、少なくともそれは再婚直後の太宰の目にふれている可能性がきわめて高い。それでなくても、太宰周辺の仲間のうちからその内容が彼に伝わらなかったろうか。もちろん、掲載が有名な婦人雑誌であるだけに、見合いの相手である石原美知子の耳には伝わり、その目にふれるということも十分ありうる。いずれにしても、井伏が雑誌・単行本も含めてその作品を太宰が読むことを想定していなかったとは考えにくい。むしろ、太宰がそれを読むことを予測してこの作品を書いたといった方がいいかもしれない。七月上旬ごろから太宰と石原美知子との縁談をすすめつつあった井伏は、太宰にとっては忘れたい過去をあらためて想い起こさせ、彼をいましめる意図をこめて、あえてこの「ユーモア読物」を書いたのではなかろうか。どちらかといえば離別した小山初代の方に同情的で、再婚に際しても太宰に誓約書まで書かせた井伏だから、そのていどのことはしたであろうし、これはある意味で、二人だけに通じるものを含んだ作品だったかもしれないのである。

これまで、太宰治研究者はもとより、井伏の論者も川崎以外にこの作品にふれた人はいなかったが、近年になって、猪瀬直樹『ピカレスク　太宰治伝』（平12・11）が川崎論文に大きなヒントをうけて、太宰治の「遺書」（井伏悪人説の背景）と心中事件の「謎」に迫る「本格評伝ミステリー」（帯文）として出版された。猪瀬は太宰が井伏選集編集時にはじめて「薬屋の雛女房」を読んで強い「屈辱感」にうちひしがれて、あの「遺書」を残して心中に及んだとしている。猪瀬はその屈辱感から井伏選集後記執筆にあたって、「井伏がどんな人物か、どれほどいい加減な作品を書いてきたか、はっきりさせてしまおう、と太宰はたくらんだ」のだと断じ、太宰の井伏選集第二巻の後記（昭23・6）から次のような部分を引用している。

私の最初の考へではこの選集の巻数がいくら多くなつてもかまはぬ、なるべく、井伏さんの作品の全部を収録してみたい、そんな考へでゐたのであるが、井伏さんはそれに頑固に反対なさつて、巻数がどんなに少くなつてもかまはぬ、駄作はこの選集から絶対に排除しなければならぬといふ御意見で、私と井伏さんとは、その後も数度、筑摩書房の石井君を通じて折衝を重ね、たうとう第二巻はこの十三篇といふところで折合がついたのである。

猪瀬はこの文をふまえて、このとき井伏が「薬屋の雛女房」を「駄作」として、収録を拒否したかのような書きぶりをしているが、もとより井伏は「薬屋の雛女房」だけを「排除」したのではない（自作に厳しかった井伏は、筑摩版第一次全集刊行にあたっても、自分のような三流作家の全集は、三巻〈?〉でよいといったとも伝えられる）。

さらに猪瀬は、太宰が同じ巻に収録の「青ケ島大概記」（昭9・3）について、近藤富蔵の「八丈実記」を資料として「六割はリライト」したような「平凡」な作品をわざわざ選集に入れ、その作品の執筆時に口述筆記を手伝った際のことにふれて「天才」を感じたと大仰に絶讃してみせることで、井伏にだけ通じるかたちで報いたのだといっている。井伏はのちこの後記にふれて「社交性」（昭31・10）という文章を書いている。猪瀬文がこのエッセイをふまえていることは明らかである。井伏が太宰の後記にふれて、わざわざ資料をそのまま使った部分をとりあげて、そこに「天才」を感じ「戦慄」したなどという「最大級とも思はれる表現を使つてゐる」のは、「何て意地の悪いいたづらを云ふのだらうと思ひたい」と書いている。「造りごと」で人を讃め、当人を赤面させるのは「慇懃尾籠の一種」であるとして、そこに太宰の「ずゐぶん持つてまはつた現はれかたをした社交性」を指摘している。井伏としては珍しく憤懣やる方ないような書き方である。太宰の表現はやや大仰であるにしろ、十数年前の作品についてその資料の借用部分まで記憶していて、わざわざその部分を引用したとは考えられない。

また、猪瀬は井伏がこの作品を「駄作」として選集から「排除」しようとしたにもかかわらず、太宰はわざと残しておいたのだと書いている。作者自身「実話集」「記録物」といっているこの作品を、井伏は創作集『逃亡記』（昭9・4）、『頓生菩提』（昭10・1）、『丹下氏邸』（昭15・2）に収めており、太宰死後の『井伏鱒二集』（昭25・6）、『井伏鱒二作品集』第三巻（昭28・6）、『井伏鱒二全集』第一巻（昭39・9）などにも収録している。このことは自ら認めるとおり「資料からそのまま文章を引用したところが可成りある」にせよ、作者自身この作を決して「駄作」とは思っていなかった証拠であり、事実、井伏の歴史小説を代表する一篇であるといってよい。猪瀬は「社交性」という一文にあらわれた井伏流の含羞と潔癖をうのみにして読み誤っている。のみならず、猪瀬は「人間失格」で都会人特有の「冷たく、ずるいエゴイズムの持主」とされている「堀木という男は、

井伏鱒二を念頭においているようだ」とさえいっているが、モデル論議の可否はともかくとして、

これも見当ちがいであろう(前記川崎論文は「人間失格」のヒラメは、北芳四郎と井伏がモデルだ

としている)。

最近、筑摩書房で『井伏鱒二選集』を担当した編集者石井立が残した資料が、遺族の手によって

公表された。石井耕他による「できるかぎりよき本(前編)—石井立の仕事と戦後の文学」(「北海

学園大学学園論集」一四五 平22・9)がそれである。石井は死の前後の太宰周辺にいた若い編集者の一人だが、太宰没後は沈黙してほとんど彼に関する文章も書き残していない。その意味でも今回発表の資料は貴重だ。そこには「井伏鱒二選集編集の推移」と題して三種の収録作品草案の一覧表が付されている。それによれば、太宰作成の所収作品草案は、つねに井伏と連絡をとり、その意向をくんでいた石井との間で、巻数構成をはじめ相談しながら、草案1から草案3(草案3は『太宰治全集』所収)まで進められていったようである。その間「薬屋の雛女房」は一度もリストアップされていないし、「青ケ島大概記」は、草案1〜3まで一貫してあげられている。石井耕は、最終案は井伏によって決定されたであろうとしながらも「実際の選集はほぼ太宰の草案3の構想に近い、言いかえれば太宰治の意図を十分に汲んだ「選集」ができたのである」と結論づけている。この過程で、川崎や猪瀬が井伏悪人説の生まれるきっかけとなったとする「薬屋の雛女房」を、太宰が初めて目にするという出来事があったのであろうか。また、猪瀬がいうように「盗作」部分があることを承知で「用意周到」に「青ケ島大概記」をあえてリストに「残しておいた」などというようなことがあっただろうか。少なくとも、この資料からそれは読みとれないが、太宰の企みの入る余地などなかったはずだ。

ここで話を昭和十三年の天下茶屋にもどしてつけ加えておきたいことがある。太宰は、天下茶屋に行く前の十三年八月十三、四日ごろに、小山初代との心中未遂から離婚に至るまでの経緯を書いた「姥捨」という作品三十八枚を脱稿している。それは同年十月号の「新潮」に発表された。それはあたかも「薬屋の雛女房」の発表と同じ月であった。それは単なる偶然であったろうか。それより先、七月上旬ごろから甲府の斎藤文二郎夫人の紹介で井伏を通して、太宰に石原美知子との縁談があった。「姥捨」が、この結婚話とまったく無関係に発表されたとは思えない。また「新潮」の同年十月号発表（この時期の「新潮」は前月の十三日ごろ発売）の「姥捨」が、同年九月十三日に見合いをする石原美知子の目にふれる可能性はきわめて高い。いや、むしろ、そのことを予想して書かれたのではなかったか。「姥捨」の末尾近いところにある「単純にならう。単純にならう。男らしさ、といふこの言葉の単純性を笑ふまい。人間は、素朴に生きるより、他に、生きかたがないものだ」ということばは、再出発の伴侶となるべき人へのひそかなメッセージであると同時に、婚約にあたって誓約の「手記」まで書かされた師井伏への暗黙の決意表明とみることもできるだろう。その意味で、太宰の天下茶屋滞在中に雑誌発表されたこの二つの作品は、執筆者の意図において、見かけ以上に呼応するものをもっているのである。

三

もちろん、井伏は縁談のためにのみ、太宰を御坂峠に呼びよせたのではなかった。初代との離婚後、荒廃した生活をおくっていた太宰の心身を、御坂峠の自然の中で癒させようとする意図があったのである。ところで太宰にとって自然とは、何であったか。「富嶽百景」のテーマが端的に示しているように、それは「対峙」すべきものでこそあれ、自らを慰撫してくれるようなものではなかった。ましてや、それと同化し、融和すべき対象などではなかったのではなかろうか。井伏は天下茶屋滞在中の太宰について、次のように回想している。

私は太宰君に煙霞療法といふのを勧め、まだ栗拾ひには早かつたが坂を下つて塔の木といふ一軒屋しかないところへ栗を採りに連れて行つた。太宰君は山川草木には何等の興味も持たない風で、しよんぼりとしてついて来た。(「御坂峠にゐた頃のこと」昭和30・12)

また、美知子夫人は、新婚時代に信州に旅行したとき、周囲の自然には目もくれず、宿にこもって酒ばかり飲んでいた夫の印象について「この人にとって自然は何なのだろう。花鳥風月はどんな意味をもつのだろう。おのれの心象風景の中にのみ生きているのではないか——こんなことを思う一方、盲人の人と連れ立って旅しているような寂しさを感じた」と書いている(『回想の太宰治』昭53・5)。

井伏と美知子夫人——この二人の存在なしには、中期以降の太宰の生活も文学も今日みるようなかたちではありえなかったのだが、太宰の自然に対する姿勢について両者は期せずして同じ見方をしている。考えてみれば、「富嶽百景」の「富士」も「月見草」もきわめて観念的な自然であり、太宰にとって「山川草木」も「花鳥風月」も「おのれの心象風景」でいろどられたものでしかなかったのかもしれない。そこに井伏と太宰のきわだった対照的性格をみることができる。

さて、話を井伏鱒二に転じよう。井伏を甲州に引きつけたものは、ほかならぬその自然であり、さらにいえばその中での釣りであった。昭和二十三年六月の太宰治の不自然な死は、井伏に大きな衝撃を与え、多くの惜別の文章を書かせているが、その中に甲府の宿を背景にした「点滴」(昭

24・5）という作品がある。戦争末期の甲州疎開中のことを書いたものである。主人公の「私」が若い友人と梅が枝という宿でときどき出あい、洗面所の蛇口から落ちる水滴の音の間隔について無言のうちに対立する話で、さりげなく両者の性格の対照をうかびあがらせた、水の作家らしい好短篇だ。その家の洗面所の水道栓は少しゆるんでいて雫がたれる。栓の締め具合によっては、水のたまった洗面器に落ちる水滴の音が、「岩清水の垂れ落ちる爽やかな音」にきこえる。友人は水滴が一分間に四十滴ぐらいに垂れる「ちやぽ、ちやぽ、ちやぽ……」という音を好んだのに対し、「私」は一分間に十五滴ぐらいの「ちよッぽん、ちよッぽん、ちよッぽん……」という音を理想としたというのである。後者の場合、音も大きくきこえ「びゆん……」という共鳴音を響かせる。

この無言の対立は結末がつかないまま、甲府の街もその宿も空襲で焼けた。「敗戦後、彼は東京に転入したが、結果から云ふと無残な最期をとげるため東京に出て来たやうなものであつた。彼は女といつしよに上水に身を投げた」のである。この友人が太宰であることは一読して明らかである。彼の最後の死に場所には下駄でえぐられた跡が二条残っていて「いよいよのとき彼が死ぬまいと抵抗したのを偲ぶことが出来た」とある。戦後、梅が枝は離れだけが焼け残ってその水道栓もゆるんでいた。「私」は自分の好みのままに水滴の間隔を調節することができた。今やそれを妨げるものは誰もいないのだ。「彼の死後、私は魚釣りにますます興味を持つやうになつた。ヤマメの密漁にさへも行きかねないほどである。甲州の谷川が私の釣り場所になつた」と書かれている。「生きることにも心せき、感じることも急がるる」というプーシキンの詩句を好んで、生き急ぎ、死に急いだ若い友人へのある種の批判と口惜しさをにじませた作品だ。

いうまでもなく、井伏鱒二にとって釣りは、単なる趣味、道楽以上の何かである。そして、それは甲州の風土と深く結びついていた。井伏の釣りの師匠は佐藤垢石である。

私に釣りの手ほどきをしてくれたのは佐藤垢石老である。八年前に私は増富の谿谷や相模川に垢石老に連れられて出かけたが、その頃は釣りをしてゐる自分はこんなことをしてはゐられないといふ気持になつた。それは聊か物悲しい気持であつた。ところが去年の七月、久しぶりに垢石老に連れられて富士川の身延の川しもに行き、垢石指導のもとに九寸のアユを数ひき友釣りで釣り上げた。垢石は私のことを大いに見込みがあると云つておだて上げ、そんなことから私は他愛なく釣り好きになつてしまつた。(「釣魚記」昭15・9)

同じ文章の中で井伏は「釣竿を持つには、先づ邪念があつてはいけない。自分は山川草木の一部分であれと念じなくてはいけない」という、のちしばしば引かれることになる垢石のことばをあげている。垢石は釣りについて「文章道の修業と同じことだ」とも説法した。井伏はその「説法をきながら、富士川のながれを目の前にひかへ、ただ感慨無量になるばかりであつた」というのである。「山川草木」にとけこめという垢石の教えについて、別の文章ではやや具体的に「鮎を釣る人は、先づ精神を草木自然に一致させ静かに大気を吸ひながら静かに糸を垂れ鉛が川底に届くと水面近く鉛を上げて行き、また静かに鉛をおろして行き、それを丹念にくりかへすべしといふのである」(「近況」昭14・8)とものべられている。「山川草木」にとけこめという垢石の教訓は、御坂峠で太宰に「煙霞療法」を勧めたとき、彼は「山川草木には何等の興味も持たない風で、しよんぼりとしてついて来た」という挿話を思いあわせるとき、意味深長なことばであろう。垢石のことは「釣人」(昭45・1)にくわしい。

釣場できいた先達の釣師たちのことばをめぐっては「川で会つた人たち」(昭49・1)その他で

くりかえし書かれている。「まじめに釣らなくつちやいけねえ」（笛吹川の矢崎さん）「お前さん、もそつと川に喰らひつかなくつちやいけねえ」（河津川のカハセミの小父さん）「そんなにせかせかすることぢやいけねえ」（ヤマメ床の親父）「魚の釣りかたは、魚が教へてくれるよ」（栃代川であった釣師）などがそれである。いずれも垢石の「山川草木」の説法に通じるものといえよう。

さて、釣りの要諦とは何か。素人が技術的なことをいうのはおこがましいが、とにかくそれは一本の竿を通して自然と感応することであるらしい。自然の摂理ともいうべき対象の凝視と限りない自己抑制――そして最終的には自然と自己一如の瞬間がやって来る。そこに求められるのは一種の諦念のようなものであるのかもしれない。思えば、それは自然という如何ともしがたい「岩屋」との激しい対立から、それとの和解・調和に至るモチーフをもった「幽閉」（「山椒魚」）」で出発したこの作家の生涯を貫く問題でもあった。なお、一種の釣小説でもある『黒い雨』（昭41・10）の閑間重松は「釣をしている間は人間の思考力が一時的に麻痺するので、釣は熟睡と同じように脳細胞の休養になるそうだ」といっている。

太宰治がその死の直前に井伏文学の「不敗の因子」を「旅行上手」にたとえて次のようにいったのも、別のことではなかった。繰返しになるが、もう一度引用しよう。

旅行の上手な人は、生活に於ても絶対に敗れることは無い。謂はば、花札の「降りかた」を知つてゐるのである。

旅行に於て、旅行下手の人の最も閉口するのは、目的地へ着くまでの乗物に於ける時間であらう。すなはちそれは、数時間、人生から「降りて」居るのである。それに耐へ切れず、車中からウヰスキイを呑み、それでもこらへ切れず途中下車して、自身の力で動き廻らうともがくのである。

けれども、所謂「旅行上手」の人は、その乗車時間を、楽しむ、とまでは言へないかも知れないが、少なくとも、観念出来る。

この観念出来るといふことは、恐ろしいといふ言葉をつかつてもいいくらゐの、たいした能力である。人はこの能力に戦慄することに於て、はなはだ鈍である。(『井伏鱒二選集』第四巻「後記」昭23・11)

「観念出来る」という能力は、釣りの妙諦としての「山川草木」の中での自己無化=諦念と通底しているはずだ。「山椒魚」も絶望・発狂の果てからしだいに「観念」するに至ろうとする物語だった。太宰の「悪人」ということばも、この「観念出来る」という「恐ろしい」能力への「戦慄」に発したものではなかったか。

井伏はよく「甲州人は薄情だから好きだ」という意味のことをいった。もとより「薄情」とは井伏流の諧謔的反語であって、情緒的でないこと、いわば「観念出来る」甲州人気質をいったものであろう。井伏が愛した甲州人は深沢七郎も飯田龍太もそれをもっていたように思われる。特に龍太は年下ながら若いころから「釣友達」として遇された。垢石は「釣る姿と心境と技術の三つが優れてゐなくてはならぬ」(「釣場の佐藤垢石」昭44・7)と説いたというが、井伏は飯田龍太の釣姿について「ひつそりと静かに釣つてゐるやうであつた。しんとした感じを出してゐる釣りかたである。今にも時雨を呼びさうな、淋しげな姿である」(「飯田龍太の釣」昭43・1)と評している。まさに垢石のいう「山川草木」にとけこんだ姿といえようか。

戦後、井伏は太宰のためにふたたび「煙霞療法」を企てたという。筑摩書房主古田晁とはかつて衰弱した太宰を天下茶屋に移すべく手配中であったが、その直前に彼は行方不明になった。甲州の「山川草木」の中における二度目の蘇生はならなかったのである。

郷里疎開中の井伏は、敗戦前後の一年を沈黙して過ごしたが、二十一年に入ると戦中戦後の時流への批判を含んだ力作を次々に発表する。その中には「二つの話」（昭21・4）「侘助——波高島のこと」（昭21・5、6）「橋本屋」（昭21・11）「山峡風物誌」（昭23・3）「白毛」（昭23・9）など、甲州や釣りに取材したものが多い。寺田透は「太宰治の死後の作品が特に凄い」（「最近の井伏氏」昭28・12）といっている。そして、晩年の老作家が心血を注いだ「岳麓点描」（昭61・4）は、御坂峠との縁にもつながる甲州ものの集大成的作品となった。

「黒い雨」再考――自然の治癒力あるいは言葉の戦争

一

あらためていうまでもないことながら、文学テクストにおける構成意識は、作者の思想のあらわれである。周知のように井伏鱒二の「黒い雨」は、主人公閑間重松が、原爆病の噂をたてられて縁遠い姪の矢須子のために、彼女が被爆していないことを証明しようとして、終戦後四年十箇月経ってから、自らの原爆病の療養のかたわら、矢須子の当時の日記や自身の被爆日記を清書するというのが構成の骨子になっている。場所は広島市から四十何里東方の小畠村。この時間と空間の距離（スタンス）が重要であることは、これまでもしばしば指摘されて来た。作品は小畠村における重松の穏やかな日常の中に、清書によって喚起し再現される被爆体験という非日常を引き入れるかたちで進行する。矢須子の被爆に対するアリバイのために清書を開始した日記は、やがて当初の目標を裏切って、むしろ逆に被爆者の存在証明をめざすものへと重点移動してしまう。「姪の結婚」から「黒い雨」へという連載途中での異例の題名変更がそのことを端的に示している。それは対象と言葉との力学がもたらす必然的な帰結であった。別ないい方をしよう。井伏鱒二は、何ごとにもあれ、流れる水のごとく自然なものが好きな作家だった。そのような自然によって生かされるすべての命あるものへの偏愛こそ、重松を、したがって作者をかかる意図せざる偏向へと突き動かしたものであると。

ところで、日記を清書しつつある小畠村の重松が、一方で被爆仲間の庄吉さんと浅二郎さんの三人で「鯉の稚魚の放養」を始めるという設定は、この作品の構成を考える上で逸することのできない重要なポイントである。人類史上未曾有の大量の生命破壊と、鯉の稚魚という小さな命の養育と。重松はどんなときでも、たとえば矢須子の病状がきわめて憂慮すべき状態になったときでさえ、鯉の養魚池の見廻りを欠かしたことがない。重松によれば養魚池を見廻るのは「魚を釣るのに似た楽しさである」という。「黒い雨」は井伏作品に多い釣小説の系譜に属する作品だといえば、人は訝るだろうか。井伏にとって、釣りは趣味や道楽などではなかった。それは自己と自然との交感の場であり、この作家は釣りを通して自然の摂理やリズムを感受し、それと自己をいかに融和させるかに工夫を重ねて来たのだった。（井伏がモデルの重松静馬を知るのも、釣りを通じてであった。）もともと重松たちの鯉の養育も他に気兼ねなく存分に釣りを楽しむために思いつかれたのであるが、そのような自然への親和の中で、「被爆日記」の反自然が書き進められていったことにあらためて留意したい。なお「鯉」が井伏文学にとってほとんど象徴的な生きものであることはいうまでもあるまい。

「黒い雨」は、重松たちの鯉の育成と、重松の日記清書の仕事、そして矢須子の原爆病の症状とが併行して進むように仕組まれている。最初の養魚の計画は「田植ごろになったら稚魚を常金丸村の孵化場から取寄せて、庄吉さんのうちの池で夏じゅう育てて二百十日前に阿木山の大池に放つ」というものであったが、彼らはさらに本格的に「我々の手で毛子からどっさり育てて阿木山の大池へ放魚しよう」というところまで進み、庄吉と浅二郎は常金丸村へ「留学」までする熱の入れようである。二人が「原爆病患者とも思われないほど行動的であった」から「重松も行動的に出て「被爆日記」の浄書を急いだ」とあるように、鯉の養育と日記の清書は併行して「行動的」に進められる。より正確にいえば「原爆病患者とも思われないほど」ではなく、原爆病患者であるからこそ、彼らはその仕事に「行動的」にうちこむのである。この計画が地の底の小さな虫の命をいとおしむ「虫供養」に前後して実行に移されることにも注目すべきであるかもしれない。また右の記述に引続き清書された「被爆日記」に、横川駅で被爆した重松が千田町の自宅にもどって「ふと見ると、泉水の隅でキャラの枝がのし出ている下に、一尺あまりの鯉や六寸七寸ぐらいの鮒が腹をふくらまして死んでいる」という、鯉の死を描いた部分が含まれているのは、偶然だろうか。ついで、自宅を出た重松が妻シゲ子と矢須子を伴って炎熱地獄の市内を彷徨して古市工場に向かう、前半のクライマックスともいうべき場面の記録が清書されるが、その間に次のような叙述が挟まれている。

重松は引つづき「被爆日記」を清書した。

今月（引用者註・六月）は芒種と虫供養がすんで、十一日にはお田植祭、十四日には旧の菖蒲の節句、十五日には河童祭、二十日には竹伐祭と祭が続く。この貧相な幾つものお祭は、昔の百姓たちが貧しいながらも生活を大事にしていたことの象徴のようなものである。重松は清書を続けながら、あの阿鼻叫喚の巷を思い出すにつけ、百姓たちのお祭が貧弱であればあるほど、我れ人ともに、いとおしむべきものだという気持になっていた。

これらの祭は、自然と融和した生活に対する百姓たちの愛着と祈りを示すものにほかならない。

祭の基底にあるのは、自然のもつ復元力への信仰である。それが「あの阿鼻叫喚の巷」の対極にあることはいうまでもない。このように重松は一切の生命を包摂する自然のサイクルに身をゆだねて生きている存在だからこそ、それを破壊するものへの憎しみもいっそう大きいのである。

七月に入って「被爆日記」もあと三日ぶん清書すればおしまいという時になって、矢須子が発病する。放射能を含んだ「黒い雨」を浴びていたのだ。それと軌を一にするようにして、鯉の養殖の仕事が忙しくなる。矢須子の発病入院と鯉の産卵が重ねられている。意図された構成だろう。シゲ子の記した「高丸矢須子病状日記」の七月二十八日の条には「主人は崖下の養魚池へ行く。いそいそと出かけるのが羨しい。鯉のお産は最初に失敗し、二度目に補欠の雌雄で成功の由」と記されている。重松は矢須子の病気から逃避して養魚池へ「いそいそと出かける」のではあるまい。重松を含む三人の原爆病患者たちの鯉の養育にかける意気込みが、ただごとでないのは、それが新しく生まれる命だからである。

八月になって「矢須子の容態は素人目にも殆ど絶望的になって来た」ころ、細川医院から「広島被爆軍医予備員・岩竹博の手記」なるものが届けられ、重松はそこに「旺盛なる闘病精神」を読みとった。そして矢須子に「必ず生きるという自信を持たせなくてはいけないのだ」「今が瀬戸際だ」と思う。しかし、性急になってもいけない。そのころ、重松は「鯉の発育状況」を見に出かけて、浅二郎が鯉の餌を作っているのを手伝いながら、「このごろ撒餌は、魚の臓物の塩辛も入れるそうだ。これにも塩辛を入れたらどうだろう」と提案するが、浅二郎は「塩辛を入れてやると、鯉の子が興奮するということじゃ。じっくら、じっくら育てねばいかん」という。何ごとも生命の自然にさからってはならないのだ。「孵化池の鯉の子は、二腹ぶん採取した卵のうち約八割が斃死したので、一腹二万五千粒と見て一万尾という概算である。大きさはまだ日高ぐらいなものだ」とある。きびしい条件をくぐりぬけた一万尾の稚魚たちの誕生と、矢須子の病状の悪化との対照――。

重松は家に帰ってから加藤大岳編纂の「宝暦」という暦を見た。旧暦は立待月の六月十七日、聖護院大根、隠元豆、結球白菜など、人参、瓜類の後地に播くに適した日頃となっている。九月の残暑というものを利用した農作経験から得た貴重な教えである。なるほど、これなら鯉の子も育つわけだと思ったが、あと三日で新暦では八月六日の広島原爆追憶日、八月九日は長崎原爆追憶日となっている。

鯉の誕生に象徴されるように、本来八月初旬は生命のあふれる季節なのだ。しかし、一方で大量生命破壊の追憶日（重松は「記念日」とせずに一貫して「追憶日」と書いていることに注意）が近づきつつある。作品には時間の錯誤も散見され、構成には余りこだわらぬ作家だが、鯉の産卵をめぐるこのあたりの時間設定はみごとだといえるのではなかろうか。

重松が一万尾の稚魚たちの生命力に励まされるようにして、「被爆日記」の八月十三日から十五日までの部分を一気に書いて清書を仕上げるのは、昭和二十五年八月四日のことである。すでにくりかえし言及されて来たところだが、「日記」の二十年八月十五日正午の場面の重要性は、強調してもしすぎることはない。重松は十五日正午の「重大放送」を、迷いながらも「怖いもの見たさの反対」から聞くのを避けて工場の裏庭にある用水溝のほとりに出る。

この溝は両側の縁が深さ六尺ほどの手堅い石崖づくりになって、溝の底もすっかり石だたみで平らになっている。流れは浅いが、ぼさなど一つもなくて、透き徹った水だから清冽な感じである。

「こんな綺麗な流れが、ここにあったのか」

僕は気がついた。その流れのなかを鰻の子が行列をつくって、いそいそと遡っている。無数の小さな鰻の子の群である。見ていて実にめざましい。メソッコという鰻の子よりまだ小さくて、僕の田舎でピリコまたはタタンバリという体長三寸か四寸ぐらいの幼生である。

「やあ、のぼるのぼる。水の匂がするようだ」

後から後から引きつづき、数限りなくのぼっていた。

このピリコは広島の川下から遥々（はるばる）と遡って来たものだろう。普通、鰻の子は五月中旬ごろ海から川に遡って来るが、川口から半里ぐらいのところあたりでは、体がまだ柳の葉のように扁平で半透明である。広島の江湾あたりの漁師はそれをシラスウナギと云っている。ここではもう、ちゃんとした鰻の姿になって、大きな鰌ぐらいの長さだが鰌よりもずっと細くて動きが流麗である。広島が爆撃された八月六日ごろはどのあたりを遡上していたことだろう。僕は溝の縁にしゃがんでピリコの背中を見較べたが、灰色の薄いのと濃いのがいるだけで被災したらしいのはいなかった。

「こいつ、釣れるかしら。どんな餌を食うのかしら」

「重大放送」を聞きに行こうか「いや、行くまい」と決断した重松は、人間の声とも思えぬあの古色蒼然たる言葉にいわば背を向けて、清冽な流れの中を遡上する無数の生命たちに見入る。しかもその鰻の幼生たちは原爆の投下された広島市内の川を通って来たはずである。重松が発しているのはまさに生命そのものへの賛嘆の声だ。これまで重松にしたがって「阿鼻叫喚」の炎熱地獄をたどって来た読者も、ここにいたって清流の中をめざましく泳ぐピリコの群を発見して、主人公とともに心からの浄化と安らぎを覚えるはずである。それは自然とそれに包摂された生命が与える浄化(カタルシス)である。このピリコに象徴されるのは自然のもつ復元力であるといってもよい。自然はそのように、病み傷ついたものを治癒させる力をもっているのだ。この鰻の幼生たちが昭和二十五年八月現在、重松たちが大切に育てつつある鯉の稚魚たちと等価的に対応していることは明白である。この部分を清書しつつあった重松の胸中に、矢須子の奇蹟的な回復への祈りがうかばなかったはずはない。日記清書完了の翌日(「原爆追憶日」の前日)午後重松は鯉の孵化池で「毛子の成育は上々」であることを確認した上で「今、もし、向うの山に虹が出たら奇蹟が起る。白い虹でなくて、五彩の虹が出たら矢須子の病気が治るんだ」と叶わぬこととは知りつつ祈るのである。

なお先の引用文中「このピリコは広島の川下から遙々と遡って来たものだろう」に続く部分は、初出では次のようになっていた。

一日一里の三分の一ぐらゐ遡るとして、仮に一日置きか二日置きに遡上を止して休養するとしたら、ここまでざつと十日はかかつてゐる。広島が爆撃された六日には、川口あたりか広島市内の川にゐたものもある筈だ。僕は溝の縁にしやがんで……

右のようなことは鰻の生態から考えてありえないことがわかり、単行本にするとき現行流布本のように改訂されたのだというが、初出文の方がかえって、原爆と鰻の生命力を対比しようとした作者の意図がより明確に出ている。(なお、十五日朝のところには、家主の隠居の話として「広島の天満川では今でも川魚の死ぬのがある。弱って腹を返して浮いているのを手に摑むと、鱗がずるりと剝げたり背鰭が抜けたりする。浅野の泉庭(ママ)の鯉は大部分が空襲で即死したが、生き残る鯉も鱗が剝脱したり急にふらふらになったりするのがある」という記述が見える。)

二

これまで述べて来たことからも明らかなように、「黒い雨」の文学テクストとしての質を決定しているのは、当然のことながら閑間重松という主人公の人間的感性である。そして、それを支えているのがあくまでも平常心を失なわない文体の力であることはいうまでもない。重松は小畠村の地主の家に生まれ、広島に出て勤め人の生活に入り、陸軍糧秣廠などを経て被爆当時は軍需会社である日本繊維株式会社の古市工場に勤務していた、という以上にその経歴は明らかにされていない。中等教育以上の学歴もあると推定できるが、基本的には日本的中・上層農民に固有のエートスの持主だといえる。かつて磯貝英夫は「井伏鱒二の位置」(『井伏鱒二研究』昭59・7　渓水社)という文章の中で、井伏文学を貫く律気・謙譲・抑制・寛容らの感覚は、わが国における中・上級農民層が伝統的に保持して来た「集合的自我」に由来するという意味のことをのべたことがある。重松の中にあるのも、大きな変化を好まず、古いものを大事にしながら謙虚に律気に生きるという意味での良質の保守主義である。しかし、八月六日の妻と姪をつれての避難の際に発揮されているように、彼は状況を的確に把握する冷静な判断力と、果敢な行動力をもった生活者でもある。また「被爆日記」に示されているように、観察者・記録者としてのすぐれた資質も持っている。とりわけ命あるものをいとおしむ感受性は、「被爆日記」の記事の中でも、鳥獣虫魚を含めた小さな生命、被爆者でも特に少年や幼児の姿にしばしば目をとめているところなどに顕著にあらわれている。

「黒い雨」は「被爆日記」をはじめとする多くの文字言語資料の引用からなりたっている。重松はそれらの資料の読み手であり、引用者である。「黒い雨」というテクストは重松という感性の磁場に集められた多様な言語の集積だといえる。この作品では重松一家を中心とする小畠村の現在を語る語り手が全体を統御しているが、その語り手はほとんど重松によりそうようにして語っており、地の文は三人称でありながらしばしば重松に重なり、一人称的叙述にみまがうような語り方をする。その語り手が作中に引用する主な書記言語的資料は次の五つである。

㈠矢須子の日記
㈡重松の被爆日記（「昭和二十年九月、避難先なる広島県安佐郡古市町の借屋の一室にて閑間重松これを記す。「被爆日記」と題すなり」とある）
㈢広島にて戦時下に於ける食生活（重松の妻シゲ子の回想記）
㈣高丸矢須子病状日記（シゲ子執筆）
㈤広島被爆軍医予備員・岩竹博の手記（「岩竹さんの奥さんが当時のことを回想的に語った記録」を含む）

その他にも右の資料の中や他の文に引かれた大小の書記的資料は枚挙にいとまがないが、目についたものを次に列挙してみよう。（もちろん、重松が被爆者その他からの談話を聞書きしたものは厖大であり、かつ重要だがここでは一応のぞく。）

○Ｂ29が小畠付近に落した伝単　○明治六年霜月吉日、東京駿河台市来某が重松の曾祖父にあてた手紙　○二十年七月初旬か中旬ごろ敵機が落していった伝単の文句　○改訂された宮沢賢治「雨ニモ負ケズ」の一節　○標語類「何が何でも、かぼちゃを植えよう」「撃ちてし止まん」「戦争はまだこれからだ」　○柴田重暉『原爆の実相』　○空から舞い落ちて来た「サクラ、サクラ、ヤヨイノソラニ……」という楽譜の焼け残り　○「三帰戒」「開経偈」「阿弥陀経」「白骨の御文章」などお経の一節　○故充田タカに関する記録（閑間重松記）　○ボードレールの詩句　○石炭統制会社跡の壁に貼りつけてあった連絡伝言の文字　○蜜田サキについての備忘録　○本川橋の欄干にあった貼紙の文句　○動員学徒の歌　○電車の残骸に貼られた軍の布告　○同じくそれへの落書　○加藤大岳編纂「宝暦」　○正宗白鳥の随筆の一節　○高野広島県知事が県民へ発した告諭文　○同じくそれへの落書　○「史記」の一節　○終戦の詔勅の一節

これらはすべて重松が読んだか、読みかつ引用したものである。特に「被爆日記」は重松自身が二十年九月に古市の寓居で記録し、それを再読しつつ自らの手で「浄書」したエクリチュールである。清書することで重松はその心と身体（現に原爆病に苦しみつつある）に「あの阿鼻叫喚の巷」をまざまざと蘇らせ、その痛苦に耐えつつそれを書き続けたはずである。それが徒手空拳の一庶民の、ほかならぬ言葉による戦争でなくて何であろう。矢須子やシゲ子の記録はもとより岩竹博の手記も、まず重松によって読まれる対象としてそれはある。重松は書く人である前に読む人である。それらの文章はすべて昭和二十五年段階での重松の心身を通過させた上で表出されるわけだ。重松は自己の日記を含めてそれらの言葉を読むことで当時の状況を追体験するとともに、その後明らかになった事実や情報を付加することによって、それらの資料を「綜合」的に意味づけようとする。「被爆日記」の随所に示される「後日記」という補筆・追記がそのことを明示している。その他の資料や聞書きについても重松はそれを読みあるいは聞くとともに感想を記し、意味づけ、原爆被害の全体像を少しでも正しく把握しようと努めるのである。

重松が冷静な観察者でありすぐれた表現者であることはすでにのべたが、「被爆日記」はまた彼がいい耳をもった聞き手であることも示している。重松は原爆という巨大な悪魔的現実を自らの眼でみるだけでなく、至るところで多くの人々の体験談に耳を傾け、情報を集めて、全体的な状況を「綜合」(この言葉は日記中でしばしば使われる)的に把握し行動の指針をえようと努めている。「黒い雨」は、一連の「当村大字霞ケ森」ものなどにはじまる戦後の井伏文学の特徴である聞書き的手法が、もっとも有効に生かされた作品である。聞書き的方法とは、井伏独特の対象とのスタンスのとり方を示す指標だといえる。

「自分で見たことの千分の一も本当のことが書けとらん。文章というものは難しいもんじゃ」とは、日記の筆者としての重松の嘆きだが、それだけ彼が文章に自覚的であり、言葉に対する繊細な感性の持主であることを物語っている。ふたたびいおう、「黒い雨」は重松という感性の糸で織られたテクストである。ところで、作者の死の直後に出版された豊田清史『「黒い雨」と「重松日記」』(平5・8　風媒社)は、「黒い雨」が原資料の重松静馬の日記にその大半を負っているとして、その文学性に疑問を投げかけているが、これは文学テクストというものの性格を無視し、モデルと作中人物を同一視している点で意図が別にあるのならともかく文学論としては論外である。仮りに「黒い雨」がその素材の「六割」を重松静馬の日記によっているとしても(右の書を読むかぎりそのようなことはありえないが)、それはあくまでも素材であって、作家の構想に従ってそれが引用され、そのエクリチュールの中にとりいれられるとき、たとえ同じ事実でも意味内容が変わって自立した別次元の言語になるはずである。豊田氏は「黒い雨」の「生きた、おもしろい、また哀しい描写や記述は、おおよそが重松の日記に収まっている」と断定し、恣意的にいくつかの部分をあげているが、それは逆に井伏の文章のすぐれた独自性を証明するものでしかなく、その論旨は正直にいって到底納得しがたい。豊田氏はその一例として死体運搬の担架兵が「わしらは、国家のない国に生まれたかったのう」という言葉は、重松静馬の日記にあるとしてその部分を引用しているが、そこにあるのはカレンダーに書かれた「正しき戦争より不正な平和をえらぶ」というキケロの言葉であって不審である。何かの勘違いではなかろうか。同じような言葉を井伏はすでに「遙拝隊長」の中で負傷した隊長を運ぶ担架兵にいわせているのである。

ところで、重松の「日記」執筆は、国家による言論統制のもとで状況を正確に認識するための真正の言語をいかにして保持するかのたたかいであった。作品冒頭にもふれられているように「戦争中には軍の言論統制令で流言蜚語が禁じられ、回覧板組織その他で人の話の種も統制されている観があった」。ここでいう「流言蜚語」とは単に根拠のない噂話のことではなく、日中戦争後始められた国民精神総動員運動が提唱するような「挙国一致」の精神に反する言説、もっと端的にいえば戦争体制批判の言葉をさす。作品の中でも言論統制についてはしばしば言及されるが、シゲ子の「広島にて戦争下に於ける食生活」に紹介されている次のようなエピソードは、当時の雰囲気をよく物語っている。隣の宮地さんの奥さんは子供の教科書の中で宮沢賢治の詩句「一日ニ玄米四合ト……」が、米の配給に合わせて「一日ニ玄米三合ト……」と改悪されたのは「曲学阿世の徒」の行為だと批判したところ、「其筋」に呼び出され「流言蜚語は固く慎め。お前が闇の買出しに行った事実はわかっておる。そんな人間が、教科書のことに余計な容喙する資格はない。戦時下に於いて流言蜚語を放つ罪は、民法や刑法に抵触するばかりとは云われない」といって「暗に国家総動員法に抵触すると云わんばかり」だったという。つづいてシゲ子は「もうそのころには、誰しも人前へ出たときには言葉に気をつけるようになっておりました」と書いている。

ここで国家総動員法にふれておくなら、昭和十三年四月に成立したこの法律によって、配給制を含む戦時経済統制が始まり、シゲ子のいう「詛われてあるべき大戦の落し子」である「闇屋」が生まれ、国民徴用令では民間人を軍や政府の管理工場などに動員できることになった。ここでは主人公重松がこの法律によって特権的に保護されている軍需会社の社員であり、矢須子も徴用のがれのために同じ会社に勤められるよう重松が「工作」したとされていることを確認しておきたい。この日記は生活も言語も国家によって管理されているような状況下で、軍需産業の末端にあるような普通の日本人によって書かれたのである。

重松をはじめとする民衆の言語と対照的なのは、軍人の訓辞や「その筋」の民間人への対応に代表されるような抽象的で非人間的な言葉である。たとえば、被爆後重松が重ねて石炭の配給を要請したのに対する被服支廠の笹竹中尉のことばはこうだ。

それはですね、閑間さん。しかし、ここのところは何とかして、この現状を切抜けてもらわねばならんですな。軍民一体となって、いわゆる創意工夫をもって苦境を打開して頂きたいですな。こういった超非常時のことですから、国民総決起の精神で行きたいものだと思いますね（八月十一日）

これでも前日とちがって「言葉づかいが柔軟で、威張った態度が少くなっているように見える」のだが、「軍民一体」「創意工夫」「超非常時」「国民総決起」など、当時「その筋」の通達などに常用された、まったく無内容で「抽象的な文句」であって、石炭を配給してもらいたい一心の重松には「何の慰めにもならない」ものだった。それは重松の日記の「悪写実」とは対立的な、戦争イデオロギーという「イズム」の言葉だ。

岩竹博の手記の中にある第一陸軍病院長の鷲尾軍医中佐の訓辞もあげておこう。

貴様たちは国家存亡を賭けたこの一戦に、今日まで従軍志願を積極的になさなかったのは何ごとであるか。国賊にひとしい奴どもである。その意味をもって今回その筋の命令により、懲罰召集として一網打尽に動員を行った。今日只今より貴様たちの命は俺が預かった。

つづいて立った教育係の吉原少尉の訓辞はそれをもしのぐもので「訓辞される方では暗澹たる気持にさせられる」ような内容だったので、手記の筆者である岩竹医師もさすがに一部を「伏」にしているほどだ。しかし、大衆は沈黙ばかりしていたわけではない。一例をあげよう。重松は被爆後の自分の気持の変化に「矛盾」を感じながらも「表むきは従来通り国論に従っているような風をして」会社の玄関に八月七日付で高野広島県知事が県民へ発した次のような告諭文をはる。

今次ノ災害ハ惨悪極マル空襲ニヨリ吾国民戦意ノ破砕ヲ図ラントスル敵ノ謀略ニ基クモノナリ、広島県民諸君ヨ、被害ハ大ナリト雖モ戦争ノ常ナリ、断ジテ怯ムコトナク救護復旧ノ措置ハ既ニ着々ト講ゼラレツツアリ、軍モ亦絶大ノ援助ヲ提供セラレツツアリ、速ニ各職場ニ復帰セヨ、戦争ハ一日モ休止スルコトナシ

それに対して何者かによって掲示文の「軍モ亦絶大ノ援助ヲ提供セラレツツアリ」という個所の「セラレツツアリ」の部分に鉛筆の圏点が打ってあった。実際に実行されていないことを進行形でごまかす官僚の欺瞞的言語に対する痛烈な批判のしるしである。のみならずその翌日は掲示文が剥がされ、そのあとに「ハラガヘッテハイクサガデキヌ」という落書が大書してあった。言葉を封じられた大衆は、彼らなりの抵抗の仕方で、体制への批判を示すのである。重松は日記の「後日記」に、その落書はそのままにしておいたが、終戦の詔勅のあとでみると誰かによってそれが消されていたとして「戦時中の工員たちの気持を象徴するような圏点であり落書であり、また落書の消えて

行きかたであったと思う」と記している。これらの日本の軍や当局の言葉と性格は異なるが、「府中町を空襲することも忘れているのではありません。いずれそのうちに空襲しますから」とか「いずれ近いうちに、ちょっとしたお土産を、広島市民諸君にお目にかけたい」という、重松の評によれば「ふところ手をして云うような、しかし文章に異様な凄みをきかせた」米軍のB29が落した伝単の言葉も、戦争が生んだ荒涼殺伐たる非人間的な言語という点では共通している。

これらの言葉に比べれば、八月十三日シゲ子と矢須子が古市を去って郷里に帰る夜、工場長との間にかわされる「一筆啓上ツカマツリ候」「ベンケイ皿モテ来イ酢ヲ飲マショ」「チンチクニ十八日」などという頬白の鳴き方をめぐるやりとりのなんというなつかしさ。あるいは矢須子を見舞いに訪れた八十九になる滝蔵爺さんが聞かせる「昔からの云い伝えや半分は嘘のような話」のおかしさ。日本の庶民が語り伝えたこれらの言葉は、何よりも痛み傷ついた人々の心身を癒す。自然が人間を癒すように言葉も治癒力をもっているのである。そして、「文章というものは難しいもんじゃ」との思いに耐えて自らの「ヒストリー」を書き続ける重松の行為も、言葉による反生命的なるものへのたたかいの意志に貫かれていた。

補記

著者没後、『重松日記』の原本（浄書稿）なるものが、筑摩書房から出版された（平13・5）。それによると「黒い雨」が重松静馬の「日記」に多くを得ていることが確認できる。もとよりこの作品は、それ以外にも多くの資料にもとづいたルポルタージュ的側面をもっている。それは発表直後から作者自身くりかえしのべていることである。しかし、人類史上かつてないこの無差別大量殺戮を、一作家の想像力で書けるはずがないし、仮りにそのようなものを書いたとしたら不遜な瀆神的行為以外の何ものでもあるまい。社会的発言などしたことのない井伏鱒二が、晩年まで核廃絶を訴え続けたことは記憶されなければならない。

なお、「黒い雨」の雑誌発表から単行本に至る成立過程については、別稿「「黒い雨」感想」（「研究年誌」昭43・1）でも言及した。

「厄除け詩集」の効用——三日不言詩口含荊棘

一

岩波文庫版『井伏鱒二全詩集』(平16・7)全七十篇——これが詩人井伏鱒二の残した詩作のすべてである。もっとも、のちにのべるような同じ作品の異文や別の筆名で発表された作品は勘定に入れていない。期間は大正十二年から昭和五十二年に及ぶ。生涯の全散文二千二百余篇に比べれば決して多くはないが、井伏の詩作は小説家の余技などではない。その詩は近代詩史の上でも比類のない確固たる位置を占めている。それにしても小説・随筆も含めて井伏文学のもつあの独特の風韻の本質をいいあてるのはむずかしい。いかなる市井の俗事を書いてもその作品の基底を清冽な水のように流れるものについて、あえていうなら、「詩」と呼ぶほかない何かである。「彼の眼は小説家の眼といふよりも、寧ろ詩人の眼です」(「井伏鱒二の作品について」昭6・2)といったのは小林秀雄だった。もともと画家志望だった井伏の文学と絵画の関係に言及する人は多いが、むしろ詩と絵の関わりの方がより直接的であるのかもしれない。いわば対象のデッサンが確かなのだ。

井伏の数少ない詩の初出を一覧してみると、その発表はほぼ三つの時期にわかれていることが分かる。その大半は大正末から昭和初期にかけての無名時代と、詩誌『四季』同人であった昭和十一年からの数年間、そして戦中戦後の疎開前後に集中している。「私は予科一年のころには詩のやうなものを試作してゐたが、青木（南八）と親しくなつてからは小説の習作をするやうになつた」（「処女作まで」昭45・1）といっているように、今日知られている井伏鱒二名によるもっとも古い作品は詩「粗吟丘陵」（「音楽と蓄音機」大12・2）である。四十七行からなる井伏詩中最大の長篇。全篇を一種宗教的な静寂が支配し、清浄な風韻を感じさせる詩だ。池に棲む「わにざめ」という奇妙なモチーフだが、どこか岩屋に棲む山椒魚に通うところがなくもない。「わにざめ」の動きにつれて散る蓮の「花弁」や水面で夢みる「水すまし」なども、「山椒魚」の世界と共通しているように思える。何よりも井伏の最も古いこの作品が、水と動物をうたったものであることが興味深い。わけても水は井伏文学の根底に流れるものである。この雑誌は、音楽と蓄音機社から出ていて、発行兼編集兼印刷は横田昇一。いかなる縁でここに詩をのせることになったかは不明だが、同じ号に「バツハ伝」をのせている光成信男の紹介ではあるまいか。光成は同郷の早大専門部政経科の出身で、のち「世紀」同人にもなる人。ちなみに、作者自身はこの詩についてまったく記憶にないが「世の中に害を及ぼすほどのものでもなさそうだ」という感想であった（昭和五十八年七月十二日談）。それと前後する土井浦二名の作品「小魚の群」「巨大なる扇面」（以上「郷土」大12・1）「病臥怨情」「発熱感傷」（以上「田熊龍子追悼帳」大12・3）の発表はいずれも最初の小説「幽閉」（大12・7）に先立っている。すなわち、井伏はまず「詩」から出発したのである。

このうち「小魚の群」はさらに大正十四年七月「鉄鎚」に「つくだにの小魚」の題で発表され、

ついで「つくだ煮の小魚」と改題・改稿の上、昭和三年十一月「三田文学」に「粗吟断章」の一篇として、「青木南八を憶ふ」（岩波文庫本所収「かなめの生垣」）、「紙凧のうた」（「病臥怨情」の改稿。同文庫所収「紙凧」の原型）とともに掲げられた。この「紙凧のうた」は岩波文庫本の底本である筑摩書房版『厄除け詩集』（昭52・7）収録時に（色紙などではそれ以前に改作の試みがあったが）、実に五十年ぶりで十二行から四行の詩に改稿、題も「紙凧」とされてほとんど別の作品となった。

私の心の大空に舞ひあがる
はるかなる紙凧　一つ
舞ひあがれ舞ひあがれ
私の心の大空たかく舞ひあがれ

次にあらためて「三田文学」初出時の「紙凧のうた」を示しておく。この作品について「師走夜さむ」（昭9・12）には「これは初めてつくつた私の詩」とあるが、初期習作「病臥怨情」にかぎりなく近い。「山椒魚」末尾の五十六年ぶりの改作でも知られる改稿癖は詩でも発揮されるのである。

私の心の大空に
まひ狂ふはるかなる紙凧
北風をうけ裏かぜに
まひ落ち舞ひ落ちてひるがへる

糸のたわみは畔を越え
そこにかしこに
枯枝に吹く。

薄墨色の夢を刻んだ糸枠に
たぐる糸のたわみをばゆさぶりつゝ
目にたづぬるはるかなる紙凧のむくろ
——まひあがれ舞ひあがれ
私の心の大空たかく舞ひあがれ。

以後の井伏詩はこのように「私の心」をストレートに「うた」うことはない。そのこともこの作品が「初めてつくった」詩であることを裏付けているのかもしれない。「紙凧のうた」から「紙凧」への改稿の方位が、井伏詩成熟の道程をよく示している。「かなめの生垣」や「石地蔵」なども単行本収録時に大きな改稿が行なわれた。たとえば「かなめの生垣」の現行形をあげてみよう。

かなめの生垣に寄れば
目に疑ふ　白き木瓜の花
私はマントの襟を立て

地に沿うてとぶみそさざいを見る

ここからは、ある種の哀傷感は伝わってもその具体的な背景はわからないが、先述したように「三田文学」発表時には「青木南八を憶ふ」と題されていたばかりでなく、次のような前書きがついていた。

某月某日、私は思ひぞ屈して友人青木南八を訪ねようとした。すでに彼の住ひの門をくゞらうとした時、彼が先年死去したことに気がついた。思ひ屈したをりには彼を訪ねる習慣であつたのだ。今は、懐旧の情にたえずしてうたへるうた。

それに先だって「酒」（昭3・3）という文章にも同じ趣旨のことが書かれ、詩が引用されている。これによって「かなめの生垣」は、もともと小説「鯉」（昭3・2）と同じモチーフで書かれた「うた」であることがはっきりするのである。「青木南八を憶ふ」では「かなめの生垣」という詩句が「たそがれの生垣」、「マント」は「トンビ」、「白き木瓜の花」は「白き芹の花」となっている。何よりも注目すべきは初出時にあった「あゝ、私はトンビの襟を立て」の「あゝ」がのちに削られることである。いわば「うた」から「詩」へ。このような抒情の抑制は、『厄除け詩集』という題名そのものに、さらにはその巻頭にある種の批評精神さえひそめた諧謔味あふれる「なだれ」を据えていることにもよくあらわれているだろう。

峯の雪が裂け
雪がなだれる

そのなだれに
熊が乗つてゐる
あぐらをかき
安閑と
莨をすふやうな恰好で
そこに一ぴき熊がゐる

「なだれ」は以後すべての詩集で一貫して巻頭におかれている。「粗吟断章」の抒情・詠嘆から、「なだれ」のユーモアや東洋的枯淡へと井伏詩は変容していくのである。また先にふれたように「粗吟丘陵」は井伏詩中もっとも長いものだが、この詩や「巨大なる扇面」など初期作品のもっていた文語的韻律も一九三六年以降は姿を消し、「なだれ」のような口語的散文的な表現が支配的になっていく。「なだれ」は水上温泉に招待されていき、そこの村長からなだれの話を聞いたが、煙管で煙草を吸いながら語る村長の様子をみていて即興で作ったものという。井伏詩の傑作のひとつである。

井伏はエッセイの中で、自己の詩作についてふれている。そのいくつかを紹介しておこう。まず「歳末閑居」と「石地蔵」について。

歳末閑居

ながい梯子を廂にかけ
拙者はのろのろと屋根にのぼる

冷たいが煉瓦にまたがると
こりや甚だ眺めがよい

ところで今日は暮の三十日
ままよ大胆いつぷくしてゐると
平野屋は霜どけの路を来て
今日も留守だねと帰つて行く

拙者はのろのろと屋根から降り
梯子を部屋の窓にのせる
これぞシーソーみたいな設備かな
子供を相手に拙者シーソーをする

どこに行つて来たと拙者は子供にきく
母ちやんとそこを歩いて来たといふ
凍えるやうに寒かつたかときけば
凍えるやうに寒かつたといふ

「歳末閑居」については同題のエッセイ（昭11・12）や「親父としての気持」（昭15・5）、「荻窪風土記」(昭56・2〜57・6)に成立時の心境などが語られている。「平野屋」は「平野屋の蒙つた被害」(昭8・12)など井伏作品に頻出する荻窪の酒店主人。

石地蔵

風は冷たくて
もうせんから降りだした
大つぶな霰は　ぱらぱらと
三角畑のだいこんの葉に降りそそぎ
そこの畦みちに立つ石地蔵は
悲しげに目をとぢ掌をひろげ
家を追ひ出された子供みたいだ
(よほど寒さうぢやないか)

お前は幾つぶもの霰を掌に受け
お前の耳たぶは凍傷(しもやけ)だらけだ
霰は　ぱらぱらと
お前のおでこや肩に散り
お前の一張羅(いっちょうら)のよだれかけは
もうすつかり濡れてるよ

「道端の石地蔵」とある。「荻窪風土記」（昭57・11）によると、昭和初期に荻窪にあった地蔵のことで、「道端の石地蔵といふものは、悲しげに目をとぢてゐるにしても、掌をひろげてゐることはない筈だ。私は我が身の不仕合はせを、霰に打たれる石地蔵に托したつもりだが、「掌をひろげ」は勇み足であつた」とある。その他「荻窪風土記」には「逸題」「魚拓（農家素描）」「春宵」などが引用され、成立時の事情にふれられている。

戦後の作品では「蛙」がすぐれている。

蛙

勘三さん　勘三さん
畦道で一ぷくする勘三さん
ついでに煙管を掃除した
それから蛙をつかまへて
煙管のやにをば丸薬にひねり
蛙の口に押しこんだ

迷惑したのは蛙である
田圃の水にとびこんだが
目だまを白黒させた末に

おのれの胃の腑を吐きだして
その裏返しになつた胃袋を
田圃の水で洗ひだした

この洗濯がまた一苦労である
その手つきはあどけない
先づ胃袋を両手に受け
揉むが如くに拝むが如く
おのれの胃の腑を洗ふのだ
洗ひ終ると呑みこむのだ

「なだれ」に匹敵する佳作である。勘三さんのモデルである「郷党の或る一人の小作農」については「勘三さん」（昭23・7）という文章に書かれているが、「蛙」のことを「短文」あるいは「自由詩の形式による一種の雑文」といっていることに注意したい。「荻窪風土記」でも自作の詩について「文章」（「石地蔵」）「詩の形式の文章」（「春宵」）などと呼んでいる。井伏流の含羞の表現といえばいえるが、井伏詩はいわゆる詩的リズムを排し、作品が感傷や抒情に傾斜するのをつとめて回避しようとしているところに特徴がある。そうすることで、ほかならぬ井伏に固有の平語的「リズム」が創り出されるのである。『詩と随筆』（昭23・5）の「あとがき」にある「私の詩と称するものは、行を詰めて書きなほせば雑文に変らない。短い随筆として見てもらつてもいいのである」という言葉も単なる謙辞ではない。限りなく散文に近づきながら、しかし「詩」以外の何ものでもない井伏詩の秘密が語られているともいえるのだ。それは詩作による微妙な平衡感覚の回復と一種の自己浄化の営みとみてもよい。

なお「全詩集」に収録されている詩のうち「初出未詳」のものが何篇かあるが、たとえば「あの山」(「あれは誰の山だ／どつしりとした／あの山は」)は「支離滅裂」(昭25・7)に、「泉」(「その泉の深さは極まるが／湧き出る水は極まり知れぬ」)は「二つの話」(昭21・4)にそれぞれその原型のごとき詩句が書かれている。また「泉」については「全詩集」所収の「或る影法師――関根隆君の詩集「白い館」に寄せる――」にもその変型らしきものがあり、寺横武夫「『井伏鱒二全集』のこと」(『ちくま』平8・7)には、寒山詩の一節「尋究無源水／源窮水不窮」にその源泉を求めることができるという指摘がある。いずれも、井伏詩生成の秘奥・水脈の一端をうかがうに足るものである。

二

井伏詩でもっとも有名なのは、やはり于武陵「勧酒」の訳詩「ハナニアラシノタトヘモアルゾ／「サヨナラ」ダケガ人生ダ」ということになろう(原作者はそれほど「有名」な人ではないようだ)。「厄除け詩集」中の漢詩訳は十七篇。「訳詩」のうち「題袁氏別業」から「聞雁」までの十篇は、はじめエッセイ「田園記」(昭8・10)の中に発表された。「いま私は田舎の家に帰つて来てゐる」と書き出される「田園記」には「倉」の中で発見した父のノートについて次のようなことが書かれている。

私は亡父の本箱のなかをかきまはして和綴ぢのノートブックをとり出し、かねがね私の愛誦してゐた漢詩が翻訳してあるのを発見した。それは誰が翻訳したのか訳者の名前は書いてないが、ノートブックにこまかい字で訳文だけが記されてゐた。きつと父が参考書から抜き書きしたのであらうと思はれる。漢籍に心得のある人には今更ら珍らしくもない翻訳であるかもしれない。私は自分の参考にもなるだらうと思ふのでここにすこしばかりそれを抜萃して、その原文をも書いてみよう。かういふ慰みの翻訳は、今から三十年前ころの同好者のあひだに行はれてゐたのかもしれない。〔引用作品と翻訳は省略〕

――この翻訳の調子には多量に卑俗な感じが含まれてゐて、ひそかに訂正したく思はれるところもある。人力車に乗つて口ずさむためのものかもしれない。ずゐぶん昔の人が口ずさんだ小唄の調子にちがひない。

井伏鱒二の父郁太は、明治六年一月四日、備中（岡山県）後月郡西江原村に生まれ、郷校興譲館に学び、素老の号で漢詩文をよくした。十八歳で井伏家の養子となり、妻ミヤとの間に三男一女をもうけたが、次男満寿二が五歳のとき三十歳で死去した。井伏素老は「中央学術雑誌」「日本詩文雑誌」などに漢詩文百十余篇を遺している。今は全集別巻一に「井伏素老詩文」として収録。郁太は子供たちには決して文学をさせてはいけないと遺言したというが、祖父をはじめ井伏家には漢文学を重んじる雰囲気があったのである。長男文夫も文学志望だったが、家を継ぐために農学校に進み、弟満寿二を「身代り」として小説家にさせるべく早稲田大学文科進学をすすめた。文夫は大正十二年には深安郡啓蒙会なるものを組織して雑誌「郷土」を刊行し、早大中退後の鱒二に土井浦二の筆名で詩欄の選考・選評を担当させ、詩を発表させたりしている。

ところで「田園記」に出て来る訳詩については、亡父のノートから書き写したものとしてあるが、にもかかわらず読者の間ではながくそれは井伏流の韜晦的フィクションであって、実際は井伏作なのでないかと疑われて来たようなところがあった。しかし、現在では「田園記」の記述がほぼ正しいことがわかっている。近年の宮崎修二朗・寺横武夫・土屋泰男らの調査研究によって、井伏の漢詩訳には粉本があることが指摘されたからである。つまり亡父が抜き書きしたという「参考書」は実在したのだ。それは『臼挽歌』『唐詩五絶臼挽歌』『唐詩選和訓』(『臼挽歌』は刊本で、以下の二本は写本)などと称して、唐詩選を俗謡調に和訳したもので石見国の潜魚庵なる人の作である。臼挽歌は文字どおり、臼を挽きながら七七七五調でうたう俗謡だが、ここでは唐詩選をその俗謡調で訳したものをさす。三つの本の間には多少の異同はあるものの、同じ原本から出ていることは明らかである。亡父が参考にしたという粉本そのものは特定されていないが、試みに土屋泰男「井伏鱒二『厄除け詩集』の「訳詩」について」(「漢文教室」一七七 平6・2)に紹介された静嘉堂文庫本『唐詩選和訓』によって、「題袁氏別業」と「聞雁」について潜魚庵の訳と「田園記」のそれを比較してみよう。

題袁氏別業　　賀知章

主人不相識
偶坐為林泉
莫謾愁沽酒
嚢中自有銭

主ハドナタカ名ハシラネドモ
ニハガミタサニチヨトコシカケタ
酒ヲ買トテヲセハハイラヌ
ワシガサイフニゼニガアル
（潜魚庵）

主人ハタレト名ハ知ラネドモ
庭ガミタサニチヨトコシカケタ
サケヲ買フトテオ世話ハムヨウ
ワシガサイフニゼニガアル
（「田園記」）

聞雁　　韋応物

故園眇何処
帰思方悠哉
淮南秋雨夜
高斎聞雁来

我故郷ハ遥〻（はるばる）遠シ

カエリタイノハ限リモナイゾ
秋ノ夜スガラソラフル雨ニ
役所〳〵雁ヲキク

（潜魚庵）

ワシガ故郷ハハルカニ遠イ
帰リタイノハカギリモナイゾ
アキノ夜スガラサビシイアメニ
ヤクショデ雁ノ声ヲキク

（「田園記」）

静嘉堂文庫本と他本との間には異同もあり、また未発見の異本の存在も十分に考えられるので、両者の差異が父素老筆写の際に生じたものか、あるいは井伏が父のノートの「訂正したく思はれるところ」をなおしたものかは今となっては「倉の中」で判定しがたいが、両者は明らかに酷似しており、「田園記」の訳詩に粉本があったことは疑う余地がない。一見してわかるように、もちろん井伏訳の方がはるかに洗練されており「私の亡父が病臥中に書き残してゐた訳文を、私の好みのままに書きなほした」（木馬社版『厄除け詩集』「あとがき」）というのが実態に近いだろう。「田園記」にひきつづき「中島健蔵に」（昭10・3）というエッセイの中に、「静夜思」から「登柳州蛾山」までの訳詩七篇が発表されている。ここでは有名な「勧酒」について潜魚庵訳と井伏訳を比較してみよう。

勧酒　于武陵

勧君金屈卮
満酌不須辞
花発多風雨
人生足別離

サラバ上ゲマシヨ此盃ヲ
トクト御請ケヨ御辞義無用
花ノ盛リモ風雨ゴザル
人ノ別レモコノ心ロ

（潜魚庵）

コノサカヅキヲ受ケテクレ
ドウゾナミナミツガシテオクレ
ハナニアラシノタトヘモアルゾ
「サヨナラ」ダケガ人生ダ

（「中島健蔵に」）

もはや明らかであろう。この七篇は「単独に私が訳した」（木馬社版『厄除け詩集』「あとがき」）

というように、臼挽歌の俗謡調に学びつつも自由大胆に井伏流が発揮されている。エッセイ「静夜思」(昭11・6)に、同名の李白詩の「牀前」の訳語をめぐって語られているような推敲の苦心が重ねられたことだろう。

これら十七篇の「訳詩」は木馬社版でエッセイから切りはなして「訳詩」として独立したかたちで収められることになるが、前半十篇は父子合作であるにしても、この「訳詩」は『厄除け詩集』全体の中でも絶妙の間奏曲的位置を占めている。

『厄除け詩集』未収録の「訳詩」としては「秋風揺落」(「骨の木」昭13・3)の二篇があるが、これはやはり臼挽歌調の系列に属するものとみてよい。その他では「田園記」に三年以上先だって発表されたものとして「訳詩抄(古詩)」(「芸術復興」昭5・3)に注目しておきたい。ここでいう「古詩」とは井伏が愛読した「詩経」をさしていると考えられる。訳詩三篇のうち「父母のうた」は「詩経」国風・魏風の「陟岵(ちよくこ)」に、「桃のうた」は同じく「園有桃(えんゆうとう)」に、「みさご」は「詩経」国風・周南の「関雎(かんしよ)」にそれぞれよっていると推定できる。原詩の内容も一部省略するなど、かなり自由な訳ではあるが、ここには臼挽歌の俗謡風の影はまったく落ちていない。そうだとすれば、「田園記」にいう父の「ノートブック」を介して臼挽歌に井伏が接するのは、この訳詩発表の昭和五年以後とすべきかもしれない。エッセイ「園有桃」(昭14・7)の中で、井伏は「最近愛誦の詩」として「詩経」の中の「園有桃」をあげ、「詩経を日本現代語訳にしてみたいと半ばその野望で読んでゐた」とのべている。井伏は「詩経」にふれることが多い。特に「園有桃」は「青瑛玕」(昭7・5)、「一路平安」(昭14・1〜6)などにもその一節が引用され、「愛誦の詩」であったことがしのばれる。唐詩選もさることながら、「詩経」の大らかな民謡的世界に『厄除け詩集』の詩人は親しんでいたのである。

生前の井伏鱒二には七種の詩集がある。それぞれの作品収録の概略を示しておこう。最初の野田書房版『厄除け詩集』（昭12・5）には「なだれ・歳末閑居・石地蔵・逸題・つくだ煮の小魚・冬の池畔―甲州大正池―・按摩をとる」が収められている。以後この七篇は『厄除け詩集』の基本となる。次の地平社版『仲秋明月』（昭17・9）には、以上の七篇の他に「寒夜母を思ふ・顎・泥酔・紙凧のうた・山の図に寄せる・かなめの生垣」の六篇とエッセイ「田園記」「中島健蔵に」が加わる（戦後の「手帖文庫」版は同一内容）。木馬社版『厄除け詩集』（昭27・1）は「厄除け詩集」の章に『仲秋明月』と同じ十三篇が掲げられ、ついで「田園記」「中島健蔵に」から漢詩訳だけをとった「訳詩」十七篇のほか戦後の作品を中心とした「雨滴調七篇」（渓流・魚拓（農家素描）・かすみ・つらら・勉三さん・川原の風景・緑蔭）、「続雨滴調五篇」（蛙・歌碑・春宵・疎開余録・田家展望）、「拾遺抄」（黒い蝶・縄なひ機・シンガポール所見・再疎開途上）という構成。国文社版『厄よけ詩集』（昭36・3）では「厄よけ詩集」の章に「つばなつむうた」が、木馬社版の「雨滴調」と「続雨滴調」をあわせた「雨滴調」の章に「峠の雪の朝」が、「拾遺抄」に「水車は廻る」「夜の横町」「陸稲を送る」の三篇がそれぞれ加えられるが、「厄除け詩集」「訳詩」「雨滴調」「拾遺抄」の四章構成は筑摩書房版（昭52・7。牧羊社版『定本　厄除け詩集』は筑摩版と同一内容）でも変わらない。筑摩書房版では国文社版から「泥酔」と「紙凧のうた」「峠の雪の朝」が削られ、「拾遺抄」に「紙凧」（「紙凧のうた」の改作）以下七篇が加えられるのは、岩波文庫本の構成にみられるとおりである。岩波文庫本では、筑摩版『厄除け詩集』を底本として、それに未収録の一七篇と、初期の土井浦二名儀の作品四篇をも収めて、文字どおりの全詩集となった。「三日不言詩口含荊棘」——これは井伏鱒二が少年時代（中学時代の絵画の自賛）から晩年（詩「冬」の副題）に至るまで愛誦したことばだ。詩の自己浄化作用。厄除け詩集というのもつまりは同じ意味だろう。それにしても、わずか一巻の小詩集ながら、あらためて井伏文学における詩的なるものについて問われれば、ただ黙して次の詩を差し出すほかない。

その泉の深さは極まるが
湧き出る水は極まり知れぬ

文体は人の歩き癖に似てゐる——追悼

この一年余り清水町をお訪ねするのをひかえているうちに、突然の訃報に接することになってしまった。翌日は弔問も失礼し、長年かけて蒐集し愛読して来た著作の棚の前に終日坐り込んで過ごした。無名時代を含めると七十年に及ぶ作家生活の中で生み出された気の遠くなるような量の言葉の群——。ひたすら言葉を選び、練磨し続けた生涯だった。その言葉のひとつひとつに紛れもない刻印が押され、一行読んだだけでそれとわかる個性的な格調ある文体をもった文人は、井伏鱒二をもって最後とする。たしかにひとつの時代が終った。

随筆に逸品の多い井伏鱒二の最初の随筆は、大正十五年四月に田中貢太郎主宰の雑誌「桂月」に載った「言葉」である。井伏氏の田舎で「江戸言葉（えどっこ）」と呼んで珍重されていた東京弁の威圧感とそれへの違和がほろ苦い諧謔のうちに語られている。氏が最初にきいた東京弁は、小学六年の秋の夜更けに井伏家にやって来た強盗の「あけろ！　あけろ！　戸をあけろ！」という物凄い言葉だった。その「荒涼」たる声色と調子は、十五年たった今東京で聞く言葉と変わらないというのである。この体験はよほど強い印象を残したらしく、後年「雞肋集」「半生記」などの自伝でも繰り返し語られ、短篇の傑作「「槌ツア」と「九郎治ツアン」は喧嘩して私は用語について煩悶すること」にも巧みに生かされている。これは井伏文学の原風景と呼んでもいいような象徴的な事件だった。東京という荒涼たる都会への違和感と、備後加茂村への望郷の念とは、終生消えることがなかったにちがいない。土くさい風土に根ざしながら、それを洗練された独自の気品ある文学にまで高めた点でも、最後の人だった。

東京弁への違和とは逆に、地方色の濃い方言への親和と関心が早くからあった。「桂月」大正十五年七月号の「言葉（その二）」は、大正九年夏に旅した隠岐島の言葉について書いたもので、これものちに短篇「言葉について」の素材になる。「朽助のゐる谷間」「シグレ島叙景」「丹下氏邸」などにおけるあの古色をおびた珍奇な人工の方言も、「在所言葉」への強い関心と好みの所産である。これらの言葉は、朽助や丹下氏、男衆エイなど頑固な田舎びとのユニークな風貌・姿勢とともにながく読者の記憶に残るだろう。もとより土俗の言葉がすべてなつかしいものとして肯定的にのみ捉えられているわけではない。名作「遥拝隊長」では、素朴な在所言葉さえ侵してしまった戦中・戦後の空疎な観念語（イデオロギー）流行の滑稽さを浮彫りにすることで、日本社会の浅薄な側面を鋭く刺し貫いている。ここでも言葉は注意深く選びぬかれ、その組合わせのもたらす微妙な効果は正確に計量されているのである。しかもその文章は、熟練した手仕事の風味と光沢を失うことがない。

井伏鱒二の恐るべき改稿癖は余りにも有名だが、その作家的出発は「山椒魚」をはじめ「夜ふけと梅の花」「鯉」「たま虫をみる」など旧作の改稿・再発表によってなされた。再発表の作品はいずれも徹底的な修正が加えられており、作者がいかに頑固に自己の資質に執着し、その表現に工夫をこらし続けたかを示している。文章・文体の工夫とは、対象との距離と角度のとり方についてのきわめて知的な修練であるといってもよい。そこからあの独自のユーモアも生まれて来るわけである。井伏文学に対する常套的評語に「飄々」「淡々」というのがあるが、これは知的に造型されたその作品について何ごとも語らないに等しい。周知のように初期作品には欧文直訳体や古語の使用、意図された冗漫さのもたらす効果などをねらった表現がみられる。それらは言葉の機能を知り尽した上で、若き日の作家が試みた独創的な実験であり、井伏流のモダニズムであった。しかし、この試みは昭和八年ごろを境にしだいに見捨てられていく。作家自身創作集『シグレ島叙景』の跋文の中でそこに収められた初期作品について「わざとらしい文章や、誇張にすぎた表現が随所にあつた。無理やり自分の表現を持ちたいと焦燥した結果である。いま私は、それを恥づかしい行為であつたとは思はないが、その努力が局部的に片よつてゐたことは私の手落ちであつた」と自省している。以後、とりわけ初期作品には終始きびしい態度をとり続けるのである。

「私は自分の作品を読みなほしたり訂正したりすることが好きでもある」（『川』自序）と自ら認めているように、作家は初期作品を中心に単行本収録のたびに自作に斧鉞を加え続けることになるが、その改稿は基本的には加筆よりも言葉の過剰や逸脱を削ぎ落とす方向で行なわれた。それは初期作品へのきびしい自己評価も含めて、『自選全集』に至るまで一貫する態度であった。今年は学生たちと「川」や「さざなみ軍記」などの詳細なヴァリアントを形成しながら井伏作品の精読を試みているが、その彫心鏤骨は感動的ですらある。まさに「推敲の魔術」（亀井勝一郎）と呼ばれるにふさわしい苛烈な作家精神である。『自選全集』の際の改稿についても「まず、持って回った言い方」の手直しに最も力点を置いたと語っているが（河盛好蔵氏との対談）、仔細に点検してみると、特に接続詞と文末表現の改訂に意を用いていることがわかる。文体について語った「「が」「そして」

「しかし」でも、接続詞とともに「語尾〔ママ〕に手こずつてゐる」とのべている。文末表現が日本語の基本的情調を規定するものであることを考えれば、井伏鱒二がいかに文章のリズムと節度に細心の注意を払ったかがわかる。

　右の文章のサブタイトルは「文体は人の歩き癖に似てゐる」というのだが、井伏氏によれば人の歩き方には地方色があり、自分の歩き方が「せかせかしてゐる」のは、坂道の多い田舎に育ったせいだというのである。お元気なころの氏の歩き方は、見方によってはたしかに「せかせか」していたともいえようが、その文体はまったく正反対であった。にもかかわらず、文体がその人の身体的機構と結びついていることも事実であって、「文体は人間の歩きかたのやうなものではないだらうか」という仮説は正鵠を射ているのである。さらに氏は文章において感傷や詠嘆を回避しようとする自らの性向にふれて、「私の文体にも、田舎の言葉づかひや気風が大きに影響してゐるだらう」とのべ、その作品が表現のスタイルの上でも故郷の風土に根ざしていることを自認している。これはその文体の骨格を形成しているのが、身体と同様にほとんど生得的なものであるということだ。確かに井伏鱒二の文体の基軸は、出発時にすでにできあがっていたといえる。また同じ文章のなかで、甲州の静かな釣宿で書いた「おこまさん」とその二年後に戦地で書いた「花の町」が同じ文体であるのは、自分でも不可解であり「自慢になることではない」とした上で「文体といふものは倫理道徳の現はれ方とは違つてゐる筈だから、時と場合によつては少しは違つてゐるべきではないか」と書いている。しかし、文体はその人の気質という不変のものの直接的反映であり、それこそ時と場合によっては「倫理道徳の現はれ」でさえあるはずだから、右の二作品における文体の不変は、戦場でも平常心を堅持しえたという意味で作家の名誉でこそあれ、欠点などではないのだ。

九十五歳――この長命は井伏鱒二の場合特別の意味を持っている。それは何よりもその文学姿勢そのものにかかわっているからだ。誤解を恐れずにいえば、この作家にとって老いることは必ずしも悲しむべきことではなく、ひょっとしたら理想でさえあったかもしれない。若いときから老人を好んで書く作家だった。頑固ではあっても自然の秩序のような老人の堅固な生き方が好きなのだ。井伏鱒二の文学的精進は、「山椒魚」における「岩屋」のような現実の中で、いかに破滅することなく自己を生かしていくかに向けられていたのではなかったか。文章についての刻苦もそのためのものであった。悲しみや不安を内包しつつも、その文体を支えた絶妙の平衡感覚――仮りに今それを日本的中・上層農民のみがもっていた良質の悟性と呼んでもよい。

同世代の横光利一・川端康成や門下の太宰治がいずれも中道で斃れたり、不自然な死をとげたりしたのに対し、井伏鱒二のみが悠々と生き続けて天寿を全うし、早稲田大学入学の年に成立したソ連邦の崩壊までも見届けて長逝した。太宰治は生活においても「不敗」である師の文学を「旅上手」にたとえたが、その「旅上手」はたゆまぬ工夫と思索によるものであり、「不敗」の裏には人知れぬ忍耐と深い叡智が秘められていたはずである。それは文章の修練と別のことではなかった。「文章といふものは難(いた)しいもんぢや」という「黒い雨」の主人公の嘆きは、ほかならぬ井伏鱒二自身の終生の嘆きだったろう。

まことに文体は人の歩き癖に似ている。その道は決して平坦ではなかったが、肩肱はらずにみごとに自己流の歩き方を貫き、それによって井伏鱒二はおのずと前人未踏の高みと豊穣に到達したのである。真に畏怖にたえない。

井伏鱒二関係諸文控

＊印を付したものは、改題の上本書に収録、ないしその一部を吸収している

井伏鱒二の青春――その「くつたく」した心情について（「国文学研究」昭40・10）

井伏鱒二素描――「山椒魚」から「遥拝隊長」へ（「日本近代文学」昭和41・11）

井伏鱒二の文学――「山椒魚」と「黒い雨」（「高校文芸」昭42・5）

「黒い雨」感想（「研究年誌」昭43・1）

＊井伏鱒二「さざなみ軍記」論（『軍記物とその周辺』昭44・3）

井伏鱒二・文学入門（河出書房新社版『日本文学全集』24　昭45・4）

井伏鱒二の庶民的思想――故郷喪失と根源復帰（「社会科学討究」昭45・12）

井伏鱒二〈かきつばた〉（『現代日本の文学』昭46・4）

＊「多甚古村」の周辺（「国文学ノート」昭47・3）

＊戦争下の井伏鱒二――流離と抵抗（「国文学ノート」昭48・3）

太宰治と井伏鱒二（「国文学　解釈と鑑賞」昭52・12）

＊井伏鱒二の戦後――太宰治の死まで（「日本文学」昭53・1）

井伏鱒二と太宰治（『井伏鱒二』東京書籍　昭55・5）

＊「くつたく」した「夜更け」の物語――初期井伏鱒二について（「成城国文学論集」昭56・3）

＊井伏鱒二の〈方法〉――「山椒魚」と「鯉」の形成（『井伏鱒二』尚学図書　昭56・5）

井伏鱒二――昭和四年の風貌・姿勢（「国文学　解釈と鑑賞」昭56・10）
＊井伏鱒二・川と谷間の文学（「季刊国語」昭57・7）
井伏鱒二（「近代作家年譜集成」国文学臨時増刊　昭58・4）
井伏鱒二の形成（「国文学　解釈と鑑賞」昭60・4）
＊『へんろう宿』――作品の深さについて（「国文学　解釈と鑑賞」昭60・4）
「自選全集」への道（『井伏鱒二自選全集』第十巻月報　昭61・8）
「井伏鱒二自選全集」のことなど（「現点」昭62・5）
作家案内――井伏鱒二（文芸文庫『白鳥の歌・貝の音』平4・2）
井伏鱒二（「新・現代文学研究必携」「別冊国文学」平4・11）
＊文体は人の歩き癖に似てゐる（「海燕」平5・9）
二つの生涯（「太宰治事典」別冊国文学　平6・5）
絶望から出発した人生の達人（「産経新聞」平6・7・10）
鷗外贔屓と鷗外嫌い（「森鷗外研究」平7・8）
異界論、そして井伏鱒二――モノローグ風に（「コロキウム」平7・12）
＊井伏鱒二の「まげもの」（「海燕」平7・12）
＊「黒い雨」――自然の治癒力あるいは言葉の戦争（「国文学　解釈と鑑賞」別冊　平8・2）
＊聞書きという姿勢（スタンス）――「山峡風物誌」を読む（『〈昭和作家のクロノトポス〉井伏鱒二』平8・6）
「井伏鱒二全集」編纂にあたって（「早稲田学報」平8・11）
刊行始まった「井伏鱒二全集」（「山梨日日新聞」平8・12・6）
出帆した「井伏鱒二全集」（「東京新聞」平8・12・28）

「作者」とは誰か（「すばる」平9・3）
＊井伏鱒二――「無名不遇」時代の位相（「国文学　解釈と鑑賞」平10・6）
全集の至福――編集を終えて（『井伏鱒二全集』月報　平12・3）
後記（『尊魚堂主人　井伏さんを偲ぶ』平12・7）
重松日記（「北海道新聞」平13・7・22）
井伏鱒二書簡集という夢（「資料と研究」平14・1）
＊詩の自己浄化作用（岩波文庫『井伏鱒二全詩集』平16・7）
解説（ちくま文庫『井伏鱒二文集1』平16・9）
解説（ちくま文庫『井伏鱒二文集3』平16・11）
解説（中公文庫『徴用中のこと』平17・8）
＊大正十三年の井伏鱒二――「女人来訪」の背景（「ちくま」平21・10）
＊大正十三年前後の井伏鱒二資料（「日本近代文学館年誌・資料探索」平22・10）
＊井伏鱒二と甲州（「資料と研究」山梨県立文学館　平23・3）

〔編集〕
昭和作家のクロノトポス　井伏鱒二（双文社出版　平8・6　共編）
井伏鱒二全集　全28巻別巻2（筑摩書房　平8・11〜12・3　共編）
井伏鱒二の風貌姿勢（「国文学　解釈と鑑賞」別冊　平10・2）
井伏鱒二全集索引（双文社出版　平15・3）

［対談］

隠岐別府村の守吉〈川副国基〉（「古典と現代」昭48・5）

屋根の上のサワン〈川副国基〉（「古典と現代」昭54・3）

井伏鱒二の思い出〈三浦哲郎〉（「国文学　解釈と鑑賞」平6・6）

全貌を現わす井伏文学〈三浦哲郎〉（「ちくま」平8・11）

井伏鱒二の位相〈安岡章太郎・小森陽一〉（「国文学　解釈と鑑賞」別冊「井伏鱒二の風貌姿勢」平10・2）

［事典］

井伏鱒二（『無頼文学辞典』昭55・10）

井伏鱒二・山椒魚・さざなみ軍記・遙拝隊長・珍品堂主人・黒い雨（『日本現代文学大事典』平6・6）

井伏鱒二・山椒魚・屋根の上のサワン・さざなみ軍記・ジヨン万次郎漂流記・多甚古村・黒い雨（『日本現代小説大事典』平16・7）

井伏鱒二（『日本語・文章・文体・表現事典』平23・6）

あとがき——筆名のことなど

　このようなかたちで本を出すことなど、一年前までは思ってもみなかった。もとはといえば、四十年ほど前、まったく無名の一高校教師が書いた井伏鱒二についての小文を、どこで目にされたか、望外にも作家自身のご指名によってある文学全集の井伏鱒二集に解説を書くことになった。本ができあがった昭和四十五年四月、担当編集者とともに荻窪のお宅を訪ねた日のことは忘れない。座談の名手ともいわれた人の風貌・謦咳にはじめて接し、奥様の手料理で、ウィスキーの水割をご馳走になった。思い出すだに至福の時間であったといいたい。夕刻から雨になったが、話が佳境に入ると、さらに新宿大久保のごひいきの酒亭に案内して下さり、広島の酒をいただいた。そこでは梶井基次郎の作品、とりわけ「河鹿」を口を極めて讃められたこと、小説を書くには体力が要るから肉を食べなければいけないのだと、半ば冗談めかしてすき焼を注文されたのが印象に残っている。時に作家は七十二歳。円熟というよりは、まさに充実しきっておられるように見えた。

　解説の拙文については、後日「相当以上に讃めすぎてあるので汗顔です」という手紙をいただいた。今読み返してみても、それはいかにも肩肘はった賢しらの文章で、こちらこそ「汗顔」である。

それ以来、年に一、二度荻窪清水町のお宅や信州高森の山荘を訪ねるならわしとなった。一方、機会を与えられてときどき作家についての文章も書くようになったが、その作品はどこか安易な概念化を拒絶するようなところがあって、いつもうまくいかなかった。やがて書くことよりもむしろ、その著作を古書などで蒐めて読むことの方を楽しみとするようになっていった。ところが、作家が九十五歳で長逝されると、はからずも、私のようなものが筑摩書房版新全集編纂の仕事の一員に加えられるということになったのである。書誌的なことに不得意な私には荷が重かった。とりわけ、「推敲の魔術」（亀井勝一郎）といわれた改稿癖の持主の本文校訂は困難をきわめたが、早稲田の大学院生・卒業生十名が本文の異同調査にあたってくれた。別巻の「書誌」作成には架蔵の本も多少の役に立った。全集完結後は、若い仲間たちと『井伏鱒二全集索引』なるものも作った。

そこまでで、まさに以て瞑すべきであったのに、どうしたことか、昨年以来、これまで書いたものの一部だけでもまとめておこうかという心境に傾いて来たのである。新全集やその後の研究成果もふまえて、書きおろしをすすめてくれる人もあったが、もはや、残された余力も時間もない。ご覧のとおり、ほとんどが新全集以前に書いた旧稿である。古いものは、四十年も前の若書きで、重複は大目にみていただくとしても、論の生硬・稚拙は覆いがたい。今回は、冒頭の章を改稿したほかは、改題と誤記の訂正にとどめ、一部に補記を付した。ただし、引用本文だけは原則として新全集に従った。現存・現役の作家は対象にせぬ方がよいというのが、わが先師の教えであったが、あるいは、私はこの作家の本領をつかみそこねているのかもしれない。しかし、今度こそ目をつぶるしかないのである。何よりもこの作家に出会ったことをよろこびたい。

周知のように、井伏鱒二は本名井伏滿壽二（いぶし・ますじ）である。郷里の方では今でも「いぶし」で通っているようだし、中学時代の絵にはIBUSHIのサインがある。筆名「鱒二」の由来については、中学の修学旅行で行った所で「滿壽楼」という屋号の遊女屋をみかけ、友だちにからかわれたので「鱒二」にしたと、ご本人から聞いたことがある。面白い話だが、面白すぎて真偽のほどはわからない。いずれにしても「滿壽」というおめでたい二文字への若者らしい含羞があったのだろう。なお大正六年一月、福山中学五年のとき、当時「大阪毎日新聞」に「伊沢蘭軒」を連載中であった森鷗外にあてて「朽木三助」の仮名で反駁文を送ったことは有名だが、これは筆名にはあたるまい。初期井伏には、「朽一郎」（「歪なる図案」）「朽助」（「朽助のゐる谷間」）など、「朽」の字のつく名への偏愛がある。また、昭和十八年五月から七月にかけて「中部日本新聞」（夕刊）に連載された「ひかげ池」には、作者自身をモデルにした小説家「朽木三助」が登場する。中学時代から大学にかけて絵画の署名・落款に「寂滅庵鱒二」「枯淡庵主人」「枯淡庵満寿二」などの号を使ったものがあり、『田熊龍子追悼集』（大正十二年三月発行）でも「枯淡庵主人」の筆名を使っている（同書所収の詩作品の署名は本名「井伏満寿二」）。中学生の号として「寂滅庵」「枯淡庵」はいささか渋すぎるようにも思われるが、これは先の「朽」の字のつく名や、父郁太の号「素老」にも通じる一種老荘的なものへの親和と関係があるかもしれない。なお、長兄文夫が主宰する雑誌「郷土」（大正十二年一月創刊）に、大正十三年三月まで「土井浦二」名義で、詩や投稿作品の「選評」を掲げているが、これも大学時代の一時期世話になった因ノ島の医師の名を借りたもので、筆名というよりは「仮名」（匿名）というに近い。

いつごろから井伏（いぶし）を「いぶせ」とするようになったかは、確定できない。他人の誤読をそのまま容認して使った可能性もあるが、井伏本家の当主で甥の井伏章典氏は、その方がひびきがよいからではなかったかといわれる（筆者宛書簡）。要するに、それ自体筆名とみるべきだろう。「鱒二」の名は、先にも言及したように、中学時代の絵の落款に、一、二みえるが、活字として公刊された作品で「井伏鱒二」の筆名を使ったのは、今のところ確認しているかぎりで、雑誌「音楽と蓄音機」大正十二年二月号に発表された詩「粗吟丘陵」が最初である。ついで同年七月の「世紀」に同じ筆名で「幽閉」が掲載されることはよく知られている。こうしてみると「井伏鱒二」の筆名を文学作品に使うようになるのは、おおよそ大正十二年初めごろからとしてよかろう。もとよりそれは単なる筆名の使用という問題にとどまらない。いわば作家が「井伏鱒二（いぶせますじ）」という文学的姿勢を選びとったことを意味する。まさに作家《井伏鱒二》の出発である。水（井）と小動物（鱒）と――それにしても、期せずしてその作品世界を象徴する、何という絶妙な筆名であろう。ただし、唯一の例外として、昭和八年五月「文藝春秋 オール読物」に発表された「実説オランダ伝法『金水』」で、なぜか「鶴屋幽蔵」の筆名が使われている。また、「幽閉」を連想させぬでもないこの名は昭和十二年四月刊の『集金旅行』で、井伏自身をモデルとした登場人物の名としても用いられる。

かつて太宰治論集を作るに際して、結局この作家は、一生かかって「太宰治」という名の物語を書きついでいったのではないかと考えて、書名を『太宰治という物語』とした。今その師井伏鱒二の文学的生涯を眺めるとき、自ら「文体は人の歩き癖に似てゐる」といっているように、井伏はその生き方と文体が一体となった《井伏鱒二》という姿勢（スタイル）を貫いた作家であったと、あらためて思う。文は人なりといえば陳腐だが、それは井伏鱒二の文学にとって格別のことであった。ことわるまでもなく、井伏鱒二（いぶせますじ）は井伏滿壽二（いぶしますじ）と同じではない。ここでいう井伏鱒二とは、いわばあるエートスの表象である。「姿勢」は、有名な井伏用語「風貌姿勢」からとったが、ここでは、対象への独特のスタンスのとり方を示す文体（スタイル）――さらにいえばその生き方の総体の意味をこめて使った。いささか奇をてらったような題名になったが、「井伏の姿勢」ではなく、あえて「井伏鱒二という姿勢」としたのは、作家に対する私のせいいっぱいのオマージュにほかならない。そして、『太宰治という物語』と『井伏鱒二という姿勢』は、少なくとも私のなかで対照的な一対をなしているつもりである。

全集編纂の仕事をともにした寺横武夫氏・前田貞昭氏をはじめすぐれた研究者に教えられることが多かったが、それを十分に生かせなかったのが心残りである。ご寛恕を請う。逡巡する私を出版の方へ後押ししてくれたのは、旧知のすぐれた編集者であり、榛地和の名で装幀家としても知られる藤田三男氏である。深甚の謝意を表したい。全集・索引以来の同志である高橋広満・真理両氏には、今回も校閲の助勢を仰いだ。お世話になったゆまに書房の高井健氏にも御礼を申しあげる。

平成二十四年七月

東郷克美

東郷克美（とうごう・かつみ）
1936年、鹿児島県生まれ
早稲田大学名誉教授（日本近代文学）
［主な著書］
『異界の方へ――鏡花の水脈』（有精堂出版　1994年）
『太宰治という物語』（筑摩書房　2001年）
『佇立する芥川龍之介』（双文社出版　2006年）
『ある無名作家の肖像』（翰林書房　2007年）
『太宰治の手紙』（大修館書店　2009年）
［編纂］
『井伏鱒二全集』全28巻、別巻２（筑摩書房　1996年～2000年　共編）
『井伏鱒二全集索引』（双文社出版　2003年）

井伏鱒二という姿勢

発行――二〇一二年十一月十日
著者――東郷克美
発行者――荒井秀夫
発行所――株式会社　ゆまに書房
東京都千代田区内神田二−七−六
郵便番号一〇一−〇〇四七
電話〇三−五二九六−〇四九一（代表）
振替〇〇一四〇−六−六三一六〇
印刷・製本――新灯印刷株式会社
落丁・乱丁はお取替いたします
定価はカバー・帯に表示してあります

ISBN978-4-8433-4098-1　C3093　¥2800E